網路世紀・故里情懷論文集

黃金明、施榆生、白靈、羅文玲　主編

目 次

序一
用詩歌傳遞生命的美和善

漳州師範學院教務處長　黃金明

漳州師範學院閩南學院副院長　施榆生

二〇一一年十月，漳州師範學院組團到臺灣高校學習，明道大學是第一站。明道大學校園潔淨優美，辦學特色鮮明，給我們留下了深刻的印象。短暫的訪問，也能使我們深切地感受到學校富於人文關懷的教學追求，充分體現了「熱情・理想・實踐」的教育精神和「明善誠身」的教育理念。開悟大樓前的「追風詩牆」更是使人為之流連，更是牽引著我們的目光和思緒，那一行行熟悉的詩句伴隨優美的畫面在教室、走廊及草地間穿行。漫步在詩歌走廊，能感受到明道大學師生以詩歌來濡染心靈，傳遞美善的雅致，也使我們在恍然間感受到人類文明的力量。

兩個月後，明道大學中文系羅文玲主任應邀到我們學校講學。羅主任在與老師和學生的交流中，示範演繹了「與學生一起成長」、「與學生共同分享」的教學理念，感染著在場的每一位師生。我們都期盼有更多的合作。為了推動兩校之間實質性的文化交流，為了讓文學的種子在海峽兩岸傳播，經蕭蕭老師和羅文玲老師的精心策畫，臺灣明道大學與漳州師範學院兩校商議共同舉辦了題為「網路世紀・故里情懷」的二〇一二漳州詩歌節。

這次詩歌節活動，藉詩歌朗誦與茶道演示，將詩情畫意融入現實人生，豐富了校園人文精神的內涵；通過專題學術研討會的論文發表

與會議討論，增強了我們學校詩歌教學和校園文化的詩意底蘊；活動以「詩畫展」方式，深入漳州地區大、中學校校園，啟發學生熱愛生命，熱愛藝術，尊重自然。這既是詩人墨客以詩會友的一次雅集，也是海峽兩岸文教同仁深入交流的一次盛會，更是生命與詩歌之美與善的傳遞，廣大師生隨海峽兩岸詩人、學者們一起展開想像，探尋詩歌的真諦，一起體驗詩情畫意，感發生命與詩歌之美和善，共同享受詩歌帶給心靈的歡悅和富足。

詩歌是人間的奇葩，有愛有美的地方便有詩。關注時代、熱愛生活、溫潤生命、涵泳性情，這是詩歌的力量與價值體現。在這次詩歌活動中，從李阿利老師、蕭蕭老師、白靈老師等詩人和詩評家身上我們進一步體認到詩的活動所包孕著對人間一切的感激、對生命的熱愛，有大愛，故有大美。

記得羅文玲主任曾談到：「現在許多從事學術研究的學者都太理性，也容易起傲慢的心，真正生命的實踐應該是生命美善的傳遞」。這次詩歌節，用詩歌傳遞生命的美善，正是一次真正的生命的實踐。我們期盼，通過共同的努力，讓更多的人能與詩歌結緣，讓更多的人能以優美豐盈的詩意引導生活，照亮生命。

序二
詩歌在網路中衝浪

臺灣詩學季刊社　白靈

　　九○年代初期到二○一二年這二十年的政經社會文化領域、乃至詩歌生態的變化，對海峽兩岸、乃至對全世界而言，都可說是天翻地覆、令人目眩眼花。過去種種平面傳播形式受到前所未有的挑戰，所謂的詩壇，已明顯地由平面媒體逐年轉向網路媒體。前行代、中生代、與新生代詩人面對這樣的變革，適應力受到極端高變換高難度的挑戰，詩的「網路新世紀」於焉形成。

　　當初還非常遙遠的網路詩壇、電子詩壇，已隨著不同科技名詞的更新，於二十年間逐年逐月地轉向。比如早年以大學校園為主的BBS（Bulletin Board System，電子佈告欄系統）、其後到網際網路（Internet）、全球資訊網（World Wide Web，亦作「Web」、「WWW」、「W3」）的普及於大眾，再到google、部落格或博客、微博或臉書、行動裝置、智慧型手機、youtube或優酷、電子書、平面電腦等等不同新名詞的流行和軟硬體的更新，可說數月一變，琳瑯滿目，令人面對時不知應是心雀或心焦。然而，於此媒介變化多端的時代，在文學走向邊緣化的危旦之際，兩岸詩歌竟均還能以其短小輕盈的身姿，矯健地適應此種種數位或資訊的變革，在網路以影音為主的傳播中，與時俱進，既能與主流的影音或數位軟體結合（如數位詩或電子詩），又能更及時快迅的將詩文字以網路與作者讀者雙向互動，達成了傳統平面所不能的。

今日通常連上網際網路時稱為「上網」，使用網際網路的人稱之為「網友」或「網民」（Netizen），而搜尋網頁稱為「瀏覽」或「漫遊」。但其實二十年前卻曾有「衝浪」（web surfing）一詞出現，而且是由一位女性網友開始的，她叫簡‧阿莫爾‧泡利（Jean Armour Polly），在一九九二年六月即正式由威爾遜出版社出版了《網上衝浪》（Surfing the Internet）一書，這本書也使她在網際網路領域被稱作「網路媽媽」（NetMom）。而這個「網上衝浪」的概念在海峽兩岸卻很少被提及，此概念非常形象化地詮釋了遨遊在網路的世界裡的未知性、偶然性、廣闊性和冒險性，一頁頁、一站站地瀏覽網頁，其實跟一浪還比一浪高的水上衝浪運動相當形似，乃有「飆網」之感，而移動滑鼠即有如移動浪板，到不同的地方或網址去進行瀏覽，顯現的是有多種選擇方向的可能去處。

詩歌處在這種「網上衝浪」的生態中，明顯地出現了一些現象，正是此次研討會論文中所普遍性觸及的，茲舉數例說明：

一是既以「網路新世紀」之名，理應以新世代詩人（四十歲以下，1970年後出生）為主要研討對象，何以仍有前行代如洛夫（向憶秋的論文）、中生代如蕭蕭（史言的論文）、和中間代詩人（任毅的論文），如子梵梅（陳仲毅的論文）等詩人的討論？其實「網路新世紀」本身的開放性，使得六十年來三代詩人的文本即已進入不分年齡、無國界、和無遠弗屆的狀態，越是前行代中生代的詩人文本其網路傳播的廣幅反而越「恐怖」，出現轉刊轉登轉載的機率遠勝於新生代，而且頻率之繁更是有詩以來的任何傳媒工具所遠遠不及。因此將上述論文與新世代詩人的研討並置，正可比較三代詩人在詩質的演變和不同、以及在網路上的影響力，何況其餘篇章仍以新生代為主。

二是在主題具名研討的男女詩人對象正好是三比三，分別是男性詩人研討了楊寒（余境熹的論文）、鯨向海（李翠瑛的論文）、凌性

傑（陳政彥的論文）等三人，女性詩人研討了子梵梅（陳仲義的論文）、彤雅立（李癸雲的論文）、董恕明（林于弘的論文）等三人，此種三比三的比例可能只是撰文選題的巧合，卻打破了過去平面媒介時代男女詩人比例極度失衡的狀態，正似乎呼應了網路詩壇現象的嶄新生態，即由於互聯、互動、自主、無限制的網路特質，使得女詩人網民大為增加和活躍，還原了女性參與詩歌創作的自主和自信，當然更冀望未來有兩岸女性詩人詩歌研討會的出現。

　　三是此研討會關於大陸與臺灣學者論文的研討有向臺灣詩人傾斜的現象，此現象正顯現了兩岸詩歌學術交流仍停留在初步階段，離成熟期尚有相當距離。除了兩岸學者在關心詩歌發展時的自我本位心態、對彼此對方的詩人作品熟稔程度有極大落差。如大陸學者如王珂、陳仲義、向憶秋等對臺灣詩人的研究觸角甚為深廣，即使研究資料獲得不易或見解歧異，卻仍長期追索深究，但臺灣學者對大陸詩人的研究即使難度甚高卻多年來仍付諸闕如，深值臺灣學者深思和檢討。在今日兩岸網路期刊論文、博碩論文下載日益方便的今日，對彼此詩歌方面關注的平衡和持續交流，應甚是重要且值得期待。

　　四是此研討會的議題和論述既多元且深入，在理論方面又多有闡發。如：有關心新世代詩人詩體形式與前兩代詩人的不同（王珂）、有反思詩「由小入禪」的闡釋路徑和問題意識（史言）、有關注中間代詩人的流派共性（任毅）、不同時代詩文本的互文性比較（陳仲義）、有女詩人的邊境書寫與母親、自然的連結（李癸雲）、網路大眾化書寫造成的落差和矛盾（李翠瑛）、原住民女詩人書寫的內容和特色（林于弘）、網路詩人透過蟲魚鳥獸的變形展露真實自我的孤獨感（陳政彥）、新世代詩作之小說企圖和期待理想讀者之謀篇設計（余境熹）、詩人的死亡焦慮和身份焦慮（向憶秋）、新世代詩人的特殊技巧與心靈檢驗（蕭蕭）、以及新世代影像詩對老經典詩作的再創

作（白靈）等等，正顯示了多元關注和互動研討的必要，和未來彼此
文本和詩學相互影響的必然。

　　關於新詩世代的區別或命名，即使兩岸各有不同的稱呼，且多年
來彼此對於詩歌的關注多集中於前行代、中生代兩代詩人的詩作，但
對於藉網路發表作品的新新一代或幾代詩人作品藉網路傳播的諸多現
象，尚未有聚焦式的全面論述。此回明道大學、漳州師院、臺灣詩
學季刊藉漳州詩歌節之便利，於漳師院舉辦「網路世紀・故里情懷」
的學術研討會，展開海峽兩岸詩歌界面對此「網路新世紀」之新共同
趨勢的第一次對話，實是極佳的交流典例，兩岸學者均付出了極大心
力，即使有所不足，正是為拋磚以引玉，更進一步對詩歌如何在網路
上展開更平衡更驚人的「衝浪之姿」之探究，則有待來者了。

序三
故鄉風月有誰爭

明道大學國學研究所所長　羅文玲

　　明末清初大陸移民臺灣的熱潮中，漳州移民的數量約略與泉州相等。在臺灣的開發史上，來自漳州的先行者以土地開發與農業耕耘的汗水，開啟了臺灣山海之間的綠意盎然，「百般武藝，不如鋤頭鋤地」，這漳州家族世代相傳的祖訓呀！彰顯了來臺漳州先民勤奮的精神。

　　二〇一一年冬天我受邀前往漳州師範學院擔任「博雅講座」的客座教授，讓我與漳州結下一段深厚的文化情緣，相同的語言與風俗，讓人倍感親切！在那裡停留八天期間，受到教務處黃金明處長、海外學院羅瑛院長、胡嬌陽秘書熱情的款待，同樣研究六朝文學與詩歌領域的黃金明處長，安排我與漳州師院全校教師分享「生活美學」，也安排與中文系研究生在茶館中談「茶道與文學」，與黃處長互動的過程中，感受到他對教學提升與學生的關懷之情深！而羅瑛院長與美麗的嬌陽秘書更在生活上給予無微不至的照顧，陪著我參訪漳浦「天仁茶博物館」以及「天仁茶學院」，讓熱衷茶道與茶文化的我，大開眼界！他們也用心安排五場大型的文學與藝術講座，讓漳州師院的學生與我在十度的寒冬中卻能溫暖相遇！並為二〇一二年五月的「漳州詩歌節」鋪設一條美好而光明的文學道路！

　　在滿室茶香與時間流動中，因著漳州師院黃金明處長以及施榆生

院長、海外學院羅瑛院長的鼎力相助,他們費心的向福建省教育廳及校方申請經費,在活動上的精心安排,除了「網路世紀・故里情懷」學術研討會的幕後工作的打理,也帶領文學院及海外學院師生參與幾場詩歌講座,更號召全校學生用詩歌朗誦會的方式,呼應漳州詩歌節的舉辦,為漳州的漳州師院與彰化的明道大學之間的深厚情誼加上暖暖的溫度、彰明的彩度。

第二次來到漳州,有回鄉的感覺,李阿利老師、蕭蕭老師、白靈老師一行人,因為同樣愛好文化的朋友共同溫潤了文學與文化,成就了「網路新世紀,漳州老故里」的兩岸詩歌節活動。漳州詩歌節在明道大學蕭蕭教授的用心擘畫、臺灣詩學季刊社的護持下,漳州與臺灣血緣、地緣、語緣等種種的情緣深深的繫連,飛越二十一世紀,漳州師院與明道大學以文學開創文化,記錄著情義,「網路世紀,故里情懷」,以文化、文學、詩歌、網絡,緊密連結空間上的漳州與臺灣,連結時間上的古與今,二〇一二年夏天共同攜手舉辦「網路世紀・故里情懷」漳州詩歌節,開啟兩岸文化歷史新頁。

漳州與南靖的山林水雲間,穩穩站立著方圓之間的土樓,幾百年來,在風霜與盜匪的傷害中依然穩若泰山,這土樓啊!不僅是客家人的安頓身心的家園,更是精神的堡壘,護衛著濃厚的人情與倫理。這也意味著漳州與臺灣雖是一水之隔卻有著穩定的情誼在延伸!那份血濃於水的情緣,因為書香與漳州結下深厚的情緣!因為茶香與南靖故里繫連,成就茶水情緣!

白露時分,一輪明月在圓滿中流動!詩人或文學家所寫下的經典與文字,讓我們可以沉思反照自心!大自然的風聲、雨聲、流水、飛花與落葉也都可以啟發心靈的觀照與思考!彷彿禪宗語錄中,有人因為磨鏡而開悟,有人因為觀察流水而悟道,有人因行走在落花中體悟

生命的無常～～文學的真理，就是走向真、善、美！期待在網路新世紀，因著那份溫厚的故里情懷，讓陽光走進來，讓文學的生命亮起來～～

二〇一二年白露寫於明道大學開悟大樓三〇六室

臺灣新世代詩人的文體觀念
和詩體意識

王珂

福建師範大學文學院教授

摘　要

　　詩體是詩的話語形式，是詩的語言體式及形式規範。聽覺形式規範和視覺形式規範是詩體的兩大元素。臺灣詩人的詩體意識隨著時代的變化而減弱，不同世代的詩人關注的詩體元素也有差異。前行代詩人普遍重視詩的音樂性，中生代詩人更關注詩的視覺性，很多詩人都有「固定行數」意識，新世代詩人推崇詩體的自由，少數詩人仍有「固定行數」意識。前期新世代詩人重文體創新及跨界寫作，後期新世代詩人的文體及詩體觀念較平和。豐富多彩的詩歌生態減弱了他們的文體自覺和詩體規範意識。本文採用馬爾庫塞的「形式的專橫」和金克木的「功能決定文體」理論，確定出文體研究及詩體研究的路線：生態決定功能，功能決定文體，文體決定價值。借用統計學方法，描述臺灣新世代詩人的文體觀念和詩體意識的態勢，揭示原因，強調新世代詩人要重視詩體。

關鍵字：新世代詩人、詩體意識、視覺形式、音樂形式、固定行數

Key words：New generation of poets　Sense of poetry　Form of visual

Form of music　A fixed number of columns

一　前言：詩體研究的重要性

在百年新詩史上，一直存在以下各組矛盾的對抗與和解：詩人的秩序與自由及文體自覺與文體創造、詩體的破壞與建設及詩體的自由化與格律化。每當有人推崇「文體自由」甚至「詩體大解放」時，就有人出來反對，不僅有朱經農反對胡適，還有宗白華對抗郭沫若。早在一九二〇年，宗白華就認為：

> 近來中國文藝界中發生了一個大問題，就是新體詩怎樣做法的問題。……詩的「形」就是詩中的音節和詞句的構造；詩的「質」就是詩人的感想情緒。所以要想寫出好詩真詩，就不得不在這兩方面注意。一方面要做詩人人格的涵養，養成優美的情緒、高尚的思想、精深的學識。一方要作詩底藝術的訓練，寫出自然優美的音節，協和適當的詞句，但是要達到這兩種境地……即完滿詩人人格和完滿詩底藝術……而詩恰是用空間中閒靜的形式……文字的排列……表現時間中變動的情緒思想。所以我們對於詩，要使他的「形」能得有圖畫底形式的美，使詩的「質」（情緒思想）能成音樂式的情調。[1]

宗白華強調詩的「形」正是對詩體的重視。二〇一二年四月十七日，南京大學張子清教授給我的郵件中也強調詩體的重要性：

> 美國後現代派詩主要也是寫情緒，強調整體氛圍（視覺詩、具體詩、語言詩似乎例外）。英美古代和現代詩也強調「詩眼」，名篇總有讓你忘懷不了的獨有的精彩詩行，著名的當代

---

[1]　宗白華：〈新詩略談〉，《少年中國》第 1 卷第 8 期（1920 年 2 月），頁 60〜61。

　　自由詩少不了精彩詩行，否則休談流行。我發覺，凡瞭解詩體流變的詩人才能使自己的詩歌創作處於自覺狀態，才能有創新，否則總是跟著感覺走，走到哪裡算到哪裡，進展慢，或根本沒有進展。

詩體即是詩的一種結構形式，它是人對秩序的需要、對稱的需要和結構的需要的詩化呈現。詩體源於人的構形本性和審美天性。馬斯洛認為：

> 在某些人身上，確有真正的基本的審美需要。醜會使他們致病（以特殊的方式），身臨美的事物會使他們痊癒。……審美需要與意動、認知需要的重迭之大使我們不可能將它們截然分離。秩序的需要，對稱性的需要，閉合性的需要，行動完美的需要，規律性的需要，以及結構的需要，可以統統歸因於認知的需要，意動的需要或者審美的需要，甚至可以歸於神經過敏的需要。[2]

伯格曼（David Bergman）和艾潑斯坦（Daniel Mark Epstein）認為：

> 只有當日常語言（everyday words）被給予有意味的形體（shape）時，才能夠變為文學。沒有形體就沒有文學。……為什麼形體十分重要？因為形體才能造就一件文學作品的整體（unity）與完美。[3]

---

[2] （美）馬斯洛，許金聲譯：《動機與人格》（北京市：華夏出版社，1987年），頁59。

[3] David Bergman,Daniel Mark Epstein:The Heath Guide to Literature,Lexington,Massachusetts Tornoto:D.C.Heath Company,1987,p.623.

詩美是一種藝術美，是詩在人世間存在的首要條件，構建詩美是詩人創作的首要任務。不同時代的詩美有共同之處，如音樂美；也有差異，如古代漢詩重視描寫美輕視抒情美，重視音樂美輕視排列美，重視意象美輕視直覺美，重視書面語美輕視口語美。百年新詩又反其道而行之。新詩的詩美建設可以借助詩體建設。技巧（如何寫好）、形式（如何寫）和內容（寫什麼）是產生詩美的三要素。它們共同產生了新詩詩美：技巧美、形式美和內容美。在詩美的構建中，技巧大於形式，形式大於內容。昂特邁爾（Louis Untermeyer）認為：

> 詩不但是一種特殊的藝術（Peculiar Art），也是所有藝術中最有威力的藝術，除戲劇以外，它是唯一的既需要耳朵又需要眼睛的藝術，是融視覺與聽覺於一體的藝術。所有的藝術都需要耳或者眼，但並不是兩者都需要。[4]

形式美主要是為聽覺感官服務的音樂美和突出視覺形象的排列美等語言符號的抽象美和具象美。音樂美可以分為由節奏、韻律等語言形式造成的表像的節奏美和由於語言的恰當組合，雖然不講究押韻卻與人的心理情感節奏不謀而合的內在的音樂美。

縱觀中外詩史，特別是詩體流變史，不難發現詩體具有藝術價值和政治價值，既有藝術規範及藝術革命的潛能，也有政治律令及政治革命的潛能，是詩的文體功能及文體價值和詩人的存在意義及生存方式的顯性表現。當代社會無處不在又時時轉化的權力會對重視審美意識形態的詩人形成「體制性壓迫」，「文明的碎片」會讓詩人產生強烈的「荒誕感」和「疏離感」。詩體在當代社會更具有特殊價值，有點類似福柯的「話語」，不僅是詩的語言體式，而且是調控權力之流

4　Louis Untermeyer:Doorways to Poetry,New York:Harcourt,Brace and Company,1938.p.4.

的規則系統。詩體研究不僅具有詩學意義和美學意義，還具有倫理學和政治學意義。詩體學實質上是詩歌生態學、詩歌倫理學、詩歌政治學、詩歌美學、詩歌韻律學、詩歌圖像學、詩歌功能學等多門學科的交叉學科。

二 臺灣新世代詩人的文體觀念和詩體意識

關於「新世代」的命名及新世代詩人的身份問題，有多種觀點。鄭慧如在二○○○年認為：

> 臺灣文學史上，「代」是一個既有的時間分類概念。普通以十年為一代，……大略從《臺灣新世代詩人大系》開始，言說焦點又多了「世代」這一觀念。[5]

楊宗翰二○一一年認為：

> 世代與世代之間，自然存有差異。「世代差異」四字有時極為好用：譬如每個世代都有各自的閱讀脾性與寫作傾向，部分前輩作家也慣於採「新世代」籠統概括他者（the other）之存在，以便建構鞏固自我（self）與同齡文友間的想像群體意識。[6]

目前恰好介於二十到三十歲間的「七年級生」，正是臺灣文學的最新世代。他們之中有些人已經出了第一本書，得了校內外

---

[5] 鄭慧如：〈新世代詩人詩作論述〉，《臺灣詩學季刊》第32期（2000年9月），頁7～8。

[6] 楊宗翰：〈誰怕七年級！——「臺灣七年級文學金典系列」策劃人語〉，謝三進、廖亮羽：《臺灣七年級新詩金典》（臺北市：秀威資訊科技股份有限公司，2011年），頁2。

不少文學獎，但苦於沒有全國性知名度；有些人則畢業不久、剛找到工作，寫作成為職場菜鳥期唯一的逃逸視窗。在現今這種低版稅、低銷量、低注目度的「三低」年代，他們拿文學環境沒有辦法，文學環境也對他們愛莫能助。[7]

本文採用《臺灣詩學季刊》及李瑞騰的劃分法，把一九六五年後出生的詩人稱為「新世代詩人」。李瑞騰這樣界定「新世代詩人」：

> 「世代」是文學社會學的重要概念。一批年齡相近的寫作人，在某一個時間階段呈現的文學景觀，包括創作行為及活動方式等，在多樣的面貌中存在著某些一致性，或可稱之為「世代性」。從文學史的角度來看，它常是檢驗文學發展的重要指標。每一個歷史時期都有它的「新世代」。[8]
>
> 以十年為一代，則戰後出生的第三世代（1965～）已成為詩壇的新生力量，到九〇年代之末，他們之中有一些人已有十餘年的詩齡，在各種新詩競賽中脫穎而出，也有一些曾參加這樣那樣的詩之集會。但更年輕的，包括第四世代（1975～），由於新興媒介（電腦網路）的出現，他們比較不常在平面媒體活動，雖然有詩刊編制「網路詩選」，但很難窺其全貌。當代詩史的建構，在面對新崛起的詩人時，存有相當程度的無力感，但又不得不處理，在沒有整套資料的情況下，只有一點一滴去累積。這一次《臺灣詩學季刊》以比較大的動作全面清理

---

7 楊宗翰：〈誰怕七年級！──「臺灣七年級文學金典系列」策劃人語〉，謝三進、廖亮羽：《臺灣七年級新詩金典》（臺北市：秀威資訊科技股份有限公司，2011年），頁3。

8 李瑞騰：〈《新世代詩人詩作論述》前言〉，《臺灣詩學季刊》第32期（2000年9月），頁6。

　　詩壇新世代，製作專號《新世代詩人大展》（西元二千年春季號），計展出五十九位一九六五年以後出生的新世代詩人的作品，同時並有詩人的簡介及詩觀，對於二十世紀九〇年代的臺灣詩史之建構，應大有助益。[9]

除「世代」外，臺灣詩界還有「年級」概念。如「七年級」指民國七十到七十九年出生者。六年級詩人和七年級詩人構成了臺灣新世代詩人的主體。世紀之交，新世代詩人漸漸走上前臺，成為臺灣詩壇的重要力量。

　　李瑞騰在二〇〇〇年描述了他「普查」新世代詩人的結果：

　　首先由我個人從張默《臺灣現代詩編目》（1974～1995 修訂篇）及李瑞騰、封德屏主編的《中華民國作家作品目錄》（1999 年版）清查一九六五年以後（含）出生的詩人資料，然後對照：（1）年度詩選，（2）前衛版臺灣文學選，（3）兩大報文學獎得獎名單，（4）明道文藝及文建會主辦全國大專學生文學獎，以及（5）近年來各詩刊有關新世代詩人的特輯等，總共清理出五十二位詩人。接著由白靈從網路上下手，一方面尋找類似「典藏詩壇新勢力」的資料，並發佈新聞徵稿，三月中總計增加大約三十位。[10]

相對其他世代，新世代確實有獨特的生態和特色，甚至形成星火燎原之勢。新世代詩人的文體觀及詩體觀，可以從李瑞騰文中的一段文

9　李瑞騰：〈臺灣新世代詩人及其詩觀〉，《臺灣詩學季刊》第 32 期（2000 年 9 月），頁 38。

10　李瑞騰：〈臺灣新世代詩人及其詩觀〉，《臺灣詩學季刊》第 32 期（2000 年 9 月），頁 38～39。

字，特別是他列舉的二十位新世紀詩人自述的詩觀中窺見一二。二十位詩人談詩，只有一位論及形式。劉叔慧認為詩這樣的文學形式是自由和拘束的綜合體。由此可見新世代詩人更關注「寫什麼」而非「怎麼寫」。

　　李瑞騰的這段文字可以呈現新世代詩人的文體觀及詩體觀：

> 如所周知，一個詩人詩觀之形成，有理論思考的結果，也有純經驗性的。一般來說，文史背景者比較可能多讀古今詩文論著，較易受理論影響，而其他學門出身常以經驗（人生的、寫作的）形成其詩觀，也會以所學與詩之寫作相互比較、印證，有時亦能發展出二者匯通後的特殊看法，值得注意。所謂「詩觀」，簡單的說就是對詩的看法。當一位元詩人被要求用一小段文字表述其詩觀，我們相信他是說不清楚的，因此當我們想以〈新世代詩人大展〉中的「詩觀」為材料來討論他們的詩觀時，那其實是非常冒險的一件事。不過，由於這些「詩觀」之寫作不是當場答題，詩人有充分的時間思考如何下筆，同時他亦可字斟句酌，最終則以最能表達一己詩觀的一小段文字來呈現。因此，在我看來，這些材料已相當豐富，可據以瞭解新世代詩人對詩的看法。從表述詩觀的方式上來看，有一些詩人只用非常簡單的文字陳述，下面所列在詩刊上都只有一行：須文蔚：詩言志。（頁37）林思涵：一種說故事的方式。（頁144）陳耀宗：詩觀？安身立命而已。（頁121）邱稚亘：我只是想多說點故事而已。（頁208）楊佳嫻：詩乃犄角，用以拆裂世界。（頁221）劉秀陵：寫詩，是生命通往純粹的基本動作。（頁67）王信：詩是一種語言習慣的創造，另一種溝通方式的可能。（頁117）黃明峰：用最真實的情感和最有味道的聲音

表達生活中的點點滴滴。（頁148）陳大為：每一首詩都以最好的狀態出現在讀者面前，是我最大的堅持與信念。（頁82）林則良：擁有激情的人有福了，但如果他只是成為一個不為任何什麼的木匠。（頁53）顏愛琳：寫詩像與心的女神做愛。靈感雖然勃起，但才氣一不小心便會陽萎。（頁78）……蔡逸君：詩是我記日的軌跡，用來抓住時間及重建其流過時之處所被淹沒事務的方法。（頁26）方群：詩是奧妙的旅行，也是感覺的探險。（頁46）漢駱：詩是心靈言簡易足的表述，非常裸裎，也非常婉曲。（頁50）唐捐：我曾聽人說過，詩是活潑、愛過，掙扎過時的痕跡。但我相信，詩也可以是逸離時空的證據。（頁57）劉叔慧：詩這樣的文學形式，是自由和拘束的綜合體。（頁88）吳菀菱：詩是反應詩人世界觀的仲介……（頁99）王宗仁：詩是一架架我懷胎、孕育多時，而後辛苦出生的象形轟炸機……（頁103）李俊東：詩是愛，是欲望，是自己內心的光。（頁109）林怡翠：詩啊，原是生命和生命的對白。（頁177）[11]

以上二十位詩人在十年前已小有成就，在十年後的今天，一些詩人，如方群、顏愛琳、唐捐、須文蔚、楊佳嫻等已是臺灣詩壇的著名詩人，他們的詩觀也發生了巨大變化，如方群近年高度重視詩的形式，是臺灣新詩學者中少有的研究新詩文類及詩體的學者，出版詩集《進化原理》、《文明併發症》、《航行，在詩的海域》、《縱橫福爾摩沙》。二○○四年他出版了詩論集《臺灣新詩分類學》，系統探討了臺灣的政治詩、都市詩、生態詩、母語詩、女性詩、小詩、後現代詩

---

[11] 李瑞騰：〈臺灣新世代詩人及其詩觀〉，《臺灣詩學季刊》第32期（2000年9月），頁40～41。

和網路詩。在第十章〈小詩的嘗試與開拓〉中的第三節〈小詩的界定
與格律〉中，他認為：

> 詩之所以吸引眾生，關鍵就在於它的精緻典雅，詩雖有古今之
> 別，但對形式與內容的要求卻千古不易。對詩人或讀者言，連
> 篇累牘的贅詞廢語，絕對比不上簡潔精確的隻字片言，而上天
> 下地的奇思妙想，往往都能因靈光一閃而產生意想不到的巨大
> 共鳴。五四以後，新詩語言以白話為正統，形式則以分行為
> 主，格律被當成妨礙內容的桎梏。不過在一切講究「自由」之
> 後，語言漫無章法，句型日趨冗長，這樣的演變，不僅失去客
> 觀的品評標準，同時也難以建立嶄新的模範，如此使得寫詩與
> 愛詩的人口大幅萎縮。時至今日，發展已近百年的新詩，依然
> 在顛躓困頓中摸索。然而在種種的可能中，一種兼顧著回首過
> 往與瞻望未來的微渺希望——小詩，已悄悄閃現它智慧的晨
> 光。[12]

二〇〇九年十一月，在重慶第三屆華文詩學名家國際論壇上，他提交
了〈臺灣新詩「固定行數」的格律傾向——以〈臺灣詩選〉為例〉，
採用統計學的方式，全面展示了臺灣新詩格律傾向的具體情況。他得
出以下結論：

> 本研究是以二〇〇三～二〇〇八年的《臺灣詩選》為研究物
> 件，並以量化的統計分析為基礎，嘗試突顯臺灣新詩在「固定
> 行數」的格律傾向。……這樣的統計結果，也可以相對印證，

---

[12] 林于弘：《臺灣新詩分類學》（臺北市：鷹漢文化企業股份有限公司，2004年），頁
327～328。

部分作家以「固定行數」當成寫作規範的可能。[13]

詩是精緻文學的典範，向來以精巧取勝。五七言絕律堪稱我國傳統詩歌成就的巔峰，其中最長的七律不過五十六字，而最短的五絕則只有二十字，少則少矣，卻不失結構之完整，亦不妨礙內涵之豐富。因此在漫長時間的考驗之後，這些優秀的文化結晶仍能歷久彌新。詩之所以吸引眾生，關鍵就在於它的精緻典雅，詩雖有古今之別，但對形式內容的要求卻千古不易。……時至今日，寫詩與愛詩的人仍然有限，這是否與新詩缺乏一套可供公評的「規矩」有關，其實也值得深思。[14]

方群的創作也呈現出他具有一定的詩體意識。他的詩集《航行，在詩的海域》共八十六首，有「固定行數」的一首。〈苦行僧〉四行分節：

從來就沒有比這個還要堅定的信仰／在沉默的腦海裡澎湃激蕩／落髮之後就已決定無怨無悔／再多的顛沛流離也將甘之如飴／／終點也許就在地平線的那一端／沿路托缽可以體察人情的冷暖／分享的喜悅是美麗的雨露均霑／傳說中的天堂應該就在不遠的西方／／千山獨行不需親朋好友的涕泣相送／邁步向前就要遠離是非糾纏的喧嘩／也許這樣的選擇並不十分划算／但人生旅途總得有個值得追尋的方向／／這是不能選擇的預設名單／苦行僧將承擔所有的挫折與苦難／在輪迴的街道他踽踽獨

13　林于弘：〈臺灣新詩「固定行數」的格律傾向——以《臺灣詩選》為例〉，《第三屆華文詩學名家國際論壇論文集》（重慶市：西南大學，2009 年 11 月 6～10 日），頁286～293。

14　林于弘：〈臺灣新詩「固定行數」的格律傾向——以《臺灣詩選》為例〉，《第三屆華文詩學名家國際論壇論文集》（重慶市：西南大學，2009 年 11 月 6～10 日），頁293～294。

行／在生死的關卡他低頭合掌[15]

一九六五年出生的李進文也有一定的詩體意識,他的詩集《一枚西班牙錢幣的自助旅行》共收詩五十六首,有「固定行數」的詩三首。〈上班〉兩行分節:

> 上班者的腦袋是衣架子新冒出來的／脫水橘子,被晨霧端出來／／夢躡手躡腳地吃三明治、喝咖啡／迅速檢閱一生有無被早報下錯標題／／窗外行道樹如有骨無肉的英雄式偶句詩:／朗誦公事,漏讀一個音節就錯過這世界／／上班者將四方型的視窗擺在流理臺／梳理一束晦澀的晨光／／天亮後他準時返回臥室折被單／然後用無數個軟弱的理由刷牙／／出門時他發現廿四小時有人醒著叫賣／燒餅油條和存在,全不值幾個錢／／上班者被城市的千足追過額際的幾條街／日子孤獨地跨過胸骨趕搭公車[16]。

〈你是誰〉五行分節:

> 花叢裡的香氣,任性而／猖獗群聚:我將它削薄、扶正／以免遊戲中的孩子提早感染,從此／不再撫著心,努力思索和懷疑——／當你慢慢長大／／我的腕表在暴雨後睡了／又醒了,點滴含在葉子的舌尖／悶雷沉沉陷落喉間;記憶如此輕浮／四處拈花惹草。而我的童年是蜻蜓／停在你的腳踝這般輕盈／／我將你一高一低的褲管拉齊／小帽扶正,卻看見晨光一路亂敲

---

[15] 方群:《航行,在詩的海域》(臺北市:國立臺北教育大學圖書部麇研筆墨有限公司,2009 年),頁28〜29。

[16] 李進文:《一枚西班牙錢幣的自助旅行》(臺北市:爾雅出版社有限公司,1998 年),頁120〜121。

　　／亂打蘋果樹；仍有一些水漬／在小學童的布鞋間嘩笑／仍有我們不懂的青鳥飛過頭頂／／你指著天空，一臉羨慕／為了幾朵翹課的雲彩往地平線／跑去：你追不上／但很快就可以追上，遲早／用閃亮蹦跳的生命追上／／用你即將成型的夢穿越香氣／停在一粒飽滿的果實上，如蜂蝶／的小腳穩穩抓牢時間膨脹的刻度／（我把香氣削薄、扶正）／自樹上摘下幾葉好玩的問題／／問你：「你是誰！」／你站在這城市最冷漠的鋼骨長椅／「你是誰？」你天真學語。漸漸有鼎沸的人聲在公園運動和散步／「他們又是誰？」你笑著指向晨霧……[17]。

〈如煙〉三行分節：

　　藍調幾乎要把地窖的酒喝光／燈那麼醉，如何把夢說清楚？／你用骨匙輕輕攪動掌紋——／／直到一盞茶也清醒了／故事是雪釀的、火鑄的……／說出來：如煙／／你走一條險峻的情節，有時／被黑色的標點絆倒，又痛快地站起來／將自己說成生命的局外人／／你的嘴是海洋，我看見檸檬和鹽／趴在高腳杯啜飲危險的夜／仰盡，怕千萬尾魚瞬間氾濫成話題／／當故事舞動琥珀色的軀體／那位沙啞的歌者，唱出圓圓的臉／仿佛泡沫，相遇又一吻即破／／空間靜止。啊你走回／你的孤獨；我向一匈心事／悄悄放進被旅行磨破的袋子。[18]

　　李進文在詩集的〈後記〉闡述了他的創作觀及詩體觀：

---

[17] 李進文：《一枚西班牙錢幣的自助旅行》（臺北市：爾雅出版社有限公司，1998年），頁83～85。

[18] 李進文：《一枚西班牙錢幣的自助旅行》（臺北市：爾雅出版社有限公司，1998年），頁28～29。

我一直在探索屬於自己的表達方式：要求意象務求精准、語法
要知所分寸，而內涵必須自由、歧義且能緊扣著中心意圖。這
兩年我進一步隱然掌握到一些些神秘的節奏，我相信只有「節
奏」才能測知脈搏和呼吸，才能使一首詩散發出屬於個人的獨
特氣質。[19]

顏愛琳也是早期新世代詩人的代表詩人，她的詩集《她方》的詩作
也呈現出她有明顯的詩體意識。〈因為欲望之故〉[20]的第一個詩節是新
格律詩：「月亮追逐圓滿／星星嚮往流浪／花朵等待綻放／經血侵襲
女岸」。〈少女的果實〉的第一個詩節也有韻律。全詩如下：「時間在
十六歲變慢，／似乎要將少女醞釀／成為／一種溫柔的季節；／讓日
落更遲緩，／讓秒針走得更果斷。／／少女的眼眸有霧出入，／某種
無法透澈的單純，／由詩人強以詮釋。／於是有魔力的蓓蕾，／一次
次在少女胸前綻放，／而我們俗稱為：／B罩杯。／二○○二、五、
十二」[21]

三　臺灣新世代詩人的文體觀念和詩體意識的生成原因

金克木認為：

功能決定文體，文體反映功能。[22]

---

19 李進文：《一枚西班牙錢幣的自助旅行》（臺北市：爾雅出版社有限公司，1998
年），頁154～155。

20 顏愛琳：《她方》（臺北市：聯經出版事業股份有限公司，2004年），頁16～17。

21 顏愛琳：《她方》（臺北市：聯經出版事業股份有限公司，2004年），頁18～19。

22 金克木：〈八股新論〉，啟功、張中行、金克木：《說八股》（北京市：中華書局，
2000年），頁101。

韋勒克認為：

> 文學的種類不是一個無足輕重的名稱，它是一種能夠在一件作品中參與顯示其特點的美學慣例。[23]

托多羅夫認為：

> 在一個社會中，某些複現的話語屬性被制度化，個人作品按照規範即該制度被產生和感知。所謂體裁，無論是文學的還是非文學的，不過是話語屬性的制度化而已。[24]

詩體類似韋勒克的「美學慣例」，是詩的語言「秩序的法則」。詩體，即是對詩的形式屬性及文體屬性的制度化的具體呈現。由此可以確定出文體研究及詩體研究的研究路線：生態決定功能，功能決定文體，文體決定價值。正是人與社會追求自由的革命性與文體自身存在的政治潛能相結合，才導致了文體革命。

李瑞騰描述了新世代詩人的「實力」和受教育的背景：

> 這些詩人有的已經很有名氣，像羅葉（1965～），詩、散文、小說都寫，出書量可觀（九本）；許悔之（1966～）已出版五本個人詩集及一本散文集，曾擔任過《聯合文學》及《自由時報‧副刊》主編；須文蔚（1966～）以經營網路詩聞名詩壇；其他像方群（1966～）、顏愛琳（1968～）、吳苑菱（1970～）、孫梓評（1967～）等，行走詩壇皆已久矣。其中

---

[23] René Wellek,Austin Warren:Theory of Literature,New York:Harcourt,Brace and Company,Inc.,1956,p.214.

[24] （法）托多羅夫，蔣子華、張萍譯：《巴赫金、對話理論及其他》（天津市：百花文藝出版社，2001 年），頁 27。

有一些人的學者特性或運動性格也逐漸在形成之中，像陳大為
（1969～）、丁威仁（1974～）、楊宗翰（1967～）等，都能編
能論。更新的詩人，像一九七七年出生的吳東晟、一九七八年
出生的布靈奇，都已出版他們的第一本詩集。從教育背景來
看，除了五位元缺乏資料，其中出身中文系的有二十位，外
文系有五位，歷史系有三位（含一位英語系出身轉讀歷史研究
所），這大約占總數一半的文史科系背景的詩人，有不少人進
研究所繼續深造。文史之外的教育背景可說是五花八門，分佈
在法、商、理、工、醫、藝術及其他社會科學類之中。[25]

生態決定功能，功能決定文體，文體決定價值。如李瑞騰所言，新世
代詩人的生態，如普遍接受過較好的詩歌教育，決定了這批詩人有
「學院派」詩人的特質，他們熟悉中外詩歌文體及新詩詩體的各種源
流，特別是前輩詩人所作的各種詩體實驗。教育，特別是高等教育對
被教育者的素質修養的「規訓」，使他們更追求科學精神。來自理、
工、醫等科學專業的詩人，更是重視科學精神，儘管他們的實驗意識
可以刺激他們的詩體實驗衝動，但是他們的專業素養更強調客觀公
正、全面深入的科學精神。這種大學教育經歷決定了新世代詩人不會
在詩體上走極端。

　　新世代詩人，特別是後期新世代詩人的詩體意識平和甚至平庸的
根本原因是他們的「見多識廣」或「見慣不驚」。這種現象在七年級
詩人中十分普遍。生於一九八四年的謝三進描述了七年級詩人的詩人
生態：

---

[25] 李瑞騰：〈臺灣新世代詩人及其詩觀〉，《臺灣詩學季刊》第32期（2000年9月），
頁39。

二○○四、二○○五年之間產生變化的不只是 Blog 品牌的選用，還有網路文學論壇的影響力漸大。喜菡文學網「十九禁」版（非專屬詩版）、吹鼓吹詩論壇「少年詩園」與「大學詩園」等專為年輕學子設置的版面，此類版面的誕生，不僅只是詩壇結構的細分，在年輕學子之間，透過這個版面讓他們很早就意識到彼此的存在。相較於六年級與七年級前段班的創作者們，時代稍晚的七年級後半創作者們的群體意識建立較早，關係網絡的密切度亦高於以往。已經由江湖廣渺的獨行時代，踏進喧嘩的詩壇小聯盟時代。而網路此一科技帶來的根本變化，在於過去許多重要事件往往在私人場合發生，經過許多年後，被參與過的成員出面還原，或有人跳出來拱他們還原，一個事件才終於被看見、被下定義。而在如今，年輕人不時泡在網上（主因不一定是為詩而來），一個事件、討論串出現之後，仍有許多「路人」或相關人士來得及幫「推」、幫「戰」。即時性、自由參與，當然還有時不時冷漠，整個詩壇的歷史似乎有越來越多人加入見證與撰寫。在此自由發言的環境下，網路達成了年輕創作者、讀者進行「造山運動」的最佳條件，各種成熟的、不熟悉的想法都有獲得肯定的可能，多元美學共存此世間（且毫無畏懼），幾乎可以說是成為一九八○、九○年代自由開放風氣、後現代現象再延展的良好基礎。[26]

生於一九八五年的風球詩社社長廖亮羽更準確地揭示出她這一世代（晚期新世代詩人）的詩歌生態及不重視具有文體獨創意識的「跨界」寫作的原因：

---

26 謝三進：〈晨興理初穗——敢為七年級詩人早點名〉，謝三進、廖亮羽：《臺灣七年級新詩金典》（臺北市：秀威資訊科技股份有限公司，2011 年），頁 15～16。

早期新世代詩人因在資訊環境快速發展的時代，一心打破邊
界，模糊掉界線，擁有超越各種主義或無國界理論的創作意
識，是那時的新世代詩人非常焦慮而積極實踐的創作主軸，因
而衍生了影像詩，動漫詩，身體詩，同志詩，情色詩，數位
詩，圖像詩……等等要跨越界線的創作。但是就現今的七年級
或八年級作者而言，因為成長於網路媒體資訊爆炸的時代，各
式資訊不但會透過傳播轉寄的電子郵件或各家入口網站自動送
上門，自己也能輕易的搜尋網路資訊或觀看影視節目，甚至成
為資訊發佈者。例如上微博、推特、臉書向網友發佈新聞、訊
息，這些都讓各種早期看似大膽前衛，禁忌避諱，光怪陸離的
議題題材，成為聊天八卦的話題，而不再是有待跨越的議題。
因此，許多曾被詩人視為需要以詩創作跨界突破的議題，如今
也成為伴著七年級、八年級作者成長的知識常識，這些如今被
當作理所當然的詩類型，自然也不再是七年級詩人首要企圖挑
戰的，更不是八年級會認為需要花力氣去突破開發的。因為這
一、二十年來已經有不少作品出現，在網路詩論壇跟臉書，這
些讀者都能輕易跟創作者討論作品的網路機制設計下，甚至讀
者對作者發出的訊息或對作品的建議或對作品的修改模仿，都
可能跟創作者產生互動，讓創作者在網路已發表的作品，即時
檢視進行修改，甚至在下一首創作的作品，依照讀者建議而調
整，這些網路的互動性，形成了創作者與讀者的跨界。而在這
個連讀者都能輕易跨界變身為創作者，來將原創作品依個人看
法，在網路上徑行修改為自己理想中作品發佈給網友見證的時
代，以及成長於邊界，而與邊界融為一體或本身都是隨時在開
創邊界或取消邊界的新世代，都已讓七年級詩人不再面臨到有

　　那麼龐大的邊界有待跨越，轉而關注其他議題。[27]

前世代詩人的創新之體已經成為了「理所當然的詩類型」，前輩重視的跨界突破的議題成為了年輕一代的「知識常識」。這種豐富多彩的詩歌生態就像一個大超市，不但為年輕一代詩人提供了可以任意選擇的商品（詩體），也會嚴重挫傷新一代詩人的詩體創新的積極性，他們的文體自覺意識和詩體規範意識也會因為可以有多種選擇而減弱。

　　馬爾庫塞認為在文體中有一種形式的專橫：

> 「形式的專橫」──在真正的作品中常見的一種必然現象，要求任何一行文字、任何一個聲音都不能加以更換（指在實際上並不存在的最理想的情況下）。這種內在的必然性（區別真假作品的特質）的確是一種專橫，因為它壓制了表現的直接性。但是這裡被壓制的卻是虛假的直接性：只要它拖曳著未被反映的被蒙蔽著的現實，它就是虛假的。[28]

這種「形式的專橫」會對詩人構成巨大的壓力，如古代漢詩中的格律詩，強調格律的嚴謹；又如現代漢詩中的新格律詩，強調節的勻稱和句的均齊。在新世代詩人的創作中，很難發現這種「形式的專橫」在起作用，甚至也很難發現布魯姆的「影響的焦慮」和姚斯的「期待視野」。詩體傳統及前輩詩人的詩體方式並沒有對他們產生較大的影響，他們更願意採用水到渠成式的自然方式，但是如果細讀他們的詩作，又會發現詩體傳統在有意無意地產生影響，如分節方式和韻律方

---

[27] 廖亮羽：〈快樂的讀一本年輕詩人詩選集〉，謝三進、廖亮羽：《臺灣七年級新詩金典》（臺北市：秀威資訊科技股份有限公司，2011年），頁27～29。

[28] （美）赫伯特‧馬爾庫塞等，綠原譯：《現代美學析疑》（北京市：文化藝術出版社，1984年），頁28。

式。

以頗能代表後期新世代詩人風格的《臺灣七年級新詩金典》為例。詩選的封底文字介紹了入選的十位元詩人的創作情況。這段文字也是對後期新世代詩人的詩歌成績的總體概述：

> 本書編輯小組們從二〇〇八年以來製作的新世代詩人專輯、報刊或各地方文學獎得獎作品中，挑選十位元具代表性、各有特色的七年級詩人，一一羅列介紹如下：在敘事與社會批判外，何俊穆不忘於語言、情境、音韻等必須費心折沖考量，以滿足詩的美學需求；林達陽在七年級新詩創作者之間，一定程度上佔據著「領頭羊」的地位，囊括了各階段重要獎項；七年級創作者中，廖巨集霖不斷在探討語言，回到語言的本質，回到語言的背後；廖啟餘在一片柔軟的抒情聲浪之中，他的聲音不獨是知性的，更有著堅硬、陽剛的質地；在ptt詩版發表創作的spaceman善於營造佳句與氣氛；羅毓嘉的詩作讓人讀到兩個層次：精巧的語言文字、華美的修辭句法，以及屬於知性的、社會的思考脈絡；七年級寫詩的女性不算少，但崔舜華已能在七年級女詩人之間站穩位置；蔣闊宇書寫總從個人情志出發，但回歸個人之後，反而對現實世界更有深情；郭哲佑的詩題總是很龐大、很抽象，但詩卻從來不會流於空洞、虛構；而早在高中時代，林禹瑄便接連獲得大獎，早慧的詩才無疑使她在同輩詩人中最受注目。[29]

廖亮羽談到編這本詩集的理由：

---

[29] 謝三進、廖亮羽：《臺灣七年級新詩金典》（臺北市：秀威資訊科技股份有限公司，2011年），封底。

跟出版公司方面討論過後，規劃是出版一本七年級（指民國
七十至七十九出生者）世代的詩選，我覺得這是很大的挑戰，
當然樂於嘗試，畢竟七年級這十年的斷代是以民國紀年來區
分，但詩人的傳承卻不一定是十年就有一個明顯的斷代分野，
更不一定是七年級頭和尾的十年就會比六年級中段班到七年級
中段班的十年，在創作實力上和歷程背景上更多共通性相似
性。例如在現今七年級前段班的詩人，許多都已極為傑出，詩
質風格和受注目程度已足以和六年級中段班詩人並列，而生於
七年級尾巴的詩人較為出色者，大多還在摸索自己創作路線，
跟七年級前段班詩人在成熟度上也還有段距離。[30]

她還論及後期新世代詩人成長「神速」的原因：

為什麼到了現今的新世代詩人，可能會發生被觀察評論、被詩
選集集結的年齡層向更淺齡移動的現象，主要原因也是來自創
作者的發表平臺產生的變化，隨著電腦網路的普及，網路平臺
的不斷進階，由BBS時代到PChome新聞臺時代到論壇到文學
網到部落格，再到臉書和批踢踢詩版時代，讓由國高中就開始
使用電腦網路的創作者，只要有作品，就可以開始在網路上的
公領域發表，例如BBS、文學網，或是網路個人空間發表，
例如部落格、臉書，這讓從國高中就開始創作的作者，到大學
時代二十歲左右，在網路上公開發表而可以被閱讀、被轉載傳
播、被研究、被討論的詩作，可能就已經有四、五本詩集的數
量，而評論家、編輯者可以透過網路平臺認識或評析一位元年

---

30 廖亮羽：〈快樂的讀一本年輕詩人詩選集〉，謝三進、廖亮羽：《臺灣七年級新詩金
典》（臺北市：秀威資訊科技股份有限公司，2011年），頁22～23。

輕詩人四、五本詩集的作品量，也同樣在創作者二十歲左右就
可能達到，這就讓被觀察的新世代詩人年齡層產生更年輕化的
趨勢，而當今新世代與上一個新世代也就容易出現詩質與成熟
度的差異。[31]

《臺灣七年級新詩金典》入選的完全是只重視節奏不重視韻律的自由
詩。只有何俊穆等極少數詩人有一定的韻律意識。吳宣瑩認為：

> 我以為俊穆亦承襲了自《笠》詩刊以降歷久不衰的社會詩傳
> 統，縱使前有吳晟、鴻鴻等詩中具備濃厚社會關懷色彩的名
> 家，但在他〈這裡、那裡——菲律賓即景〉、〈天堂邊緣——
> 至 Banaue〉等作品中我們能夠窺見年輕詩人對社會的疑惑與
> 辯證，辯證的內容恐怕並不僅止於階級高低、開發／維持現
> 狀（傳統）、外來殖民／當地原民價值觀之爭，而是二分法以
> 外，生活於灰色地帶且不知時代將推著他們往哪裡去的群眾
> 本身。詩中雖然以菲律賓為背景，所描述者與臺灣島上人們面
> 臨的困境其實相去不遠，何況在敘事與社會批判外，詩人尚不
> 忘於語言、情境、音韻等種種寫作時必須費心折沖考量的層
> 面，以滿足詩的美學需求，在同世代詩人作品中我以為並不多
> 見。[32]

何俊穆的〈天堂邊緣——至 Banaue〉的第一個詩節就出現了寬鬆的
韻律，如第一個詩行的「梯」與第三個詩行的「意」、最後一個詩行

---

31 廖亮羽：〈快樂的讀一本年輕詩人詩選集〉，謝三進、廖亮羽：《臺灣七年級新詩金
    典》（臺北市：秀威資訊科技股份有限公司，2011 年），頁 25。

32 吳宣瑩：〈針尖之上；疆界之緣——何俊穆論〉，謝三進、廖亮羽：《臺灣七年級新
    詩金典》（臺北市：秀威資訊科技股份有限公司，2011 年），頁 47～48。

的「啼」，甚至第二個詩節的最後一個詩行「粒」都構成了「押韻」關係。如第一個詩節：「誰將山嶺踩出綠梯／踩出稻跡，踩出／不證自明的生意／天空以雨回答／一陣蔥嫩的細針插滿環圓的心／柔軟榮下的傷口／掩著四月，古早之前／埋沒的披掛著緋紅的靈魂／泥土巨大而暈眩／如鹽，我們終將被劇痛催黃／垂稻稈上多瞳的眼／看陽光在雲後，在風裡／餵養等高線底／新生的初啼」[33]

　　這本詩選中的所有的詩都重視分行與分節，更多的是採用自然分節和分行方式，只有極少數詩作採用了傳統分節方式。如兩行分節是新詩早創期從英語詩歌中借鑒來的分節方式，也被七年級詩人採用。陳建南認為：

> 在七年級創作者中，魚果實驗詩語言的形式與節奏，印卡近斯的詩作在其從事翻譯與閱讀中融合成類似翻譯體的書寫，廖宏霖的詩作則不斷在探討語言，回到語言的本質，回到語言的背後。誠如他自述：「語言如果是一種思考的枷鎖，那麼詩語言的詭態、畸零、甚至造作就是鬆開思考、獲致自由的可能。」[34]

廖宏霖主張「鬆開思考」獲致「自由」，他的〈支離疏──三首關於語言的詩〉[35]卻採用了傳統的分節方式。第一首〈想像〉共十六個詩節，採用的是兩行分節，如第一和第二個詩節：我們的話語消失、退隱／幾乎不留給想像任何餘地／／像去年案上悄然逸失的水漬／被時光的溫度舔舐而去」。但是這種傳統分節並沒有束縛他。第二首〈聲

---

[33] 何俊穆：〈天堂邊緣──至Banaue〉，謝三進、廖亮羽：《臺灣七年級新詩金典》（臺北市：秀威資訊科技股份有限公司，2011年），頁62～63。

[34] 陳建南：《直探語言的本質──廖巨集霖論》〉，謝三進、廖亮羽：《臺灣七年級新詩金典》（臺北市：秀威資訊科技股份有限公司，2011年），頁98。

[35] 廖宏霖：〈支離疏──三首關於語言的詩〉，謝三進、廖亮羽：《臺灣七年級新詩金典》（臺北市：秀威資訊科技股份有限公司，2011年），頁107～116。

音〉共十二詩節，採用的是三行分節。第三首〈如此地焦灼〉不但沒有了傳統的分節意識，連詩最基本的「分行」規則也不遵守，第一個句子長達一〇八字。這組詩的分節和分行方式頗能呈現出後期新世代詩人的詩體原則：熟悉詩體傳統，為我所用地遵守、調整或者破壞，但更多是調整。

一些其他詩人也採用這個詩體原則。新詩已形成了基本的分節方式，「固定行數」在臺灣現代詩中也較明顯。林禹瑄的詩也適度採用了這一分節方式。她的〈寫給鋼琴〉第十一首和第十六首採用的三行分節，第五十六首和第七十三首採用的是先四行分節再三行分節，第六十五首採用的是先四行分節再二行分節。

四　結語：新世代詩人需要發揚臺灣現代詩的詩體傳統

儘管臺灣沒有大陸詩壇那種聲勢浩大的「自由詩」與「格律詩」之間的「詩體之爭」，但是臺灣現代詩也形成了一定的詩體傳統。臺灣前行代詩人具有較強的詩體意識，很多詩人都寫過新格律詩。《1914～2005中國新格律詩選萃》選了鐘鼎文的〈長城〉、紀弦的〈雲和月〉、彭邦楨的〈月之故鄉〉、余光中的〈民歌〉、〈鄉愁〉和〈鄉愁四韻〉、商禽的〈凱亞美廈湖〉、瘂弦的〈歌〉和席慕蓉的〈給你的歌〉。

雖然臺灣中生代詩人沒有前行代詩人重視詩體，仍然具有一定的文體自律及詩體自覺意識。以兩本詩選為例。吳思敬、簡政珍和傅天虹編選的《兩岸四地中生代詩選》選取大陸三十家，臺灣十三家，香港六家，澳門兩家。十三家臺灣詩人共九十三首詩中，只有一首嚴格意義上的新格律詩。與臺灣前行代詩人相比，臺灣中生代詩人對自由詩的推崇遠遠大於格律詩。但是在這些詩作中，仍然可以發現聞一

多主張的「建築的美」。甚至少數詩的局部有「節的勻稱」和「句的均齊」，特別是「節的勻稱」受到一些詩人的重視，四行一節、五分一節、三行一節、二行一節等分節方式仍被採用。這些分節方式最早來自西方被中國現代詩人廣泛借鑒並形成新詩相對規範的分行原則。如蘇紹連的〈風沙〉第一個詩章分別是三行、五行和二行分節，第二個詩章二行分節，第三個詩章四行分節。〈大肚山〉第四詩章三行分節。簡政珍的〈能說與不能說〉四行分節。〈災前〉的分節方式是六、七、六、七、七。杜十三的〈密碼〉是比較標準的新格律詩：「才輸入一個密碼／整個世界便開始氧化／所有的女人充滿了愛／所有的男人充滿了欲望／／才輸入一個密碼／整個世界便開始還原／所有的女人化成了水／所有的男人　化成了爐」，具有「節的勻稱」和「句的均齊」。〈痕跡〉分節方式是四、二。〈孵〉分節方式是四、三、三。白靈的〈聞慰安婦自願說〉和〈愛與死的間隙〉全是兩行分節。陳義芝的〈緬甸的孩子〉全是兩節分行，〈給我的搪瓷娃娃〉全是三行分節，〈上邪〉是三、四，〈海邊的信〉是五、五、五、五、五、六、六。詹澈的〈下棋與下田〉全是四節分行。羅智成的〈滿月〉是相對規範的格律詩：「我們久已不在沙灘生殖或產卵／但是滿月依然教我們小腹發脹／鯨魚和牠獵食的浮游生物水乳交融／至今我們體內仍遺傳著最初的海洋」。侯吉諒的〈四絕句〉有明顯的建築美。孫維民的〈今天的難題〉是兩行分節，〈上班〉是三行分節。陳克華的〈無眼界〉全是兩行分節，〈無〉是三、三、六、三、三、二、一、二。

　　詩歌節編輯小組主編的《2009年臺北詩歌節詩選》收入周夢蝶、羅門、向明、張默、鄭愁予、葉維廉、楊牧等臺灣老、中、青詩人四十三家七十六首。兩行分節的有李魁賢的〈聽海〉，四行分節的有楊牧的〈臺灣欒樹〉和簡政珍的〈能說與不能說〉。商禽的〈遙遠

的催眠〉第一詩節為五行，後面十四個詩節均為四行，每行七個字。五行分節的有向陽的〈秋辭〉，九行分節的有簡政珍的〈放逐〉。還有白靈的五行詩〈不如歌〉兩則，陳黎的〈五行詩〉五則，羅智成的〈新絕句《地球之島》〉六則，每則均為四行。

　　林于弘二○○九年對《臺灣詩選》的格律傾向的統計結果說明臺灣當代詩人有一定的詩體意識：

　　　　至於統計二○○三～二○○八年《臺灣詩選》「固定行數」詩作及其所占比率後，我們可以發現，六個年度的總平均為十七％，其中更有四個年度的比率都在十九％以上，平均每五首詩作，就有一首是採取完全固定行數的寫法，比例不可謂之不高。可見《臺灣詩選》中，有關選錄詩作「固定行數」的傾向，的確是不爭的事實。……在統計二○○三～二○○八年《臺灣詩選》「固定行數」詩作之行數與段數的關係之後，我們也發現在行數上，是以四行最多（20首），三行和五行次之（12首），二行排第四（10首），六行和八行則並列第五（8首），其餘則寥寥無幾。至於在段數上，是以二段最多（18首），三段次之（13首），六段和八段並列第三（8首），四段第五（7首），五段第六（6首），一段和七段並列第七（5首），其餘的比重都不高。最後若總和行數與段數來看，八行二段第一（5首），三行六段、四行二段、四行三段、四行四段、五行二段、六行三段並列第二（4首），三行八段、四行七段為第三（3首），其餘的數量優勢則不明顯。可見「固定行數」的行數選擇與段數安排，雖然尚未有一致的看法，但也隱然有簡約化的趨勢。……有關個別作家在「固定行數」偏好的統計，以陳義芝（5首）、余光中（3首）和陳育虹（3首）

的趨向較為明顯，而這些作家平時的作品特色及書寫習慣，似乎也有如此的固定模式，因此這樣的統計結果，也可以相對印證，部分作家以「固定行數」當成寫作規範的可能。[36]

筆者採用林于弘的研究方法，特別是統計學方式，考察了《臺灣七年級新詩經典》、《記憶的指紋——第一屆臺北文學獎作品集》、《二十世紀臺灣詩選》、《現代女詩人選集》、《中國現代文學大系詩卷》、《新詩30家》等詩選收錄的一九六五年以後出生的詩人的詩作，明顯發現詩人的詩體意識逐漸減弱，儘管也沒有被徹底破壞，但是新詩及臺灣現代詩的詩體傳統並未得到有效的繼承。所以臺灣新世代詩人，特別是七年級、八年級詩人，重視詩體已經成了當務之急，很有必要如大陸新詩壇，提出「詩體重建」的口號，在重視「寫什麼」的同時，重視「怎麼寫」，有必要這樣給新詩下定義：

> 新詩包括內容（寫什麼）、形式（怎麼寫）和技法（如何寫好）。內容包括抒情（情緒、情感）、敘述（感覺、感受）和議論（願望、冥想）。形式包括語言（語體）（雅語：詩家語〔陌生化語言〕、書面語；俗語：口語、方言）和結構（詩體）（外在結構：句式、節式的音樂美、排列美；內在結構：語言的節奏）。技法包括想像（想像語言、情感和情節的能力）和意象（集體文化、個體自我和自然契合意象）。……可以用一句話來概括這個新詩觀：新詩是採用抒情、敘述、議論，表現情緒、情感、感覺、感受、願望和冥想，重視語體、詩體、想

---

36 林于弘：〈臺灣新詩「固定行數」的格律傾向——以〈臺灣詩選〉為例〉，《第三屆華文詩學名家國際論壇論文集》（重慶市：西南大學，2009年11月6～10日），頁292～294。

像和意象的漢語藝術。[37]

即把新詩理解為多種詩體（定型詩體、准定型詩體和不定型詩體）共存、多種文體（散文、戲劇、小說、新聞）共建和多種技法（抒情、敘述、議論、戲劇化）共生的文體，因此必須重視新詩的形式本體——多種詩體、混合本體——多種文體、表現本體——多種技法。

參考文獻

宗白華　〈新詩略談〉《少年中國》第1卷第8期　1920年2月　頁60～62

（美）馬斯洛　許金聲譯　《動機與人格》　北京市　華夏出版社　1987年

David Bergman, Daniel Mark Epstein: The Heath Guide to Literature,Lexington, Massachusetts Tornoto: D. C. Heath Company, 1987.

Louis Untermeyer: Doorways to Poetry, New York: Harcourt, Brace and Company, 1938.

鄭慧如　〈新世代詩人詩作論述〉《臺灣詩學季刊》　第32期　2000年9月　頁7～36

謝三進、廖亮羽　《臺灣七年級新詩金典》　臺北市　秀威資訊科技股份有限公司　2011年

李瑞騰　〈《新世代詩人詩作論述》前言〉《臺灣詩學季刊》　第32期　2000年9月　頁6

李瑞騰　〈臺灣新世代詩人及其詩觀〉《臺灣詩學季刊》　第32期

---

[37]　王珂：〈今日新詩應該守常應變〉，《西南大學學報》第4期（2001年8月），頁27。

2000年9月　頁38～43

林于弘　《臺灣新詩分類學》　臺北市　鷹漢文化企業股份有限公司
　　　　2004年

林于弘　〈臺灣新詩「固定行數」的格律傾向——以《臺灣詩選》為
　　　　例〉《第三屆華文詩學名家國際論壇論文集》　重慶市　西
　　　　南大學　2009年11月6～10日　頁286～293

方　群　《航行，在詩的海域》　臺北市　國立臺北教育大學圖書部礱
　　　　研筆墨有限公司　2009年

李進文　《一枚西班牙錢幣的自助旅行》　臺北市　爾雅出版社有限公
　　　　司　1998年

顏愛琳　《她方》　臺北市　聯經出版事業股份有限公司　2004年

金克木　〈八股新論〉　啟功、張中行、金克木　《說八股》　北京市
　　　　中華書局　2000年

René Wellek, Austin Warren: Theory of Literature, New York: Harcourt,
　　　　Brace and Company, Inc., 1956.

（法）托多羅夫　蔣子華、張萍譯　《巴赫金、對話理論及其他》　天
　　　　津市　百花文藝出版社　2001年

（美）赫伯特・馬爾庫塞等　綠原譯　《現代美學析疑》　北京市　文
　　　　化藝術出版社　1984年

我完成我以完成你
——從匱乏說看新世代影像詩中的〈斷章〉

白靈

臺北科技大學副教授

摘　要

在「情詩說」、「哲詩說」、「相對說」、「裝飾說」之外，本文對〈斷章〉另提出「匱乏說」，借道拉康欲望、凝視、不在場的理論，重新審視卞氏此詩在後現代可能的意涵，並藉新世代讀者作者以影像詩形式自行詮釋〈斷章〉、或藉〈斷章〉之名以影像方式再創作所展現的可能意義加以說明。卞氏在他的九十年歲月中見證了他所欲望之安徽姑娘的欲望，正是後來被時代鄙棄、搗毀的事物，最終成了社會中的「無」，卞氏透過他的詩成了「預見者」和「見證者」。而由新世代讀者作者以影像詩形式自行詮釋〈斷章〉時，或藉有限或無盡視角的轉換、或藉裝飾和風景的新意涵展現了各自的創意，也豐富了原文本的現代意涵。

關鍵詞：卞之琳、〈斷章〉、影像詩、凝視、他者、匱乏

Key words：Bian Zhilin　Paragraph　Image poetry　Gaze　Deficient

一　前言

卞之琳（1910～2000）可能是一九四九年之前，老大陸詩人寫的情詩中寫得最好的一位，不論一九三七年之後他沒再寫出更好的詩，不論他的情詩與現實有什麼距離。他語言的委婉乾淨、含蓄而斂聚的氣質，保留了傳統文字蘊藉深情的部位，又受到西方象徵主義的影響，雖然委婉含蓄在性格上不見得是優點、占優勢，在詩上卻可能造成凝練晦澀知性的特徵，因而開創了一己的卞氏風格。

他生前一定也沒有想到，他的代表作〈斷章〉一詩到了二十一世紀有一天會進入DV和數位網路，不以文字而改以影像呈現，被拍成至少十種各式各樣的「影像詩」，於網路上被重新詮釋、解構、重組，加入不同創意，讓不同地域的準詩人們發揮其想像力，豐富、創造、甚至扭曲、變造了他們各自的「斷章」。〈斷章〉一詩成了他們的活水源頭、甚至「借道」、「借名」的利器。

甚至林懷民「雲門舞集2」的伍國柱也在二〇〇四年、二〇〇七年以〈斷章〉之名跳出年輕舞者自己的「斷章」。香港的實驗藝術團體「進念二十面體」（Zuni Icosahedron）在一九九五年底演出〈斷章記〉，雖然悼念的是當年十月剛去世的張愛玲，批判的卻是全體華人具有「集體意識」的「含蓄」性格。而卞之琳和他的〈斷章〉表現的正是他的「含蓄」，卞氏之所以被評家和讀者普遍性地以〈斷章〉一詩當作他的代表作，會不會是另一種「含蓄」性格之「集體意識」的展現方式？

此詩僅四行，是自有新詩以來，以最少行數卻討論最頻繁的一首詩：

你站在橋上看風景，

看風景人在樓上看你。

明月裝飾了你的窗子，

你裝飾了別人的夢。

在過去的賞析、討論、或研究中，除了逐字逐句解外，形式分類上大致徘徊於「情詩說」與「哲詩說」間；內容討論又可分為兩「說」：一是「相對說」，從時空的相對、主客的相對之角度切入，說明沒有什麼是永遠的主體或優勢，據說與愛因斯坦的相對論學說有關係；一是「裝飾說」，從景對人的裝飾、人對人的裝飾之角度切入，說明沒有什麼是永恆的，終究均是裝飾物。卞氏一起初就傾向於「相對說」，對「裝飾說」有所微詞，其堅持，比將此詩歸於哲思詩還固執。本文另擬提出「匱乏說」，借道拉康欲望、凝視、不在場的理論，重新審視卞氏此詩在後現代可能的意涵，並藉新世代讀者以影像詩形式自行詮釋〈斷章〉、或藉〈斷章〉之名以影像方式再創作所展現的可能意義加以說明。

二 「相對說」、「裝飾說」、到「匱乏說」

　　一首詩可以讓當世和後世的讀者和評者眾說紛紜，這本身就突顯了這首詩的多面性和歧義性。但讀者和評者永遠不會滿足，總想方設法能多挖掘出些內在更深的什麼意涵為樂。比如這首詩究竟是情詩或哲思詩就有不同說法，是愉悅的詩或悲哀的詩也各有意見。絕大多數讀者都非常直覺地將它視作「就是情詩」、「根本是情詩」，卞老當然有話說，這也如同夏濟安在他出版的日記裡所寫年輕時代的卞氏一

樣，幾乎隨心儀對象而波瀾而起伏，或乾脆說，而「起舞」，卞氏至臨終前仍然說夏濟安「亂寫」，卻是不生氣、微笑地說的。卞老一生的含蓄、矜持、或者說「愛面子」，其實正是他的「罩門」所在。

卞老對此詩的自解當然偏向哲思詩，說當年是受到周作人譯永井荷風《尺八夜》裡無常無告無望的一段話所「無端觸動」，這段話是：

> 嗚呼，我愛浮世繪。苦海十年為親賣身的游女的繪姿使我泣。憑倚竹窗茫然看著流水的藝妓的姿態使我喜。賣消夜麵的紙燈寂寞地停留在河邊的夜景使我醉……凡是無常無告無望的，使人無端嗟嘆此世只是一夢的，這樣的一切東西，於我都是可觀，於我都是可懷。[1]

這段話題的確傷感，但卞氏說他當時是「信手拈來了那麼四行自由體詩，寫得輕鬆，情調也沒有永井荷風那段文字盛傷」。因此「似乎與愛情了無關係了」[2]。問題是沒有什麼會是「無端觸動」的，尤其沉落到潛意識的東西更不會自我檢查得到。雖然一九九一年卞氏終於承認自己「現在倒像反受了他們明說或暗示的影響，覺得不能否定這裏無意中多少著了一點我個人感情生活的痕跡」因而不免表現出情愛生活中一種「一清似水，光風霽月式境界」[3]。這幾句話說得很不得已，承認得極為勉強，又以「一清似水」、「光風霽月」等詞遁脫，問題是「光風霽月」是雨過天晴後的明淨景象，卞氏其實未必如此，其前後詩作更多呈現的是欲望的無告、無助和匱乏，卞先生只是以語言藝術暫時遮掩了它，而欲遮掩的正是他所缺席、不在場的東面，詩中的

---

[1] 陳丙瑩：《卞之琳評傳》（重慶市：重慶出版社，1998 年），頁 119。

[2] 陳丙瑩：《卞之琳評傳》，頁 119。

[3] 陳丙瑩：《卞之琳評傳》，頁 119。

「你」只是一個替代物。永井荷風「凡是無常無告無望的,使人無端嗟嘆此世只是一夢的,這樣的一切東西,於我都是可觀,於我都是可懷」這一段話正巧觸及其「內在創傷」,因此並非「無端觸動」,反倒是「觸動了某一端」,其語言表現或是「一清似水,光風霽月式境界」,那是自我期望,借詩的「完成」暫時片刻「完成」此一期望而已,因此只是一時有所領會的跳脫,隨則又深陷、掉落其中。

當這首詩忽略其「無端觸動」的部分,而被歸到哲思詩時,便被切分為兩「說」,一是「相對說」,一是「裝飾說」,卞氏便傾向前者。此詩被認為是其「相對意識隨處可見」的主知詩中,哲理內蘊開掘最深、詩情表達最濃郁的兩首之一(另一首是〈妝臺〉)[4]。卞氏說橋上的人把橋所面對的一切活動當風景來看,而剛巧樓上的人也把橋上人納入風景的一部分來觀賞,此是相對;而當明月的光華輪廓裝飾了你的窗戶,而你的形象也進入了他人的夢中,裝飾了他的夢,此也是相對,「明白這種相對關係,人就不應該再有怨尤」[5]。屠岸則說這些相對包含了你(我)/人、橋(聯結點)/樓(制高點)、月/你(我)、窗(觀察世界)/夢,觀看是主位/裝飾是客位,於是「主體/客體」、「主位/客位」、「主動/被動」得到「矛盾統一」[6]。但余光中將此「相對說」更進一步推向「空」或「無」之「裝飾說」的邊緣:

　　……它更闡明了世間的關係有主有客,但主客之勢變易不居,
　　是相對而非絕對。你站在橋上看風景,你是主,風景是客。但

4　陳丙瑩:《卞之琳評傳》,頁116。

5　張曼儀編:《卞之琳》(臺北市:書林出版有限公司,1992年),頁248。

6　屠岸:〈精微與冷雋的閃光〉,袁可嘉等編:《卞之琳與詩藝術》(石家莊市:河北教育出版社),頁92~98。

> 別人在樓上看風景，連你也一併視為風景，於是輪到別人為
> 主，你為客了。明月裝飾了你的窗子，你是主，明月是客。但
> 是你卻裝飾了別人的夢，於是主客易位，輪到你做客，別人做
> 主。同樣一個人，可以為主，也可以為客，於己為主，於人為
> 客。正如同一個人，有時在臺下看戲，有時卻在臺上演戲。
> 再想一下，又有問題。臺下觀眾若是客，臺上演員果真是主
> 嗎？你站在橋上看風景，果真風景是客，你是主嗎？語云「物
> 是人非」，也許風景不殊，你才是匆匆的過客吧？[7]

「相對說」最後成了「過客說」，「主」的成分和優勢為「客」所居，
如此似乎又與「裝飾說」無異。「裝飾說」是李健吾一九三六年就主
張的，特別看重「裝飾」二字，認為此乃詩人對於人生的解釋，「寓
有無限的悲哀」，「詩面呈浮的是不在意，暗地裏卻埋著說不盡的悲
哀」[8]，其後更被亦門認為「比宿命論更絕望，而他絕望得多嫵媚和吸
引」[9]。

　　亦門的解釋被評傳的作者說是「離奇」、「陷入主觀誤讀」、「背
離甚至曲解詩的原意」，其實不論是「相對說」，或是「裝飾說」都
是試圖理解原意或再詮解使詩之意涵更豐富吧。江弱水的「縈心之
念」[10]四字或是另一途徑，試圖與卞氏詩作更靠近，他說「主體的情
感，正須落實在客觀而具體的形象上，否則就浮泛」[11]，並舉〈雨同
我〉一詩說：「卞之琳喜用『多思』一詞，我們卻覺得他更是『多

7　余光中：〈詩與哲學〉，張曼儀編：《卞之琳》，頁253～256。

8　引自陳丙瑩：《卞之琳評傳》，頁119。

9　陳丙瑩：《卞之琳評傳》，頁120。

10　江弱水：〈一縷淒涼的古香〉，袁可嘉等編：《卞之琳與詩藝術》，頁99～105。

11　江弱水：〈一縷淒涼的古香〉，袁可嘉等編：《卞之琳與詩藝術》，頁102。

情』」[12]、再舉〈無題五〉說卞氏：

> 詩人太多情，因為躲在這「因為……因為……」的機械的推理
> 之後的，是一個至上的愛情：只因有了你，這世界對我了才有
> 意義。……但這個表現方式絕不是遊戲，因為它植根於真實的
> 故事。……卞詩表現技巧上是智力遊戲般的「冷」，這與他詩
> 情與人情的「熱」總是形成豐富的張力。[13]

江弱水說這些詩「是一個至上的愛情」「躲在」「推理」後面，而且
「絕不是遊戲，因為它植根於真實的故事」，總算有人說了真話，此
說應該歸於「情詩說」中的「縈心說」。

此一九八九年的「縈心說」與一九四三年徐遲（1914～1996）的
「幻想說」遙相呼應，徐氏說卞氏詩中「一顆晶瑩的水銀／掩有全世
界的色相」的「水銀」、或「一顆金黃的燈火／籠罩有一場華宴」的
「燈火」和「華宴」，卞之琳都沒得到：

> 而晶瑩的水銀卻只有一顆，老實說，它也是根本不存在的。它
> 是「幻想」的，也只有詩人和大藝術家才幻想，不僅幻想，彷
> 彿還已經見得，還只有一伸手之間隔，彷彿一索即得。
> 可是這粒水銀到了詩人的手裡還會從指縫裡漏掉。
> 他想把一場華宴抹去而追求金黃的燈火，以貯藏在圓寶盒裡，
> 他想把全世界的色相踢開而抓住一顆晶瑩的水銀，以貯藏在圓
> 寶盒裡。

徐遲說卞氏所追尋的「是根本不存在的」，是「幻想」的，「不

12　江弱水：〈一縷淒涼的古香〉，袁可嘉等編：《卞之琳與詩藝術》，頁101。
13　江弱水：〈一縷淒涼的古香〉，袁可嘉等編：《卞之琳與詩藝術》，頁103～104。

僅幻想，彷彿還已經見得」，「彷彿」說的是所見「非是」，即使「到
了詩人的手裡還會從指縫裡漏掉」，說的是根本上的「不能掌握」、
「不可掌握」，世上並無此「唯一的」「晶瑩的水銀」或「金黃的燈
火」，硬要追索，反倒抹去「華宴」、踢開「全世界的色相」了。旁
觀者清，當局者迷，徐氏狠狠揭開卞氏的迷思和神話幻覺，但卻徒勞
無功，這就接近本文所強調的「匱乏說」了。但幸好他有「把官能的
感受還原為知性的特殊天賦」、因為他是「善思索的詩人」，而「思
想的詩人所思想的是感情」，他在迷思和幻想的過程中——「能把感
情明確起來」以「提鍊知性的美」。「提鍊」的結果就是我們讀到的
這些詩，即使到末了那感情「根本不存在」或只是「幻想」，最好的
結果則是成為一片「魚化石」（你真像鏡子一樣的愛我呢／你我都遠
了乃有了魚化石）[14]：

> 水銀是沒有得到，卻得到了好比，獻給一個安徽女郎的〈魚化
> 石〉，這一片〈魚化石〉中「懷抱」著並且照出了全世界的各
> 時代的戀，這一首詩應得讀者的銘謝。並且縱然沒有得到水
> 銀，卻得到了「魚化石」，以貯藏在圓寶盒中，已經是彌足珍
> 貴，況且也彷彿沒有其他的更足珍貴的珠寶了。[15]

這安徽女郎今日仍在世，姑且不名。卞氏的「魚化石」就是身姿不一
的詩，而不論是「水銀」、「燈火」、「橋」，這些卞氏圓寶盒裡的想
望之物，甚至圓寶盒本身，都始終是缺席的，「根本不存在」或只是
「幻想」，是卞氏「匱乏」的表徵。

　　卞氏的「匱乏」正是他與安徽女郎兩者諸多明顯差異的對比，包

---

[14] 張曼儀編：《卞之琳》，頁27。

[15] 徐遲：〈圓寶盒的神話〉，張曼儀編：《卞之琳》，頁236～240。

括了：（1）貧與富的對比：指二者自幼成長物質條件的極大差異；
（2）庶民與貴族的對比：指二者出身背景和教育背景的絕大差異；
（3）鄉村與城市的對比：指二者生活環境和接觸事物的差異；（4）
現代與古典的對比：指二者興趣和喜好的差異；（5）冷肅矜持與熱
情灑脫的對比：指二者性格、個性天生的差異；（6）紅色與藍色的
對比：指二者政經社會關懷、思想和主義信仰的差異。這些差異包括
階級的、觀念的、先天的、後天的、精神的、物質的、學習的、性格
的，而安徽女郎所有的正是當時中國正在失去的傳統、古典、貴氣、
優雅、閑適、從容、端莊……等等，包括可見、可聽、可聞、可感而
不可說的氣質和氣度，而這些正是卞氏年輕歲月中所匱乏的，若有也
只在父祖或祖母那些先輩們身上。

　　從安徽女郎一生所「玩」和「專注」的「古詩詞」、「書法」與
「崑曲」等古典樂趣上，大致可窺出她與卞氏的巨大區隔。這些差異
都不是兩者感情最終成為「魚化石」的理由，而卻可能是「魚化石
後」成為卞氏一生「縈心之念」的部分理由。整個中國正在失去的優
雅和氛圍成為那時追逐西方事物者如卞氏所缺乏、匱乏的，安徽女
郎是「一顆晶瑩的水銀」而「掩有『全中國』的色相」、是「一顆金
黃的燈火」而「籠罩有一場『滿漢全席』的華宴」。然則「掩有『全
中國』色相」的人根本是不存在的、「籠罩有一場『滿漢全席』的華
宴」的女郎也不可能存在於這世上，安徽女郎只是剛好成了卞氏幻想
的對象物罷了。

三　匱乏中的不在場、欲望、和凝視

　　拉康認為「我」這一指稱或者所謂自我（ego）只是一幻象，它
是無意識的產物，而無意識的「簾子後面什麼也沒有」。拉康乃繼承

了西方「否定性本質」的哲學理論傳統，不僅認為「不在」與存在相
關，而且「不在」有決定性力量，這如同今日科學所欲尋找的占宇宙
絕大部分之暗物質與暗能量一樣，「不可見的」決定着「可見的」。
拉康認為一切決定性作用都是否定性的，以是「不在」也就成了自我
獲得存在的內在動力。拉康從「鏡像理論」開始，就幾乎把自我看
作成空無，把欲望定義為「存在的缺乏」。正是這種「缺乏」建構我
們的自我，將鏡像的他者當成理想自我，促使我們為了我們的存在，
在內化他人的欲望的過程中建構自我，因而奮勇而上。這種「缺乏」
與「實在域」的「無」及不可觸及有關：「實在是一種永遠『已在此
地』的混沌狀態而又在人的思維和語言之外的東西，因此她是難以表
達、不能言說的，它一旦可以被想像、被言說，就進入了想像域、
象徵域」。[16]實在域既是一個原初統一體存在的地方（心理的而非物理
的），就不存在任何的缺席、喪失、或者缺乏，於其中的任何需要均
獲圓滿具足（宛如在母體中與母親的合一）。既如此則不存在也不須
使用語言，因圓滿或具足即永遠超越語言的，也不能夠以語言加以
表徵。所以拉康才說語言總是涉及喪失和缺席，只有當你想要的客體
「不在場」時你才需要言詞。卞氏也因他所欲望的成為「幻想」、「幻
相」、或如徐遲說的「根本不存在」，於是乃有了他的〈斷章〉、〈無
題〉、和《十年詩草》。如一切具足，需要的皆「在場」，即不需要語
言。

　　「想像域」即他「鏡像理論」所說最初鏡子中（包括他人目光，
尤其是母親）的「我」的影像，其後的「我」即向此自身身體形象之
「想像」──鏡式形象──認同，使「我」成了「理想自我」（自我

16　黃漢平：《拉康與後現代文學批評》（北京市：中國社會科學出版社，2006年），頁
　　25。

之異化）。[17]此處的他者即起初拉康所區分出來的「小他者」，於是想像域成了以假自我與小他者構成的世界。「小它者客體」的缺乏（與母親合一的不可能）也就是缺席的概念。「小它者」向兒童闡釋了缺乏、喪失和缺席的概念，向兒童表明無論是在其自身中還是關於其自身它都不是具足的「需求」（請求）。此一事實也成了一個通向象徵域的秩序、通向語言的門徑，因為語言本身就是由缺乏和缺席的概念所引入的。而拉康的「象徵域」則指人們通過語言交往而構成的世界，其核心是欲望（欲求）、要件是語言或者概念，代表了社會化的部分。所以在象徵域中，個人只有通過語言系統才能尋求自身的主體地位。父母（尤其是父親，泛指社會／制度／文化）通過命名對主體報以期望，主體就在眾人的期望中被建構。從眾人開始用一個名字對孩子進行稱呼時，孩子便踏上了為父母的期望而奮鬥的路途，即把他人的欲望（欲求）當成是自己的欲望。此處之欲望，拉康是指：「欲望既不是對滿足的渴望，也不是對愛的要求，而是來自後者減去前者之後所得的差額，是它們分裂的現象本身」。[18]因此對拉康而言並沒有所謂所指，或沒有一個能指能表出最終所指本身。能指鏈永遠處於遊戲之中，滑動、漂移、迴圈，一個能指只指向另一個能指，永遠無法指向一個所指。一個自我的過程就是力圖將能指鏈加以固定、穩定——包括「我」之意義——使之得以可能但永不可能的過程。即此一可能性僅僅是一個幻象，於是走向文明化的成年人必然嚴重喪失其原初的統一體、未分化的存在、或與他者（特別是母親）融合的可能，卻又不斷處在欲求之中。

相關的說法整理如圖一及表一。

---

17 沈麗娟：〈從拉康「鏡像說」解讀「他者」的含義〉，《瀋陽師範大學學報》第6期（2008年），頁86～87。

18 拉康：《拉康選集》（上海市：上海三聯書店，2001年），頁72。

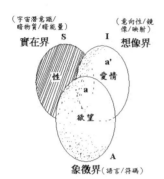

圖一　欲望理論示意圖

博洛米尼結	實在界	想像界	象徵界（符號界）
	一種內在的統一體的混沌狀態，受本能的驅使，帶著濃厚的生物特性，而又在人的思維和語言之外的東西，因此難以表達、不能言說的、不需要語言的	最初鏡子中（包括他人目光，尤其是母親）的「我」的影像，「我」即向此鏡式形象認同。自我就是他者，認同成為一種期待的、想像的與理想化的關係（小他者）	指通過語言交往而構成的世界，其核心是欲望、要件是語言或概念，代表社會化的部分（大他者）
欲望理論三層次	需要（need）	要求（需求／請求）（demand）	欲望（欲求）（desire）
	人的生理方面，例如吃喝、睡覺等，可以通過物質來滿足	要求是對於愛的需要，屬於中級需要，它打開了欲望不得滿足的缺口。是超出生理需要的額外部分	「欲望」就是「要求」減去「需要」而剩下的東西

	性愛	愛情	欲望
	不存在完美理想的性對稱。維持正常性關係的是主體各自的幻想	愛情就是一方將自身所沒有的（過分的甜言蜜語，奢侈的浪漫行為）去給予並不需要的另一方	欲望處在需要與要求的裂縫處。分裂意味著一種渾然的整體性的缺失，渾然整體性也正是欲望所企圖達到的目標

　　因此卞氏〈斷章〉詩及其他詩作中「在場」的「你」在他的現實是缺席的、「不在場」的，即使「樓」、「橋」、「明月」、「窗」亦然。到晚年卞氏仍堅持他的「相對說」:「它只是表述一種相對、平衡的觀念，絕不可作別的推想!」即使「詩中的『你』與『他』，由『相對』相分到『相對』難分」[19]（指在夢中），詩中「在場」的「相對性」或「平衡性」，卻殘忍地指出了現實中此「相對性」或「平衡性」的「不在場」和「匱乏」，是一方永遠「絕對」地高於另一方（詩中相反，一在樓一在橋），而且是「不平衡」的，現實中卞氏只處於「裝飾」（裝飾的意義在失却自己）[20]的位置（詩中「你」則「裝飾」了別人（我）的夢）。

　　卞氏說「橋」是「感情的法合」[21]，是「我」的欲望，但詩中卻讓站在「橋」上的是「你」，因此在詩中期待「法合」的「橋」自然「不過是一句空話」、一顆水銀的「化學程式而已」[22]。拉康則以小客體a（object a）來體現人的存在缺失，說若我們所愛的人是欲望客體，

19　周良沛:〈永遠的寂寞——痛悼詩人卞之琳〉，《新文學史料》第3期（2001），頁85～90。

20　卞之琳:〈妝臺〉，張曼儀編:《卞之琳》，頁33。

21　徐遲:〈圓寶盒的神話〉，張曼儀編:《卞之琳》，頁238。

22　徐遲:〈圓寶盒的神話〉，張曼儀編:《卞之琳》，頁238。

而驅動我們愛上她（他）的欲望原因，並不是如意識上所想的是因為
她（他）而愛她（他），而是在她（他）身上的又不是她（他）的東
西引發了我們的愛，卞氏即使到了晚境：

> 有次，偶爾講到《十年詩草》張家小姐為他題寫的書名，不
> 想，他突然神采煥發了，不容別人插嘴，完全是詩意地描繪
> 她家門第的書香、學養，以及跟她的美麗一般的開朗、灑脫
> 於閨秀的典雅之書法、詩詞。這使我深深感動於他那詩意的
> 陶醉……。雖然只是夢中的完美，又畢竟是寂寞現實中的安
> 慰。[23]

安徽姑娘的「門第」、「書香」、「學養」，以及跟她的「美麗」、「開
朗」、「灑脫」、和「閨秀」「典雅」之「書法」、「詩詞」等等，正是
既在她身上的又不是她的東西引發了卞氏的愛，而那些正是卞氏所
「缺乏」的，或者說那整個時代正在喪失的東西。於是〈斷章〉詩中
的「樓」、「橋」、「明月」、「窗」即是這些小客體 a「缺乏」的表徵。

　　由於個人欲望本質上要不是大他者欲望的欲望，要不就是成為另
一個欲望的物件的欲望，即是被另一個欲望所承認的欲望，通過欲望
他人所欲望的物件，使得他人承認我的價值所在。[24] 卞氏在他的九十年
歲月中見證了他所欲望之安徽姑娘的欲望，正是後來被時代鄙棄、搗
毀的事物，最終成了社會中的「無」，而他在年輕歲月卻曾正正經經
地「觀看」和「凝視」過它們，卞氏透過他的詩成了「預見者」和
「見證者」。

---

[23] 周良沛：〈永遠的寂寞——痛悼詩人卞之琳〉，《新文學史料》第3期（2001年），
　　頁85～90。

[24] 嚴澤勝：《穿越「我思」的幻象——拉康主體性理論及其當代效應》（上海市：東
　　方出版社，2007年），頁152。

　　此外，〈斷章〉中的「看」是另一路徑，具重要參考意涵。在拉康的思維中，「看」而「見」之、「視」而「識」之的稱為「凝視」（gaze）。「凝視」是一個過程，主體從這一過程中體悟到了自己的「本質」，或者說體悟到了自己的位置以及自己與物件和世界（包括象徵界和實在界）的關係。起先由「主體之看」，進到「主客的互看」，觀者看著一個不同於自我本身的物件或對象，亦如同看著鏡中的自我，因此審美物件或對象在本質上是一種鏡像，而看的「鏡像」或「審美對象」正是自身所缺乏匱乏的，在「互看」和「回看」中將逐漸看出自身所缺乏或「不在」或「無」的部位，而這正是卞氏在安徽姑娘身上所看到的不見得全屬於她的東西。於是在「互看」和「回看」中，「無」或「不在（場）」將以露曙曝光的方式一一呈現出來，如此「鏡像」或「審美對象」或「安徽姑娘的回看」將昇華為整個想像界整體（鏡像／理想自我）和象徵界整體（社會文化／大他者的欲望）之「回看」。由於「不在」或「無」不是具體物件，最終將成了無處不在的全視、環視，於是「不在」的看者成了一個全方位的環視者。

　　他者或安徽姑娘的存在等於一參考系，在與此「第一等人物」之新參考系的互動中，將通過我之看／我所匱乏事物和她之回看／不在或無的環視等，將不斷地自我重新定位。因此，可見的被回看和被環視和不可見的全視到末了將促成主體的自看，於是可見的審美對象及其所關聯著的不可見的象徵界（政經／文化／思想體系）和實在界（「不在」和「無」的韻致）即於此凝視之看／被看／環視／全視／自看的互動中，迸出一種新境界，一如〈斷章〉中所展示的互看、全方位的看、自看，一如卞詩在《十年詩草》其他所展現的詩的新「看」和新「境」，過此即再也不能。余光中曾對此種「互看」以「相向交射」解之：

〈斷章〉的前兩句另有一層曲折。你站在橋上看風景，其中的你，是背著樓呢，還是向著樓呢？若是背樓，則你看風景，別人看你，是遞加之勢。若是向樓，則你看風景，也看樓上人，樓上人看風景，也看橋上人（就是說：也看你）。這就不是同向遞加，而是相向交射了。那就變成了對鏡之局，正如辛棄疾所說的：「我見青山多嫵媚，料青山見我應如是。」

世事紛紜，有時是遞加，有時是交射，有時卻巧結連環。就像過節送禮，最後卻回到自己手中。[25]

此種「相向交射」如今看來可能是余氏幫卞氏構築的「幻境」，當卞氏說「你真像鏡子一樣的愛我呢／你我都遠了乃有了魚化石」時，安徽姑娘早已是一不可能擁抱的「鏡像」了，且成了卞氏一生永恆的「匱乏」了。

四 新世代影像詩中的〈斷章〉

由於以圖像或DV影片處理文學題材已是時代趨勢，未來以圖文並列形式創作的作品必日益普遍。相對於文字本身，影像詩的出現似乎更能呼應李歐塔所強調的：一件作品最重要的並非它的意涵，而是它的「作為」，以及它所「誘發」的。「作為」比如：作品所包涵的和所傳遞的影響分量；「誘發」如：其轉變成其他事物或其他作品的潛在能量，包括繪畫、攝影、電影情節、政治行動、決策、乃至性愛的誘發、反抗行動、經濟動機等。[26]而由於人類文化史上本來就存在

---

25 余光中：〈詩與哲學〉，張曼儀編：《卞之琳》，頁256。

26 史帝文・貝斯特・道格拉斯・凱爾納，朱元鴻、李世濤譯：《後現代理論：批判的質疑》（明麗文文化，2005年），頁187。

著「詞語」和「圖像」的複雜辯證關係,任何一方均以為自身可更接近或支配「自然」。現在這時代正由於科技的進步,使得「視覺文化」的圖像霸權變為可能,越來越以「圖像符號」為主的「視覺文化」佔據著文化的支配地位,而代表理性主義的語言文字符號的「詞語(或話語)文化」之地位則受到排擠和壓制。[27] 以此,似乎更有理由關注圖像與文字文本互動時所形成的現象和發展。

　　而關於二○○三年以來臺灣影像詩的成因、緣由、和發展,筆者已在〈臺灣新詩的跨領域現象——從詩的聲光到影像詩〉一文中做過簡略掃描和回顧。此節則進一步觀察在網際網路中,新世代的讀者或創作者以〈斷章〉為基材,以比「微電影」(2007～)更自由簡便的「影像詩」形式,處理、再詮釋、或再創作此一近七十餘年前的新詩作品。經過搜索,曾以〈斷章〉為題的影像詩至少有十件。為方便討論及節省篇幅,底下以四件〈斷章〉的影像詩為討論重心,以見出其與卞氏原文本的關係和意涵:

(一) ivy yeung 的〈斷章〉[28]

　　　　此影像詩敘述:一對小姊妹放學牽手下階回家→再上另一階梯時遇一時髦女子下階來,一面打手機,狀似愉快(圖1-1)→小女孩與她擦身而過,彷彿有香花自天而降(圖1-2)→二小女孩跑至一天橋旁,由上而下斜看(圖1-3)→該打手機女子在一房門走廊上繼續講手機,但似要求對方回來開門(圖1-4)

27　W・J・T・蜜雪兒:〈圖像轉向〉,《文化研究》第3輯(天津社會科學院出版,2000年),頁14。

28　Ivy Yeung 的作品,SM1016 Moving Image Workshop,參見http://www.youtube.com/watch?v=viybGh1vclM

→半夜十二點多有吵鬧聲（圖 1-5）→樓對面白天那女子與男
友吵架、摔東西、奪門而出→出現貼著地面快速奔走的低矮鏡
頭，且沿梯而上而下至白天二小女孩待的天橋對面欄杆也觀看
她們，最後又跑走→再貼水溝、路面、奔跑追逐，才知是貓
（圖 1-6、1-7）→撫觸牠的是其中一個小女孩（圖 1-8）。

此影像詩觸及的是這對小姊妹親情的匱乏，於是打手機的女性成年人
成了女孩們對母親情感的想像，並持續加以追逐其行蹤，自高處橋
欄旁觀看、傾聽她的一舉一動。直到半夜吵架奪門而出，似仍無損
於小姊妹心理內在的幻想，只更突顯了兩姊妹的缺乏。由是影片顯
現的是孩子的匱乏和「不在」的部分（她們的父或母均未出現），於
是「在場」（成年女性）的與「不在場」（母親）的並不能對等，而
只是「香水」小客體引發的想像，而她們所欲望的有可能是社會整體
付予的欲望。其後焦點轉移到小花貓對二女孩的觀看，這是本影片藉
助〈斷章〉視角轉變最有創意的部分。而女孩對成年女性是沒有互動
的、單方向的，小花貓此一「新能指」（舊能指是成年女性）的出現
改變了這關係，使得小花貓與二女孩有了交集或「相向交射」或「回
看」「互看」和花貓奔走的世界引發視野「全方位觀看」的機會。雖
然「裝飾」二女孩生活的成分多寡有別，但突顯「缺席」「無」「不
在場」的機制是相近的。

（二）鮑孟德的〈斷章〉[29]

此三分鐘影片曾獲二○○八年獲臺北詩歌節影像詩特別獎，也曾
參與馬來西亞「凝結狀態——臺灣實驗電影展」、參與二○○九臺北
城市游牧影展、參與韓國首爾實驗電影展等。實驗性質強烈。片中

---

[29] 參見 http://www.youtube.com/watch?v=DZ6v4ve3IGs

影像層層疊疊，先自手機拍攝睡夢中嬰孩，至以錄影拍攝手機所錄，至用電腦顯現，至電腦外是貓在觀賞，而貓之影像又是另一部電腦顯現的影像之一，於是實體與虛擬之間難有界線，實是虛之一部分，此虛又是另一實的部分，該實是又再度虛化成另一實之部分，於是不知其底線在何處，好像可持續玩下去。而影像之外又有男聲女聲普通話和粵語以朗誦〈斷章〉的不同速度交相疊誦。此片採取了〈斷章〉中風景中有風景風景中又另有風景的方式，或裝飾中有裝飾裝飾中又另有裝飾的視角切入，宛如在場的是另一更大在場的在場，此在場相對地又是更更大在場之在場，到末了彷彿所有的在場皆可以不在場、不一定需要在場。這是對缺席、無的另一角度解釋。頗能切中〈斷章〉「哲學說」的「相對性」，卻又解構了在場使之成為不在場。

（三）Gorillaz 的〈斷章〉[30]

此影像詩是〈斷章〉之「情詩說」的現代版，表現了現代男女內在的空乏、孤獨、寂寥，因此在繁榮的都城中四處巡索，而所見、在場的人群、電梯、建築、熱鬧、燈火皆可看而不見、視而不識，因為可以對應的「鏡像」（小他者）不在場，於是巡索中腦中不斷出現幻境，並將此幻境與現實人物一一比對，兩人且各以自身手指點過撫觸過都城各個角落，包括已消逝的和正在出現的，突顯了自古迄今而且到未來，每個人皆有相似的缺乏等待填補，而人在都城中更是微渺，只能以手指的點觸去裝飾這城市的一小角落。此片彰顯了人在象徵界的社會中（大他者）成為欲望符號的一小部分，必須藉想像界的情愛幻想才能暫時脫逃。〈斷章〉中的前兩句成為另一人的「風景」在此

---

[30] Hong Kong 之 Gorillaz 的作品，參見 http://www.youtube.com/watch?v=8YAXqWBqFLI

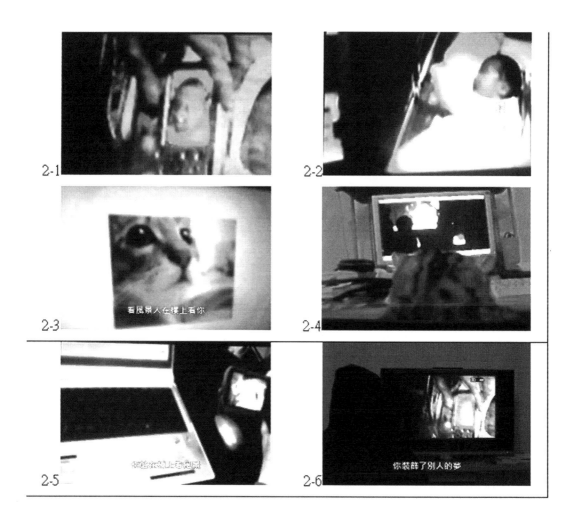

是想像界，後兩句最後只能成為城市的「裝飾」是象徵界。出入此二者間若未對「實在界」的「無」或「不在」有所領悟或凝視，則與動物社會無異。

（四）hehehahabella 的〈斷章〉[31]

此影片宛如驚悚片，一女生在看風景聽音樂當中，突然有幻聽、繼之有幻影出現，一着紅衣旗袍、古典打扮的女子和裸露上半身的持菜刀的凶惡男子交相出現腦中，女生因不安而去搭捷運、走入人群、奔跑，均無以甩脫。幾至抓狂發瘋。其間有圖像畫顏彩不停疊加，一色加上一色，幾似圈圈包圍的漣漪。此片展現的是內心的〈斷章〉，「風景」和「裝飾」是內化的，顯然由外部影響所致，自我主體全寫「鏡像」（紅衣女子）和「大他者」（持菜刀男子）所占領取代，甚至「我」已「空無」、不在場，成了「他者」的占領地，不在場的才在場，在場的反而不在場，「我」成了「他者」的裝飾、而幾乎失却了自身。

五　結語

〈斷章〉一詩是自有新詩以來，以最少行數卻討論最頻繁的一首詩，過去的研究中，形式分類一直徘徊於「情詩說」與「哲詩說」間，內容討論又以「相對說」為主，「裝飾說」為輔，本文另提出「匱乏說」，借道拉康欲望、凝視、不在場的理論，重新審視卞氏此詩在後現代可能的意涵，並藉新世代讀者作者以影像詩形式自行詮釋〈斷章〉、或藉〈斷章〉之名以影像方式再創作所展現的可能意義

31　參見http://www.youtube.com/watch?v=8R0WduIJG-Q

3-1

3-2

3-3

3-4

3-5

3-6

3-7

3-8

加以說明。卞氏在他的九十年歲月中見證了他所欲望之安徽姑娘的欲望，正是後來被時代鄙棄、搗毀的事物，最終成了社會中的「無」，而他在年輕歲月卻曾正正經經地「觀看」和「凝視」過它們，卞氏透過他的詩成了「預見者」和「見證者」。而由新世代讀者作者以影像詩形式自行詮釋〈斷章〉時，或藉有限或無盡視角的轉換、或藉裝飾和風景的新意涵展現了各自的創意，以「我完成我以完成你」[32]的精神豐富了原文本的現代意涵。

---

[32] 卞之琳，〈妝臺〉末句，張曼儀編：《卞之琳》，頁33。

蕭蕭新詩「由小入禪」研究路徑的反思
——問題意識的呈現與思考

史言[1]

廈門大學中文系助理教授

摘　要

　　本文擬定蕭蕭詩歌作品的「詩——禪」議題為研討發端，總結和梳理當下蕭蕭新禪詩研究領域中較為常見的「由小入禪」闡述路徑，並對這一闡釋路徑給予反思，希望對蕭蕭詩現有討論存在的某些盲點和不足予以關注。本文譔述的側重點在於問題意識的呈現與思考，旨在為下一步具體的文本分析進行學理上的必要鋪墊。

關鍵詞：蕭蕭新詩、詩禪議題、由小入禪、中介範圍

Key words：Xiao xiao new poetry　Poem Zen question

　　　　　　Meditation of poetry　Into Zen by small　circumstances

---

[1]　作者簡介：史言（SHI Yan），男，1983 年生，祖籍山東濟南，現籍香港。香港大學哲學博士、哲學碩士、文學學士，北京大學「全國高校外國文學高級研修班」結業證書。現為廈門大學中文系助理教授。主要從事二十世紀西方文藝理論及中國現當代語言文學研究，現任「中國聞一多研究會」理事、「香港新詩學會」理事、「中國比較文學學會」會員、「香港作家聯會」會員、「廈門市作家協會」會員。

一 引言

　　一直以來，文學與禪頗有互動，日本禪學家柳田聖山（Seizan Yanagida，1922～2006）曾說：優秀的文學和禪有一定關係，深邃習禪，亦會幫助創造優秀的文學[2]。而關於「禪文學」，禪宗研究者鈴木大拙（Daisetz Teitaro Suzuki，1870～1966）則指出兩個交叉範疇，或可用廣義與狹義分別稱之。就整個禪文獻而言，其中很大一部分在製作上具有濃厚的藝術創作意味，可視為「廣義的禪文學」，包括屬於「語錄」類的禪僧著作，或以「記言」為主的禪師傳記等。由此衍生的文學作品，特點是提供了「強勁的批評」、「警句式的提言」及「嘲諷的評論」，而非通過各類注疏、解釋構成繁複、龐雜的佛理解析，因此，明顯跟「佛教的哲理研究」形成鮮明對比[3]。「狹義的禪文學」則突顯在「詩」的領域，所謂「詩禪一致，等無差別」，「禪趣」與「詩情」，「禪機」與「詩思」相互交融，是一個感性親和力勝於知性的範疇[4]。詩與禪之所以相近相通，在於二者本質上都是「知覺的」、「直感的」，而「不是知性的」，禪對詩的偏好難以避免，自然而然在詩歌中發現其方便表現手法，或者說，「禪在詩中比在哲學中更容易找到它的表現形式」[5]。

---

[2]　柳田聖山（Seizan Yanagida，1922～2006）：《禪與中國》（*Mu No Tankyū*），毛丹青（1962～）譯：（北京市：三聯書店，1988 年 11 月），頁 173。

[3]　鈴木大拙（Daisetz Teitaro Suzuki，1870～1966）：《禪學入門》（*Introduction to Zen Buddhism*），謝思煒（1954～）譯（北京市：三聯書店，1988 年），頁 130～31。孫昌武（1937～）：〈代序：禪的文學性質〉，《禪思與詩情》（北京市：中華書局，1997 年 8 月），頁 5～6。

[4]　孫昌武：〈代序：禪的文學性質〉，頁 6～7。鈴木大拙：《禪學入門》，頁 131～32。

[5]　鈴木大拙：《禪學入門》，頁 131。

　　蕭蕭（蕭水順，1947～）作為當今臺灣詩壇重要詩人，集創作與評論於一身，既是「新禪詩」[6]的實踐者，也是臺灣新禪詩美學的建構人。蕭蕭至今已出版十數本詩集，主要包括《舉目》（1978）、《悲涼》（1982）、《毫末天地》（1989）、《緣無緣》（1996）、《雲邊書》（1998）、《皈依風皈依松》（2000）、《凝神》（2000）、《後更年期的白色憂傷》（2007）、《草葉隨意書》（2008）、《情無限‧思無邪》（2011）等，其詩作中的禪境、禪意、禪味、禪趣歷來都是學術界關注的焦點，並且為詩評家、讀者大眾稱道。本文擬定蕭蕭詩歌作品的「詩 — 禪」議題為研討發端，總結和梳理當下蕭蕭新禪詩研究領域中較為常見的「由小入禪」闡述路徑，並對這一闡釋路徑給予反思，希望對蕭蕭詩現有討論存在的某些盲點和不足予以關注。本文讓述的側重點在於問題意識的呈現與思考，旨在為下一步具體的文本分析進行學理上的必要鋪墊。

二　從「外形式」的「小」到「內形式」的「禪」

　　將蕭蕭詩的「小」與「禪」並論，在陳巍仁（1974～）為《皈依風皈依松》所作的〈導言：羚羊如何睡覺？〉中，有如下概述：

　　綜觀蕭蕭的詩作，有兩個特色最常被提出，一是「小」，二是

---

[6] 「新禪詩」（或稱「現代禪詩」），按照周慶華（1957～）《佛教與文學的系譜》的觀點，主要是與古代詩人所寫的「禪詩」相對應的概念。而要給「禪詩」下定義，則是很困難的。簡單來說，但凡「有禪趣的詩，便是禪詩」，禪詩重在「禪味和禪趣」，「而不是弘揚禪宗學理的詩」。周慶華，《佛教與文學的系譜》（臺北市：里仁書局，1999年），頁229。謝輝煌：〈禪詩瑣論〉，《臺灣詩學季刊》第27期（1999年），頁40、頁44。

「禪」。[7]

這裡的「小」，通常指蕭蕭著意經營的一種詩歌「創作形式」，是
「短小的詩，或是由短詩合成的組詩」，當今學界又多以「小型詩」
或「短詩」稱之[8]。丁旭輝（1967～）曾撰〈論蕭蕭短詩的簡約美學〉
一文，將「短詩」一詞定位為「一般性、相對性的」詞彙，「單純指
稱篇幅較短小的詩」，並不著重強調「詩體上的『小詩』」意涵，因
此主要以詩歌的「行數」與「字數」作為劃定「短」和「小」的標
尺，而諸如「幾行以內方可稱作『短詩』或『小詩』的詩學討論」，
則不被當作蕭蕭「小詩」議題的施力重點[9]。

（一）蕭蕭「小詩」之「小」

由上不難看出，一定程度來說，學界目前談論蕭蕭的「小詩」，
大多是針對詩歌「外在形式」而言，即使著眼於新詩「詩體」這一
詩學概念[10]，也不可能本質上跳脫出「外在形式」的考量，原因恰
是「詩體」本身即「詩歌外形式的主要元素」[11]。一般地，新詩「詩

---

[7]　陳巍仁（1974～）：〈導言：羚羊如何睡覺？〉，《皈依風皈依松》，蕭蕭：（蕭水
　　順，1947～）著（臺北市：文史哲出版社，2000年2月），頁17。

[8]　楊雯琳：〈月光下的現代詩：論蕭蕭《後更年期的白色憂傷》中的禪意特色與其發
　　揮之用〉，《問學集》第16期（2009年2月），頁229～230。陳巍仁：〈導言：羚羊
　　如何睡覺？〉，《皈依風皈依松》，頁17。

[9]　丁旭輝（1967～）：〈論蕭蕭短詩的簡約美學〉，《蕭蕭新詩乾坤：蕭蕭新詩研究》，
　　林明德（1946～）編（臺中市：晨星出版有限公司，2009年），頁11。

[10]　本文所談「詩體」之「體」是狹義而言，基本針對新詩展開討論。因此有別於學
　　界框定中國古代文論中的「體」之內涵，如羅根澤（1900～1960）所謂「體派」
　　之「體」（文學作風，style）、「體類」之「體」（文學類別，literary kinds）等。
　　羅根澤（1900～1960）：《中國文學批評史》（上海市：上海書店出版社，2003年1
　　月），頁147～150。

[11]　呂進（1939～）主編：《中國現代詩體論》（重慶市：重慶出版社，2007年1月），

體」（poetic form）主要指詩的體裁、體式方面的形式規範，屬於詩人所運用的「言語結構」範疇，是「一種能夠讓詩可能被抓住的形狀（shape）」。研究「詩體」即要從「如何寫」的角度考察詩的形式特征。對於小詩，行數如同「身高」，字數則似「腰圍」，「高瘦的巨人」與「肥胖的矮子」均不能稱為小詩，因此「行數」與「字數」必須同時予以限定，是小詩體式規範的題中之義。呂進（1939～）《中國現代詩體論》開篇指明，當詩人經歷了「詩情體驗」轉化為「審美視點」之後，心中的詩要成為紙上的詩，必須通過語言方式「尋求外化、定形化和物態化」，一首詩最初的生成過程，就是從「尋思（內形式）」到「尋言（外形式）」的過程，而「尋求外形式主要就是尋求詩體」[12]。

　　當然，文學領域「體」的概念，作為中國古今文論繁雜而又重要的一個組分，其具體含義至今仍莫衷一是，呂進所稱「外形式」之「詩體」，與徐復觀（1903～1982）談《文心雕龍》「文體論」所用的「體裁」（或「體製」）概念較為接近，即文學作品「由語言文字的多少長短所排列而成的形相」，徐氏以此區別文體觀念的另外兩個方面──「體要」（思想內容）和「體貌」（藝術風格），並且認為「體裁之『體』是低次元的」，建基其上的「體要之『體』」、「體貌之『體』」則是「高次元的」[13]。

　　而對於「小詩」的「外形式」，其「多少長短」、形相如何，卻眾說紛紜，長久爭辯而無定論。周作人（1885～1967）〈論小詩〉，

　　頁3、頁263。王珂（1966～）：《詩體學散論：中外詩體生成流變研究》（上海市：上海三聯書店，2008年10月），頁7、頁11～12。

[12]　呂進主編：《中國現代詩體論》，頁3。

[13]　徐復觀（1903～1982）：《中國文學精神》（上海市：上海書店出版社，2006年3月），頁161。

有一至四行的說法[14]。林煥彰（1939～）推舉六行之內，張默（張德中，1931～）則稱十行以下，白靈（莊祖煌，1951～）亦以十行以內、百字以下為標竿，洛夫（莫洛夫，1928～）主張不多於十二行，龍彼德（1941～）稱「應在十四行以下，不含十四行」，羅青（羅青哲，1948～）主張十六行以內[15]。就蕭蕭小詩的篇幅問題，丁旭輝曾製表統計二〇〇〇年以前蕭蕭所著七冊詩集五百餘首作品之行數，結果顯示，一至五行的詩作（27.5%）與六至十行的詩作（50.1%）共占總篇目數的百分之七十七點六，儘管這份統計並未兼顧詩歌字數方面的因素，但相當程度上從「客觀數據」的視角，揭示出詩人對詩歌短小形式的偏愛，以及心目中所傾向的小詩外形式規範[16]，加諸詩人近期《後更年期的白色憂傷》有意整部詩集「都以三行寫就」，試圖在「2+1或1+2之間找尋平衡」，亦證明蕭蕭多年來在實際創作中摸索小詩外形式取得的進展和成效[17]。

（二）由「小」入「禪」

然而，必須指出，蕭蕭所強調的稱得上是「好詩」的小詩，尚有一個「過濾雜質」、「純淨自己」的「自動」升華過程，這一過程對詩人而言，有時是「苦心經營」，有時是「妙手偶得」，而由於「體

---

[14] 周作人（1885～1967）：〈論小詩〉，《周作人批評文集》，楊揚編（珠海市：珠海出版社，1998年10月），頁86。

[15] 白靈（莊祖煌，1951～）：〈閃電和螢火蟲：淺論小詩〉，《臺灣詩學季刊》第18期（1997年3月），頁28～29。龍彼德（1941～）：〈論小詩〉，《小詩磨坊》，林煥彰（1939～）主編（香港：世界文藝出版社，2007年），頁1～2。林煥彰：〈談小詩〉，《文綜》第5～6期（2008年），頁47～48。

[16] 丁氏統計包括《舉目》、《悲涼》、《毫末天地》、《緣無緣》、《雲邊書》、《皈依風皈依松》、《凝神》。丁旭輝：〈論蕭蕭短詩的簡約美學〉，頁12～13。

[17] 蕭蕭：〈自序：好在總有一片月光鋪展背景〉，《後更年期的白色憂傷》（臺北市：唐山出版社，2007年12月），頁7。

製小」的形式要求,「琢細磨光」後的小詩,必然「以最短的篇章含蘊真摯的情意」,「蘊含足以覺人悟人的思想」和「震撼無明的心」的力量,進而達到「句絕意不絕」,「從『點』去突破」讀者「心中防線」的效果[18]。所以,「小詩」之於蕭蕭,是首先作為其詩藝創作的「自然期求與特徵」被詩人所採用,這種「自然期求與特徵」在蕭蕭看來,根植於日本、印度、古中國為代表的「東方文化」[19],因而對於小詩的外在形式,尤其是行數與字數問題,則相對是第二位的,蕭蕭本人亦較少從學理上對小詩的外形式加以明確規定或詳盡深究,更多的是以小詩實踐者的姿態進行書寫。

　　無疑,「真摯的情意」、「覺人悟人的思想」、「東方文化的期求與特徵」等言說,勢必導引越來越多的研究者不甘止步於蕭蕭詩外形式層面的探析,進而對外形式之下的深層內涵予以發掘。而「禪意特色」、「禪佛意味」、「禪理、禪語、禪趣」等「禪」議題,得以在蕭蕭詩研究領域十數載與「小」並論,也是順理成章的續繼式批評進程。假如借用呂進詩體論的術語,將前文所謂的「小」對應詩歌「外形式」範疇,那麼蕭蕭詩中「禪」的審美視點或可呼應「內形式」方面。按照呂進等學者的看法,詩的「外形式」經由「語言方式」生成其「存在方式」,而一首詩的內容則是語言外形式的「內在規定」。詩區別於其他文體的特性恰在於「它的內容是形式化的內容」,「甚至可以極端地說,對於詩歌,形式就是內容」[20]。不論呂氏此一提法是否「極端」,尋求外形式與內形式的有機統一,釐清內容意

---

[18]　蕭蕭:〈詩、小詩、小說詩〉,《雲邊書》(臺北市:九歌出版社有限公司,1998年7月),頁208。蕭蕭:〈後記〉,《舉目》(臺北市:詩人季刊社,1978年6月),頁109～110。張默(張德中,1931～):〈垂釣古今話蕭蕭:序《緣無緣》詩集及其他〉,《蕭蕭新詩乾坤:蕭蕭新詩研究》,《雲邊書》,頁76。

[19]　蕭蕭:〈詩、小詩、小說詩〉,頁208。

[20]　呂進主編:《中國現代詩體論》,頁3、276。

義與語言形式之間的辨證關聯,無論在詩歌創作還是詩學理論建構,始終是歷久彌新的課題,徐復觀所謂「體裁」、「體貌」、「體要」三方面「通過昇華作用而互相因緣,互為表裡,以形成一個統一體」,正是言此。尤其低次元的「體裁」必在向高次元的「體要」、「體貌」的「昇華」中,「始有其文體中藝術性的意義」[21]。絕大多數詩歌批評家也往往抱持此一理念審視文學作品,學術界對蕭蕭新詩的研究亦不例外。

但恰在此時,當我們反觀學界現今關於蕭蕭詩「小」與「禪」的論述,卻常常碰觸如下疑點難以繞過,即在由「小」入「禪」的闡述路徑上,或曰從「外形式」向「內形式」、從「低次元」向「高次元」探求的邁進過程中,所出現的一個「批評間隙」。

三　批評的「間隙」:雙重困難

誠如前文分析,但凡並論蕭蕭詩「外形式」之「小」與「內形式」之「禪」的論述,大多顯示出「說小必談禪,言小必言短」的特點,「小」儼然成為當今論述蕭蕭詩作禪意特色的必引之證、必經之路。但是,詩之「小」作為詩人有意採用的一種「外形式」表現形相,能否接通「內形式」的「禪」,並非一條不證自明的闡述途徑,換言之,僅注意到低次元外形式之「長短」,未必可以求得對高次元內形式之「昇華」的關照。「外形式」與「內形式」之間的跨度、「低次元」與「高次元」之間的鴻溝,正造成「由小入禪」批評之路上難以避開的「間隙」。

---

[21]　徐復觀:《中國文學精神》,頁161、170。

（一）第一重困難：「外形式」與「內形式」之間

　　應該承認，「詩歌形式就是內容」、「形式與內容互為表裡，形成統一體」的論斷，從學理上講，的確所言不虛，但落實到具體詩人詩作的剖析過程，卻不宜先入之見地以此作為批評的起點。

　　撇開「禪」議題不說，單以外在形式而論，就存在「詩與非詩的區別」，只看到行數與字數的「短」、「少」外形，便言其具備詩的本質，實不可取。中國古典詩歌一至三行的古風、殘句、斷章、小令、詞、曲等，固然與現代意義上的「小詩」截然不同，民歌中的信天游、勞動號子、三句半曲藝形式、民謠、童謠、諺語、歇後語、魔鬼字典（詞典）[22]等，儘管篇幅短小，句式齊整押韻，甚至多用比喻、比興、對比、誇張等文學手法，卻絕少可以稱之為詩的[23]。龍彼德（1941～）曾指出小詩創作上的三大誤區，其中「界限不清」一條，恰是說「錯把格言、警句、民諺、俗語、典故等當成小詩，只求形式个求詩質，以至於枯燥說教、直白淺露，味同嚼蠟」[24]，可見，單憑短小的外在形式是不足以作為「詩質」判定標準的，更遑論是否具備「內形式」之「禪」了。

　　日本有一種名為「俳句」（Haiku）的獨特文學表現體式，盛行於十七世紀，歷來與「禪」淵源深厚，至今仍有大量創作群體，曾

---

[22]「魔鬼字典（詞典）」是當代大眾精神調侃神聖、對抗崇高的一種文化產物，多模仿名詞解釋的形式，對某一名詞進行曲解，達到借喻、諷刺或賦予新意的效果。如，「卷首語──長在臉上的瘤子」；「奉承──一枚有賴於虛榮才得以流通的貨幣」等。呂進主編：《中國現代詩體論》，頁253。

[23] 呂進主編：《中國現代詩體論》，頁245～254。

[24] 龍氏提出的另外兩大誤區為「估難不足」和「方法不對」，暫不詳述。龍彼德：〈論小詩〉，《小詩磨坊》，頁2～4。

影響中國「漢俳」及「微型詩」的產生和發展[25]。就外形式而言,「俳句」要求極為嚴苛,須以日語十七個音節寫就,分三行,各行音節數依次為五、七、五,堪稱極盡簡短之能事,古希臘兩行的「詩銘」(epigrammata)、中國二十個字的絕句、韓國的「時調」(sijo)也多有不及[26]。然而,一首能夠成功展現禪之世界觀的俳句,除短小、簡省之外,必須具備禪的內形式,華茨(Alan Watts,1915～1973)認為,「最好的俳句,還是在嚴格的形式與深厚的詩趣之間的張力之下出現的那些」[27]。其實,「詩趣」也僅是內形式的一個層面,「俳句」研究者布里斯(Reginald Horace Blyth,1898～1964)在其四卷本《俳句》(Haiku)中,專列一章「俳句之心境與禪之特性」,詳舉十三個項目,以言俳句裡所表現的禪的精神內涵,包括無我(selflessness)、孤寂(loneliness)、感恩(grateful acceptance)、無諍(wordlessness)、非知(non-intellectuality)、矛盾(contradiction)、幽默(humour)、自在(freedom)、超德(non-morality)、純樸(simplicity)、具體(materiality)、慈悲(love)和勇氣(courage),這些項目的考察,顯然遠遠踰越了俳句外形式重視壓縮的詩形表相[28]。有必要說明,布里斯之所以如此重視俳句內形式,以致給人忽視外形

---

[25] 羅孟冬(1957～):〈漢俳與俳句的比較研究〉,《益陽職業技術學院學報》第3期(2009年),頁86～90。

[26] 俳句體式之嚴,除了音節、長短之外,在話題上還有諸多傳統上的限制。例如,必須與創作當時的季節調和、堅持某些慣見題材(花卉、樹木、昆蟲、動物、節令以及山水)等。周作人,〈日本的小詩〉,《周作人批評文集》,頁282～290。羅斯(Nancy Wilson Ross,1901～1986),〈序說〉,《禪的世界》(The World of Zen),羅斯編、徐進夫(1927～1990)譯(臺北市:志文出版社,1982),頁154～155。

[27] 華茨(Alan Watts,1915～1973):〈俳句〉("Haiku"),《禪的世界》,頁182。

[28] Reginald Horace Blyth(1898～1964),Haiku,Vol I(Tokyo:Hokuseido,1950),PP.163～269,PP,272～273. 羅斯:〈序說〉,《禪的世界》(The World of Zen),頁154～155、頁169～173。

式的印象，與其非同一般的審視態度有關，在他看來，俳句非但不是詩，更淩駕於詩、乃至文學之上：「一則俳句並不是一首詩，因為它不是一種文學作品；……它是一種恢復自性之道……恢復吾人的佛性。……一種展示之道」，是「整個東方文化的終極之花」[29]。布里斯將俳句抬高到宗教層次，超越文學，成一家之言，對此，我們贊同羅斯（Nancy Wilson Ross，1901～1986）的看法：「不必過於拘執」[30]。

　　順帶一提，蕭蕭上世紀八〇年代寫了一本十分特殊的散文集，題為《一行兩行情長》，全書一百餘篇散文，每篇均不過數十字，通篇分行且皆在十行以內，但「這是一本『散文集』，不用懷疑」，蕭蕭在此書序言中如是說，「詩可以有一行詩，散文為什麼不能一行兩行也自有她的意好情長？[31]」當然，這是蕭蕭突破文體外形式「藩籬」或「禁忌」的散文創作嘗試，不在本文題旨範圍，散文與禪的關聯，我們亦不打算延伸[32]，主要希望指出，「批評間隙」帶來的第一重困難即：假如不以外形式之「小」作為蕭蕭詩批評的起點，不將「小」作為論證蕭蕭詩內形式之「禪」的論據，批評者將恃何自處？是否有必要採取布里斯論俳句所選擇的路徑，把蕭蕭的小詩推至宗教之「道」

---

[29] Reginald Horace Blyth *Haiku*，Vol I，PP.272～273。羅斯：〈序說〉，《禪的世界》（*The World of Zen*），頁155、173。

[30] 羅斯：〈序說〉，《禪的世界》（*The World of Zen*），頁169。

[31] 蕭蕭：〈人生的多種可能文學的多種突破〉，《一行兩行情長》（臺北市：漢光文化事業股份有限公司，1989年4月），頁1～2。

[32] 與詩相比，中國散文受佛教影響較小，但自漢以後，尤其從晉代起，中國散文中便多有「佛理禪機」、「僧徒形象」、「佛教勝跡」等元素，佛典裡許多頗重文采的優美文章，包括漢譯經論和佛家作品，對中國散文的發展起到很大的推動作用。蕭蕭在散文創作方面，亦有相當造詣，其中禪佛議題，實為有待開發的項目。孫昌武：《佛教與中國文學》（上海市：上海人民出版社，2007年），頁171～188。陳洪（1948～）：《佛教與中國古典文學》（天津市：天津人民出版社，1993年），頁101～128。

的層次，脫離「詩」的範疇，凌駕文學之上呢？

（二）第二重困難：「過」與「不及」之間

　　不妨插言，頗富戲劇性的是，當我們翻閱現今針對蕭蕭詩作之「禪」的論述，卻多見與布里斯的策略幾乎完全迥異的情形。蕭蕭的「以禪入詩」，在臺灣新詩領域，往往和另一位詩人周夢蝶（周起述，1921～）加以比照，而不少評論者對兩位詩人作品的「禪」，皆持以下觀點：「禪」在周夢蝶，被「當成高深藝術境界的寄託」，是「宗教信仰上的禪」；在蕭蕭，則相反，「不是宗教意義上的」，「而是對現實生活作不同角度的關照，在靈巧的思辨中展露機鋒，是一種時時與萬物保持對話的情趣」，有學者就此提出蕭蕭詩「生活禪」概念，此概念不論在一般述評性文字，還是學術類文章和學位論文，均得到不少呼應[33]。照此思路，似乎完全不必將蕭蕭富含禪意的詩作與禪的宗教意識相聯繫了，問題也確實得到了簡化。但只需反問這樣一句，便會看出此種簡化所招致的更大疑惑：蕭蕭詩中之「禪」是「生活禪」的話，那麼，是否還存在與「生活禪」相對的「非生活的禪」呢？

　　以「生活禪」區別蕭蕭與其他詩人筆下「禪意特色」或「以禪入詩」，著實有些令人費解。鈴木大拙在回答「禪是什麼」時，不止一次強調禪的生活性、實際性以及對人生意義的追求，告誡讀者不應將禪與其他宗教空虛感、幻滅感混同，而禪宗的宗教意識本身就接

---

[33] 陳巍仁92，96。林毓均：〈蕭蕭詩作的主題意涵〉，《蕭蕭新詩乾坤：蕭蕭新詩研究》132～33。楊雯琳：〈月光下的現代詩：論蕭蕭《後更年期的白色憂傷》中的禪意特色與其發揮之用〉，《問學集》第16期，頁234。黃如瑩：〈臺灣現代詩與佛：以周夢蝶、夐虹、蕭蕭為線索之考察〉（國立臺南大學碩士論文，2006年6月），頁158。

近一種實實在在的生活意識、人生態度，具有「與日常生活密切相
關的特點」。鈴木說：「禪的中心事實是生活。禪獨有的長處就在這
裡」[34]。可見，禪是非常具體的，人們日常生活的一切經驗，無一不是
「禪機」，所以「禪不能離開生活，離開生活便沒有禪」[35]。由此不難
看出，對於真正意義的「禪」而言，顯然不存在「非生活的禪」，那
麼，特意標榜「生活禪」是否還有必要呢？假如，以「非生活的禪」
指稱諸如周夢蝶等詩人的作品，聽起來荒唐不經的話，那麼，突出強
調蕭蕭詩「生活禪」，恐怕也同樣有些略嫌徒勞。

　　誠然，讓我們再回到前文所謂批評的第一重困難，便可發現，困
難從表面上講，是蕭蕭詩外形式之「小」的超越問題，而深入一步，
則勢必觸及超越之尺度的把握。無限抬高，乃至脫離文學的範疇；
或者簡化處理，拋棄禪的根本宗教意識，在我們看來，均不足以作
為討論蕭蕭詩「小」與「禪」議題的取法之道，一方面，如葉維廉
（1937～）所說，「文學家是不能絕對『禪』的」[36]，另一方面，也不宜
滑向浮泛之談。因此，我們最基本的研討理念，是既要避免宗教意圖
的「升格」，也不做無謂的「降格」，而希望找出一條無過不及的途
徑，以蕭蕭詩的「本來面目」對其加以直觀式的「禪的冥想」，正如
鈴木指出的那樣，「如果說有禪所提倡的冥想，那就是按照原樣看待
一切事物」[37]。

　　所幸，近來湧現出一部分研究，在這一方面做了相當程度的嘗
試。例如，白靈指出，「雖然不少學者均注意到蕭蕭的小詩形式及其

---

[34] 鈴木大拙：《禪學入門》，頁22～23、34～35。

[35] 劉大悲：〈譯者序〉，鈴木大拙著，劉大悲譯：《禪與生活》（*Zen Buddhist*）（臺北
市：志文出版社，1972年），頁1。

[36] 葉維廉（1937～）：《比較詩學》（臺北市：東大圖書股份有限公司，2007年9
月），頁68～69。

[37] 鈴木大拙：《禪學入門》，頁29。

詩作『大都禪意十足』」,「卻大多將之歸因於其『中文系出身的學科背景』、……『對中國古典文學的愛好』、……『適於推廣功用上的考量』」,而對蕭蕭常說的「空白詩觀」[38]發掘不足,因此白靈在〈煙火與水舞:蕭蕭小詩中的空白美學〉結合東西方「空白美學」及「潛熱」、「暗能量」等科學理論加以探索[39]。丁旭輝亦曾建構蕭蕭短詩「簡約美學」,首先提出「外景」的「簡約」特質,即「外在視覺形式」的簡化,進而論及「內景」的「簡約」,即「意象」的化繁為簡,具體手法包括「聚焦與彰顯」、「消解與涵融」等,以求「一種『機鋒』、『頓悟』與直覺思維的禪宗美學手法的轉換」[40]。楊雯琳的文章〈月光下的現代詩:論蕭蕭《後更年期的白色憂傷》中的禪意特色與其發揮之用〉,也是由蕭蕭「『小型詩』形式」談起,轉而分析「禪意特色寫作技巧」,集中討論《後更年期的白色憂傷》中與「白」這一主題相關的「詞性轉品」、「聯想」、「抽象思考」等[41]。對於蕭蕭詩「白色」之色彩研究,沈玲(1970～)、方環海(1968～)等學者在圍繞「白色」想像展開的研討中,專門論有「富有禪意的白」一節,可為佐證[42]。李翠瑛(1969～)則在近作以《後更年期的白色憂傷》

---

[38]　蕭蕭曾如是坦言自己的詩觀:「我的詩觀是空白。空白處,正是詩之所在。我給你有──有限的文字,藉著我有限的文字你發現了無──無限的空無限的白──你發現了詩。」蕭蕭:〈蕭蕭詩觀〉,《蕭蕭世紀詩選》(臺北市:爾雅出版社,2000年5月),頁6。

[39]　白靈:〈煙火與水舞:蕭蕭小詩中的空白美學〉,《創世紀詩雜誌》(2011年3月),頁158～176。

[40]　丁旭輝:〈論蕭蕭短詩的簡約美學〉,頁10～35。丁旭輝:《現代詩的風景與路徑》(高雄市:春暉出版社,2009年),頁243～268。

[41]　楊雯琳:〈月光下的現代詩:論蕭蕭《後更年期的白色憂傷》中的禪意特色與其發揮之用〉,《問學集》第16期,頁228～244。

[42]　沈玲(1970～)、方環海(1968～):〈論蕭蕭詩歌中的「白色」想像〉,《徐州師範大學學報》,2012年第1期,頁15～20。

為例，論述蕭蕭詩的「白色美學」，抓住「空白」、「平衡」與「形式創新」等關鍵詞，涉及「從禪意到語意的空白」、「小詩的表現形式與空隙」、「三行成詩」、「白色平衡」等[43]。

「空白美學」、「簡約美學」、「色彩研究」、「白色美學」，凡此種種，在預示蕭蕭詩研究新方向的同時，也表明，若要打開評論的新格局，不但須在「小」與「禪」之間找到通路，在「外形式」與「內形式」之間建構接引的中介，更重要的，則是對此中間界面或介質加以細緻化、系統化的深入發掘。

四　關於「中介範圍」的思索

介於蕭蕭詩外形式之「小」與內形式之「禪」的中間層面，若對其加以比擬，使用「灰色區域」（gray zone）一詞，或許更為形象。我們認為，在這樣一個「灰色」領域內，打破「外形式」與「內形式」的二元分野，方始成為可能。「灰」並非「黑」與「白」的截然詬反，而是「黑」與「白」的混合過渡，取黑白二者對立之中間勢態，所以是二者共存但又非此非彼的曖昧、模糊、流變之情狀。這一範疇也是我們談論蕭蕭作品「詩禪議題」時，嘗試尋求的基本立足點。

然而，不管怎樣稱呼，使用「中介」一詞，仍難免直面這樣一種意見的攻訐：在屬於般若空觀的禪宗思想體系下，「見性」原本即「無念」、「自悟」的自性返照，亦即禪宗「教外別傳、不立文字、直

43　李翠瑛（1969～）：〈白色的美學：論蕭蕭《後更年期的白色憂傷》之空白、平衡與形式創新〉，「多元視域下的對話與比較：兩岸三地文學現象國際高峰會議」場刊，復旦大學、香港大學、徐州師範大學、明道大學中文系、臺中技術學院應用中文系聯合主辦（上海復旦大學，2010年10月16～17日）。

指人心、見性成佛」十六字訣的終極義理，因此對於本身就體現了絕對智慧的「自性」，任何思維活動的中介都是不需要的，語言也沒有用處，佛性「真如」不可言語[44]，就像鈴木大拙所說：

> 禪厭惡中介物（media），連知的中介（intellectual medium）也厭惡，……它不需要任何說明，因為說明只是時間和精力的浪費，我們從中得到的只能是對於物（the thing）的誤解和偏見。對我們來說，禪就好像砂糖的甜味，只有親口去嚐，除此之外語言是沒有用的[45]。

由於禪對待語言文字的特殊立場，這裡似乎又引出了新的問題，即禪的「可說」與「不可說」的迷思。禪宗「不立文字」，卻又「不離文字」、「不廢文字」乃至「妙用文字」[46]，當此情形，蕭蕭作品的禪意與悟境如何得以彰顯？禪思與詩情怎樣加以審視？內形式的「禪」到底能否被作家的文學語言和評論者的批評語言穿透？

筆者在此希望提請注意，緊接著上述所引言辭，鈴木還說了另外一段話，看上去與前者頗有「不合情理」之處：

> 但禪的修行者認為，在用手指月時，手指是不可少的。如果在這時取消手指，那將是一種災難。……想寫一點有關禪的東西的人，他的任務就是通過現在給定他的中介範圍

---

[44] 湯一介（1927～）：〈論禪宗思想中的內在性和超越性問題〉，《禪與東方文化》，季羨林（1911～2009）主編（北京市：商務印書館，1996年2月），頁60～63。孫昌武：《禪思與詩情》，頁284～285。

[45] 鈴木大拙：《禪學入門》，頁73。Daisetz Teitaro Suzuki（1870～1966），*Introduction to Zen Buddhism*（Kyoto：The Eastern Buddhist Society，1934），PP.71.

[46] 李森：《禪宗與中國古代詩歌藝術》（長春市：長春出版社，1990年），頁18～19。

（circumstances）來指出月。[47]

「指月的指永遠是指，決不會變成月本身」[48]，「中介」為禪所厭惡，但被給定的「中介範圍」又決不可「取消」。這種既否定又肯定的態度，或以鈴木自己的用語——「否定中的肯定」[49]，無疑使日常邏輯陷入「兩難境地」（dilemma），而在鈴木看來，此等「兩難論法」，卻又是禪宗接引學人慣常採用的方式：禪的訓練就是要「讓人一下陷入兩難境地」，然後「必須不運用邏輯，依靠更為高邁的心靈，自己找到從這種兩難境地中脫身的辦法」[50]。至於「脫身的辦法」，鈴木其實說得相當明白，只能靠超越理性的「悟」，而「悟」者為何？即「獲得觀察事物的新見解」[51]。那麼「所悟」能否經由語言文字表達，自然也成為禪之「言說性」迷思的題中之議。

　　上世紀四〇年代末，鈴木大拙與胡適（1891～1962）曾有過一場「禪學論辯」，關涉到禪宗真髓的解釋問題。這次針鋒相對的論爭，在一九四九年六月夏威夷大學舉辦的哲學會議上展開，兩人當時的演講和論文，後來同時載於《東西哲學》（*Philosophy East and West*）一九五三年第一期[52]。胡適採取歷史檢討和社會政治交錯的角度，批

---

[47] 鈴木大拙：《禪學入門》，頁 73～74。Daisetz Teitaro Suzuki，*Introduction to Zen Buddhism*，PP.71.

[48] 鈴木大拙：《禪學入門》，頁 79。

[49] 鈴木大拙：《禪學入門》，頁 43。

[50] 鈴木大拙：《禪學入門》，頁 66。

[51] 鈴木大拙：《禪學入門》，頁 92。

[52] Hu Shih（1891～1962），"Ch'an（Zen）Buddhism in China：Its History and Method，" *Philosophy East and West* 1，4（1953）：3～24. Daisetz Teitaro Suzuki，"Zeu：A Reply to Hu Shih，" *Philosophy East and West* 1，4（1953）：25～46. 佛洛姆（Erich Fromm，1900～80）、鈴木大拙合著，徐進夫譯《心理分析與禪》（*Zen Buddhism and Psychoanalysis*）（臺北市：幼獅月刊社，1973 年），頁 199～271。

評鈴木對禪「非邏輯」、「非理性」、「超越歷史性」的研究是不正
確的。鈴木則認為「研究禪文獻的歷史,應首先把握住禪本身的立
場」,因而借助強調「禪悟」和「禪體驗」等內在意識予以反駁,接
應胡適的挑戰[53]。就此爭論,後來部分學者認為,兩人「焦點並沒有
對好」,是外在「歷史考證」和內層「思想分析」不同範疇間的「誤
發炮彈(misfire)」,甚至由於某些詞彙的誤用和誤解,而造成「思
想混淆」,是「毫不必要」的[54]。

鈴木大拙與胡適的這場激辯,已成為現代禪學史「極饒趣味而又
發人深省的公案」[55],引出後人多方面的思考,尤其在禪的「言說性」
上,提出了「禪超越語言和邏輯嗎?」、「禪是否不可言說的?」、
「禪者如何悟禪?」、「悟禪是永無之境的嗎?」等一系列疑問,馮耀
明、夏國安就此先後撰文,或從分析哲學的視角,或取邏輯學演繹推
理的方法,證明「禪是可以言說的」,從而質疑鈴木大拙「心靈魯濱
遜」的禪論困境,認為「『禪』是一個可以言說的本體」,「禪不可言
說」之命題無法成立[56]。

馮、夏二位的見解儘管頗富創意,但對鈴木大拙援引「指月之

---

[53] 柳田聖山,李廼揚(1913~2004)譯:〈胡適博士與中國初期禪宗史之研究〉《胡
適禪學案》,胡適(1891~1962)著,柳田聖山主編:(京都市:中文出版社,
1981 年),頁 19~21。

[54] 傅偉勳(1933~1996):〈胡適、鈴木大拙與禪宗真髓〉,《從西方哲學到禪佛教:
「哲學與宗教」一集》(臺北市:東大圖書公司,1986 年),頁 321、頁 338。馮耀
明:〈禪超越語言和邏輯嗎:從分析哲學觀點看鈴木大拙的禪論〉,《當代》第 69
期(1992 年 1 月),頁 66~67。

[55] 傅偉勳:〈胡適、鈴木大拙與禪宗真髓〉,《從西方哲學到禪佛教:「哲學與宗教」
一集》,頁 321。

[56] 馮耀明:〈禪超越語言和邏輯嗎:從分析哲學觀點看鈴木大拙的禪論〉,《當代》第
69 期,頁 72~75。夏國安:〈禪可不可說:胡適與鈴木大拙禪學辯論讀後〉,《當
代》第 75 期(1992 年 7 月),頁 48~57。

喻」和「中介範圍」等觀念似乎關注不多，況且胡適曾有論禪小札多篇，其中〈禪宗的方法〉一文，引用蘇轍（1039～1112）《欒城集》「筠州聰禪師得法頌序」的一段話，並特別摘錄「道不可告，告即不得」作為文章副標題，又突出提示：「此即所謂『不說破』」[57]，可見胡適對於禪之內在性言說問題也自有看法。而更加不應忽略的是，鈴木對禪的解釋議題，亦曾說過這樣的話：「只要問題允許作出某種解釋，就要在它的限度內竭盡全力，期待作出完整的解釋。[58]」或許這正是鈴木大拙「中介範圍」概念給予我們下一步研討最關鍵的啟發。

五　餘論

蕭蕭是一位禪學修養與文學造詣雙線並進的詩人，其「以禪入詩」的技法與周夢蝶那樣的詩壇前輩相比，有著明顯不同，其作品裡（不含題目[59]）較少見到「禪語」、「禪典」的直接出現，且避免明引「佛號」、「佛事」等，也沒有太多「詩前引言」、「詩後按語」之類對佛典、公案的說明文字，這應是詩人的創作觀使然。在詩論專著《臺灣新詩美學》中，蕭蕭認為，若「明引佛號、佛語、佛典、佛事甚夥」的話，則「就禪詩而言，有跡可尋，落入言詮。即使暗用禪詩

57　胡適：〈禪宗的方法：道不可告，告即不得〉，明立志、潘平編：《胡適說禪》（北京市：團結出版社，2007 年 5 月），頁 248。

58　鈴木大拙：《禪學入門》，頁 73～74。

59　黃如瑩針對蕭蕭「以佛語入詩」的寫作技巧，曾有三個方面的歸納總結，其中兩個方面（「以佛家語彙為篇名」和「以佛家典故為題」）均是就詩歌題目而言。我們認為，一首詩的題目固然重要，特別是對篇幅短小的作品，但詩的內文或許更能揭示詩作實質，僅題目含有「佛語」、「佛典」，尚不足以作為禪意特色的判定標準。黃如瑩：〈臺灣現代詩與佛：以周夢蝶、敻虹、蕭蕭為線索之考察〉，國立臺南大學碩士論文（2006 年 6 月），頁 130～31。

禪事，……轉化成功，但終究是借他人口舌以擴展自己的思慮」[60]。因此可以說，蕭蕭新禪詩的書寫策略更為注重「繞路指禪」，而這段所繞之「路」或許正是鈴木大拙強調的「中介範圍」。那麼，如何在此「中介範圍」的基礎上盡可能地對蕭蕭新禪詩加以解釋，如何走出一條與現今「由小入禪」不同的研究路徑，正是我們下一步的批評方向和探討進程。

參考文獻

BAI

白　靈（莊祖煌）〈閃電和螢火蟲：淺論小詩〉《臺灣詩學季刊》第
　　　　18期　1997年3月　頁25～34

白　靈（莊祖煌）〈煙火與水舞：蕭蕭小詩中的空白美學〉《創世紀
　　　　詩雜誌》第166期　2011年3月　頁158～76

CHEN

陳巍仁　〈導言：羚羊如何睡覺？〉《皈依風皈依松》　蕭蕭（蕭水
　　　　順）著　臺北市　文史哲出版社　2000年2月　頁12～31

陳　洪　《佛教與中國古典文學》　天津市　天津人民出版社　1993
　　　　年

DING

丁旭輝　〈論蕭蕭短詩的簡約美學〉《蕭蕭新詩乾坤：蕭蕭新詩研究》
　　　　林明德編　臺中市　晨星出版有限公司　2009年9月　頁
　　　　10～35

丁旭輝　《現代詩的風景與路徑》　高雄市　春暉出版社　2009年7月

60　蕭蕭：《臺灣新詩美學》（臺北市：爾雅出版社，2004年2月），頁156。

FENG

馮耀明　〈禪超越語言和邏輯嗎：從分析哲學觀點看鈴木大拙的禪論〉
　　　　《當代》第69期　1992年1月　頁64～81

FU

傅偉勳　《從西方哲學到禪佛教：「哲學與宗教」一集》　臺北市　東
　　　　大圖書公司　1986年6月

HU

胡　適　《胡適說禪》　明立志、潘平編　北京市　團結出版社　2007
　　　　年5月

HUANG

黃如瑩　《臺灣現代詩與佛：以周夢蝶、敻虹、蕭蕭為線索之考察》
　　　　國立臺南大學碩士論文　2006年6月

JI

季羨林主編　《禪與東方文化》　北京市　商務印書館　1996年2月

LI

李翠瑛　〈白色的美學：論蕭蕭《後更年期的白色憂傷》之空白、平
　　　　衡與形式創新〉「多元視域下的對話與比較：兩岸三地文學
　　　　現象國際高峰會議」場刊　復旦大學、香港大學、徐州師範
　　　　大學、明道大學中文系、臺中技術學院應用中文系聯合主辦
　　　　上海復旦大學　2010年10月16～17日

李　淼　《禪宗與中國古代詩歌藝術》　長春市　長春出版社　1990年

LIN

林煥彰　〈談小詩〉《文綜》第5～6期　2008年12月　頁47～48

林煥彰主編　《小詩磨坊》　香港　世界文藝出版社　2007年6月

林毓均　〈蕭蕭詩作的主題意涵〉《蕭蕭新詩乾坤：蕭蕭新詩研究》
　　　　林明德編　臺中市　晨星出版有限公司　2009年9月　頁

113～154

LING

鈴木大拙（Suzuki，Daisetz Teitaro） 謝思煒譯 《禪學入門》
　　　（*Introduction to Zen Buddhism*） 北京市 三聯書店 1988年

鈴木大拙（Suzuki，Daisetz Teitaro） 劉大悲譯 《禪與生活》（*Zen
　　　Buddhist*） 臺北市 志文出版社 1972年

鈴木大拙（Suzuki，Daisetz Teitaro）、佛洛姆（Fromm，Erich）合
　　　著 徐進夫譯 《心理分析與禪》（*Zen Buddhism and
　　　Psychoanalysis*） 臺北市 幼獅月刊社 1973年

LIU

柳田聖山（Yanagida，Seizan） 毛丹青譯 《禪與中國》（*Mu No
　　　Tankyū*） 北京市 三聯書店 1988年11月

柳田聖山（Yanagida，Seizan） 〈胡適博士與中國初期禪宗史之研究〉
　　　李迺揚譯 胡適著 柳田聖山主編 《胡適禪學案》 京都
　　　市 中文出版社 1981年10月 頁5～26

LUO

羅根澤 《中國文學批評史》 上海市 上海書店出版社 2003年1月

羅孟冬 〈漢俳與俳句的比較研究〉 《益陽職業技術學院學報》 第3
　　　期 2009年 頁86～90

羅　斯（Ross，Nancy Wilson）編 徐進夫譯 《禪的世界》（*The
　　　World of Zen*） 臺北市 志文出版社 1982年

LÜ

呂進主編 《中國現代詩體論》 重慶市 重慶出版社 2007年1月

WANG

王　珂 《詩體學散論：中外詩體生成流變研究》 上海市 上海三聯
　　　書店 2008年10月

SHEN

沈　玲、方環海　〈論蕭蕭詩歌中的「白色」想像〉《徐州師範大學
　　　　　學報》第1期　2012年　頁15～20

SUN

孫昌武　《禪思與詩情》　北京市　中華書局　1997年8月

孫昌武　《佛教與中國文學》　上海市　上海人民出版社　2007年6月

XIA

夏國安　〈禪可不可說：胡適與鈴木大拙禪學辨論讀後〉《當代》第
　　　　　75期　1992年7月　頁48～57

XIAO

蕭　蕭　《後更年期的白色憂傷》　臺北市　唐山出版社　2007年12月

蕭　蕭　《雲邊書》　臺北市　九歌出版社有限公司　1998年7月

蕭　蕭　《舉目》　臺北市　詩人季刊社　1978年6月

蕭　蕭　《蕭蕭世紀詩選》　臺北市　爾雅出版社　2000年5月

蕭　蕭　《臺灣新詩美學》　臺北市　爾雅出版社　2004年2月

蕭　蕭　《一行兩行情長》　臺北市　漢光文化事業股份有限公司
　　　　　1989年4月

XIE

謝輝煌　〈禪詩瑣論〉《臺灣詩學季刊》第27期　1999年　頁40～47

XÜ

徐復觀　《中國文學精神》　上海市　上海書店出版社　2006年3月

YANG

楊雯琳　〈月光下的現代詩：論蕭蕭《後更年期的白色憂傷》中的禪
　　　　　意特色與其發揮之用〉《問學集》第16期　2009年2月
　　　　　頁228～244

YE

葉維廉　《比較詩學》　臺北市　東大圖書股份有限公司　2007年9月

ZHANG

張默（張德中）〈垂釣古今話蕭蕭：序《緣無緣》詩集及其他〉　林
　　　明德編　《蕭蕭新詩乾坤：蕭蕭新詩研究》　臺中市　晨星出
　　　版有限公司　2009年9月　頁75～86

ZHOU

周慶華　《佛教與文學的系譜》　臺北市　里仁書局　1999年9月

周作人　〈論小詩〉　楊揚編　《周作人批評文集》　珠海市　珠海出版
　　　社　1998年10月　頁86～93

周作人　〈日本的小詩〉　楊揚編　《周作人批評文集》　珠海市　珠海
　　　出版社　1998年10月　頁282～290

Blyth，Reginald Horace. *Haiku.* Vol I. Tokyo：Hokuseido，1950.

Hu，Shih.「Ch'an（Zen）Buddhism in China：Its History and Method.」
　　　Philosophy East and West 1，4（1953）：3～24.

Suzuki，Daisetz Teitaro. *Introduction to Zen Buddhism.* Kyoto：The
　　　Eastern Buddhist Society，1934.

Suzuki.「Zeu：A Reply to Hu Shih.」*Philosophy East and West* 1，4
　　　（1953）：25～46.

洛夫詩歌的死亡焦慮與身分焦慮
——《石室之死亡》和《漂木》解讀

向憶秋

漳州師範學院中文系副教授

摘　要

　　《石室之死亡》和《漂木》是「詩魔」洛夫最具代表作的作品。論文從「焦慮」這個心理角度，對此兩首名詩進行「細讀」。作者認為，《石》詩中俯拾皆是的死亡意象，顯示了詩人深重的死亡焦慮，但《乙》詩又將死亡「愛欲化」，以特殊的方式軟化死亡的恐怖性，顯示了詩人對此死亡焦慮「反抗」的懦弱性。《漂木》之「漂木」，乃是洛夫和漂泊海外的華人焦慮身分的隱喻，《漂木》中的「紅鮭」對原鄉執著的回歸，則隱喻著精神流浪者尋找「家園」、重組意義和價值的不懈努力。總體來看，三千行長詩《漂木》很大程度上隱含了洛夫深重的身分焦慮及對此焦慮的頑強抗爭。兩部名詩對死亡焦慮和身分焦慮的文學表述，展示了洛夫詩歌對人類永恆的精神世界的深入探索。

關鍵字：洛夫、《石室之死亡》、《漂木》、焦慮

Key words：Lo Fu　Death of grotto　Drift Wood　Anxiety

一　前言

　　人喻「詩魔」的洛夫[1]，一九四九年由中國大陸渡海去臺，一九五
〇年代在臺灣成名，是臺灣聲名卓著的「創世紀」詩社的「三駕馬
車」之一。一九九六年洛夫移民加拿大，之後創作三千行長詩《漂
木》，二〇〇一年於臺北出版。二〇〇四年洛夫在北京獲得「新詩界
國際詩歌獎」的北斗星獎。二〇〇九年在洛夫家鄉衡陽舉辦了「中國
洛夫詩歌節」，這年，《洛夫詩歌全集》出版。至今，洛夫已經出版
的詩集、散文集、詩論集有四十部以上。可以說，六十年來，文學界
對洛夫的熱情關注從未消歇。縱觀洛夫一生的詩歌創作，最值得關注
的大概是《石室之死亡》和《漂木》。本文即是對此兩部長詩的個人
化解讀。

二　《石室之死亡》：洛夫詩歌的死亡焦慮

　　洛夫的《石室之死亡》（以下簡稱《石》詩）自上世紀五十年代
金門和廈門炮戰聲中開始創作（洛夫時任新聞聯絡官駐紮金門），於
一九六五年出版同名詩集。幾十年來海內外名家對《石》詩給予了諸
多關注。今天我們重讀《石》詩，覺得《石》詩顯示了詩人深重的死
亡焦慮及對此焦慮的懦弱反抗。

---

[1]　蕭蕭主編：《詩魔的蛻變》（臺北市：詩之華出版社，1991 年 4 月）；龍彼德：《一
　　代詩魔洛夫》（臺北市：小報文化有限公司，1998 年 11 月）

（一）死亡的具象化

翻開《石》詩，一個個死亡意象撲面而來，使我們深深體察到一種濃重的死亡焦慮。試看幾首：

只偶然昂首向鄰居的甬道，我便怔住
在清晨，那人以裸體去背叛死
任一條黑色支流咆哮著橫過他的脈管（1首）

我把頭顱擠在一堆長長的姓氏中
墓石如此謙遜，以冷冷的手握我
且在它的室內開鑿另一扇窗，我乃讀到
橄欖枝上的愉悅，滿園的潔白
死亡的聲音如此溫婉，猶之孔雀的前額（12首）

他們竟這樣的選擇墓塚，羞怯的靈魂
又重新蒙著臉回到那湫隘的子宮（13首）

一口棺，一堆未署名的生日卡
卻是一聲雅致的招呼
一塊繡有黑蝙蝠的窗簾撲翅飛來
隔我於果實與黏土之間
彩虹與墓塚之間（22首）

可以說，《石》詩中的死亡意象俯拾皆是。六百四十行長詩中，關於死亡的意象就多達一百二十個。它們不僅數量多，而且奇特。當它們

和其他比喻、描寫聯繫起來時，更是產生詭異的美感。當「一條黑色
支流」「橫過」一個人「脈管」時，死亡的抽象性被具象化了。它讓
人既感到橫蠻、又感到陰冷。而那死者「以裸體去背叛死」，又產生
了抗逆常規之死的詭異。以上引文中「黑色支流」以及《石》詩中多
次出現的「灰燼」、「黑蝙蝠」等等，都是洛夫創造的死亡意象，其
中深沉地流露出作者的死亡焦慮，這從「怔住」、「固執」、「頭顱擠
在」，「蒙著臉」、「隔我」等感受和暗喻中完全可以體會得到。

　　對死亡的具象表現，在古今中外文學家筆下比比皆是。但這些意
象大多是恐怖化和醜惡化的仿人形形象。骷髏披著黑氅，是西方的死
亡形象；牛頭馬面舉著權杖鐵索，是中國傳統中的死亡代表。現代詩
人對死亡的比喻已不限於這些傳統的意象，但仍多圍繞著墳墓靈柩而
發揮想像。像洛夫這樣將生活中的物事隨手拈來，信手點染即成死亡
意象的詩人，確實並不多見。其原因之一，大概是強烈的死亡焦慮使
洛夫眼中的種種意象易於幻化上死亡的色彩。這些死亡意象如「黑色
支流」、「斷臂的袖」、「黑蝙蝠」等越詭異，就越鮮明地流露出洛夫
意識深處的死亡焦慮。如此看來，「詩魔」洛夫之藝術想像，應該有
相當部分來自於死亡焦慮的激發。

（二）死亡的「愛欲化」

　　洛夫表述過《石室之死亡》的寫作心態：「當我面對死亡之威脅
的那一頃刻絲毫不覺害怕，只隱隱意識到一件事：如果以詩的形式來
表現，死亡會不會變得更為親切，甚至成為一件莊嚴而美的事物？這
就是我在戰爭中對死亡的初次體驗。」[2]不管洛夫是否承認，死亡的焦

---

[2] 洛夫：〈關於石室之死亡〉，費勇《洛夫與中國現代詩》（臺北市：東大圖書公司，
1994年6月），頁122。

慮已深入到他的潛意識深處。如果不是這樣，他為什麼要以「詩的形式」去表現「死亡」，力圖使血淋淋的「死亡」變得「親切」，甚至變作「莊嚴而美的事物」？「死亡」在洛夫筆下顯然並不「親切」也並不「莊嚴而美」，這從洛夫對死亡意象的選擇便可見出。從上文引詩中的死亡意象，我們感覺到，洛夫對「死亡」懷著濃烈的拒斥情感（而不是親切感）。洛夫詩歌的死亡意象，或者是陰森、詭異的「黑色支流」、「黑蝙蝠」，或者是冰冷、荒涼的「墓石」、「灰燼」，或者是恐怖的「斷袖」、殘肢……。意象乃是詩人用整個生命與心靈直觀地而不是邏輯分析地感悟外在世界的結果。洛夫面對死亡的追逐，所捕捉到的是陰森、恐怖、荒涼、冰冷、慘痛的死亡意象（而非莊嚴而美的事物）。明明是恐怖的、血淋淋的，卻偏偏去試圖使之「親切」、「美麗」、「莊嚴」。這種矛盾，正好從反面說明了洛夫死亡焦慮的深重。洛夫在其時所謂「詩的形式」，當然還意味著寫作行為。寫作對寫作者而言，本身便是對焦慮的一種紓解。那麼，洛夫面對死亡的逼迫，以「詩的形式」去表現，這正是他為緩解死亡焦慮而採取的一種措施。當然，我們不能否認，洛夫將寫作作為畢生志趣，堅持不懈，追求的更是一種價值的創造，而不單單是緩解生命破裂的焦慮。這一點我們可以存而不論。

我們要問的是，洛夫如何使「死亡」變得「親切」，變作「莊嚴而美的事物」？

首先，洛夫將「死亡」溫馨化、美麗化，賦予凝重的死以生機勃勃的活力。當洛夫在《石》詩中把死亡焦慮具象化為一系列陰森、冰冷的死亡意象時，我們同時驚異地發現，洛夫在同一首詩、甚至同一詩句中，將代表著鮮活的生命的詩歌意象與死亡意象矛盾並存。「他們竟這樣的選擇墓塚，羞怯的靈魂／又重新蒙著臉回到那湫隘的子宮。」（13首）「墓塚」、「靈魂」與「子宮」，生命的歸宿、歸化處竟

然與生命的起源點同一。在《石》詩三十六首，洛夫說，「驀然回首
／遠處站著一個望墳而笑的嬰兒。」嬰兒乃是至為可愛的「生命」，
此「生」卻望「墳」（死）而笑；墳乃標示「死亡」，此「死」卻與
「嬰兒」（生）相依。「嬰兒」的望「墳」而笑，賦予「死」以無限的
希望和活力。又如《石》詩十二首，「墓石」「以冷冷的手握我」，死
亡時時圍困人的生命，「此在」的每一步路，都與死亡牽手同行。但
洛夫卻給死亡的「石室」開鑿了一扇「窗」，並從窗口領略到「橄欖
枝的愉悅」，「死亡的聲音」是「如此溫婉」，「猶之孔雀的前額」。
「墓塚」與「子宮」，「嬰兒」與「墳」，諸如之類的生與死的對立意
象在《石》詩中比比皆是。死亡不再陰森、恐怖，而煥發出「子宮」
的活力，「嬰兒」的溫馨，和「孔雀前額」的美麗。

其次，《石》詩也試圖將恐怖的「死亡」莊嚴化、崇高化。死，
加之於人的，有時並非是寂滅，而意味著「生」的開始，如《石》
詩所言「唯灰燼才是開始」，轟轟烈烈的「開始」仰賴死亡的「灰
燼」；死，在洛夫宣言裡，還代表著莊嚴的「完成」，「猶果子之圓
熟」（洛夫語），把生命無可奈何的剝落無跡比況為莊嚴的「果子之
圓熟」；死亡的價值，更在於它是對「生」的奉獻，就如洛夫說「如
果我有仙人掌的固執，而且死去／旅人遂將我的衣角割下，去掩蓋另
一粒種子」（7首），「死亡」由此褪去可憎面目，向「生」昭示了它
的崇高。

將死亡意象與生命意象並存，將死亡的追捕塗抹上生命的光彩，
洛夫在生死意象錯雜碰撞的《石》詩裡，實現了生與死的對立同構。
洛夫正是通過想像性地建構一種「生」與「死」的同一性關係，將
慘痛的血淋淋的死「美化」、「生命化」，即賦予陰森、恐怖的死以生
機勃勃的活力，賦予面目猙獰的死以崇高性，從而將死亡「愛欲化」
（諾爾曼‧布郎語）。

（三）生死同構：一個洛夫的秘密

　　如果我們更深入關注洛夫「生死同構」的死亡意識，進一步追問，洛夫為什麼要力圖使死亡「親切」，使死亡「莊嚴而美」，也即將死亡「愛欲化」？那麼我們會攫住一個洛夫的秘密：所謂的「生死同構」，將死亡「愛欲化」，其實正是洛夫對生命大限的焦慮所進行的懦弱反抗，是他對死亡焦慮的想像性緩解。

　　焦慮與死亡之間，有著深邃而緊密的聯繫。焦慮本來就是對死亡、分離、缺失等種種體驗的回應。生命個體「由於無力接受分離，接受個體性和接受死亡，人所採取的一個步驟便是把死亡愛欲化——賦予病態的死亡願望以活力，賦予病態的渴望回到出生（分離）以前的胎兒狀態，回到母親子宮中去的願望以活力。」[3]洛夫正是怯於面對血淋淋的死亡，不願意直視死亡的魔掌掐緊生命的脖子，才在《石》詩中，在「死」與「生」之間，想像性地建構一種同一性關係，將必然到場的虛空的「無」與充盈的「有」同一，從而暗示生命個體以一種「死之偉大與虛無之充盈」（洛夫語）。這樣，「生」的活力紓解了「死」的焦慮，「生」的溫馨解構了「死」的陰森，「死亡」變得「親切」，「甚至成為一件莊嚴而美的事物」。可以說，洛夫詩歌的「生死同構」，所隱含的正是「死亡」的焦慮及對此焦慮的懦弱反抗。

　　認定洛夫詩歌生死同一的意象，乃是對「死亡」焦慮的懦弱反抗，是基於我們將洛夫置於與存在主義者比較下這一視域。存在主義哲學在上世紀五、六十年代迷醉了無數的臺灣人，洛夫即是其一。他在《石》詩中對「死亡」的關注，除了與他直接參與戰爭、肉搏死神有關外，存在主義哲學對「死亡」的「一往情深」也是影響洛夫將

3　諾爾曼・布朗：《生與死的對抗》（貴陽市：貴州人民出版社，1994年），頁124。

「死亡」作為《石》詩核心主題的重要原因。我們知道,「死亡」是
上帝規派給人的無法更改的命運。人在死亡面前,所能選擇的,只是
對死亡的態度。在這一點上,洛夫與存在主義者拉開了距離。存在主
義大師強調,「人」這一特殊的「存在者」是「走向死亡的存在」,
即「向死的存在」。但是,存在主義者更深刻之處在於,當他們發現
了「死亡」不可規避的真實後,卻並不自欺,並不隱匿這一人生真
相,而是從「死亡」的陰暗裡反跳回來,自己承擔起自己的命運,勇
敢面對「死亡」真相而「先行到死」(海德格爾語)。這與洛夫試圖
在死生之間想像性地建構一種同一性關係,將死亡「愛欲化」,從而
以一種特殊的方式軟化「死亡」的恐怖性,有著極大的區別。可以
說,洛夫在對存在主義的服膺中,偏偏又有著對「死亡」的自欺性躲
避。明知不可而為之。正是在這種比較中,我們無可奈何地看到了洛
夫對死亡焦慮「反抗」的懦弱性。

三 《漂木》:洛夫詩歌的身分焦慮

新千年伊始,臺北《自由時報》副刊逐日連載《漂木》二月有
餘。二○○一年八月十四日,洛夫的三千行長詩《漂木》在臺北召
開發佈會。《漂木》的橫空出世,不獨是「詩魔」洛夫跨世紀的紀念
詩碑,也是華文詩壇的盛事。這部由〈漂木〉、〈鮭,垂死的逼視〉、
〈浮瓶中的書箋〉、〈向廢墟致敬〉四章組成的長詩,可謂堂蕪龐雜而
脈絡清晰地展示了洛夫晚年的生命意識和美學觀念。深入閱讀《漂
木》,我們不難感覺《漂木》隱含了洛夫深重的身分焦慮及對此焦慮
的頑強反抗。

《漂木》之「漂木」,可以說是洛夫和漂泊海外的華人焦慮身

分的隱喻[4]。據錢超英解釋，身分焦慮，「就是指文化身分上的不確定性，就是指人和其生活的世界聯繫的被意識到的障礙和有關生活的意義解釋的困難與危機，以及隨之產生的觀念、行為和心理的衝突體驗。」[5]「漂木」原本是「樹」，紮根於大地，紮根於原鄉，成為「木」，鋸解之傷、斷根之痛已難以負荷，何況又漂離了大陸和家園，成為「游離」海上的「漂木」？成為「漂木」，「拔離」了土地和家園，失去自己「樹」的身分，「漂木」「已非今日之是／亦非昨日之非」，它們雖曾「做著棟樑之夢」，卻「終於迷失於時間之外」，擁有的，只是「千帆過盡後只留下一隻鐵錨的／天涯」。它們被切斷了「那根唯一聯繫大地的臍帶」，甚至也找不到自身在海上的位置。失位的「漂浮」使「漂木」的身分曖昧不清。物理位置的「漂移」，使「漂木」的文化位置（身分）亦發生了某種程度的「游離」——應該說，是加深了這種「游離」，因為，「漂木」願意離開原鄉（原居地），就說明他們在某種程度上嚮往著海上的風景（西方的文化），除非，是被迫無奈的「拔離」（如避難等）。洛夫的「二度流放」即屬自願。臺灣政治、社會、自然環境的惡化，是導致洛夫自我流放的客觀因素。主觀因素則與上世紀六十年代後大批進軍西方世界的臺灣留學生、移民們一樣，是潛在的對西方文化的欣賞、嚮往——至少是部分的，一定程度的欣賞、嚮往。這意味著，「漂木」作為「樹」，尚站在原鄉的時候，就已經靜靜地傾聽著西來的風聲（西方的文

---

4 洛夫表示過《漂木》「最初的構想只想寫出海外華人漂泊心靈深處的孤寂和悲涼」。又表示它的創作「乃基於兩個因素，一是實現我近年一直在思考的『天涯美學』，一是自我二度流放的孤獨經驗。」見蔡素芬：〈漂泊的，天涯美學——洛夫訪談〉，洛夫：《漂木》（臺北市：聯合文學出版社有限公司，2001年8月），頁284～285。

5 錢超英：《「詩人」之「死」——一個時代的隱喻》（北京市：中國社會科學出版社，2000年1月），頁33。

化），已經在某種程度上開始了文化的「遊移」。向西方文化的靠近
（或者試圖靠近），意味著對原生文化的「離棄」，也意味著人在文化
上的矛盾和不確定。而「拔離」原居地，成為「漂木」，地理位置的
「漂移」，只是加深了文化的「游離」。

　　但是，縱使化身為「漂木」，也難以從根本上抹去原鄉的痕跡。
洛夫作為晚年「漂移」到海外的華人，可以說，他一生的經驗資源、
情感資源是源於中國的，對「中國」這個既定的「文化身分」的認
同，在洛夫離棄「中國」「居民」身分之前是絕不會有什麼焦慮和危
機的（我們絕對地說「絕不會」，是在強調「中國人」這一點上。
「中國人」本身包含了「居留」和「文化」雙重意義。在物理地漂
離「中國」之前，誰又能否認自己不是「中國人」呢？當然，在物
理地漂離「中國」之前，人難免會在文化上先行一步，發生某種「漂
移」）。然而，當洛夫漂離「中國」，成為北美社會的一員，法律身分
（Canada國籍）和種族身分（中國血統）雙重身分向度，新的現實經
驗、文化背景和既往的人生經驗、文化背景的摩擦、碰撞，導致洛夫
深刻的身分焦慮。

　　在「中國」和「西方」的對立衝突中，洛夫有著深刻的身分焦
慮。而「大陸」和「臺灣」的長期隔絕，也使得與祖居土地、家園永
遠「離析」的洛夫們，對自己「根本」的確認懷有深刻的焦慮。大
陸已「禁止越界」（1979，《邊界望鄉》），斷根的「漂木」，再也植
不回原鄉。洛夫注定是漂泊的了。漂浮無著的洛夫縱使想為自己繫
舟，但是，岸在哪裡呢（七十年代洛夫有本詩集取名《無岸之河》，
正是隱喻了沒有岸的生命漂泊感）？生命之舟無以靠岸，在「漂泊的
年代」，「漂泊」是唯一的真實。正如《漂木》所寫，「漂木」切斷了
「那根唯一聯繫大地的臍帶」，從今日跨出，進入「只有鐘聲而無神
祇的教堂」，又匆匆走向「明日沒有碼頭，沒有小旅館的／天涯」。

在掏空了信仰、在沒有岸的流浪中，現代人觸目驚心地發現了自己無家可歸的真實處境。「失根」的「漂泊」，由此成了人自身的內容和過程。

一九九八年，洛夫在接受香港《詩》雙月刊記者羅魂採訪時說：「秋日黃昏時，獨立於北美遼闊而蒼茫的天空下，我強烈地意識到自我的存在，卻又發現自我的定位是如此的曖昧而虛浮。」[6]「二次世界大戰期間，德國作家托瑪士曼流亡美國，有一次記者問他，放逐生涯對他是否形成一種極大的壓力？當時他理直氣壯地答道：『我托瑪士曼在哪裡，德國就在哪裡』！今天我卻說不出如此狂傲的話，因為我不知道我的中國在哪裡，至少在形式上我已失去了祖國的地平線，失去了生命中最重要的認同物件」。[7]「不知道我的中國在哪裡」，這是洛夫喪失了家園和土地後，文化認同和身分認同的危機。人往往在確定的背景下形成自己的身分感。人一旦漂離他既定的文化環境，成為原本熟悉的家園的「陌生者」，尤其當人遭遇既定的生存背景突然坍塌，又不能及時獲得新的意義資源的有效支持，人生寄屬的巨大虛空會令生命個體面臨無所歸依的恐懼、焦慮，猶如獨立荒原。人格、心理、意義歸屬的矛盾，尤其是斷裂，讓生命個體產生深刻的身分焦慮。洛夫即是如此。我們看到，洛夫由大陸而至孤島，遭遇失位的尷尬，但「中國」仍是他血脈裡流轉的「根性」。然而，當他越出中國，物理地「漂移」西方之後，失位的漂浮使得他痛苦地叫出「可是現在國在哪裡」？洛夫已實際上面臨「失根」的焦慮，這是「中國」「根性」的迷失、文化身分的迷惘。

如果說「不知道我的中國在哪裡」，尚只是說明洛夫對「中國」

6　羅魂：〈且聽詩魔絮絮道來──洛夫筆訪錄〉，《詩》雙月刊，第4期（1998年），頁18。

7　羅魂：〈且聽詩魔絮絮道來──洛夫筆訪錄〉，《詩》雙月刊，第4期，頁19。

這個文化身分的迷惘的話，那麼，「沒有碼頭」、「沒有小旅館」的流浪，進一步說明了洛夫對「人」的存在，亦即對人「自我」身分的迷惘。西方文藝復興以來對「人」的重新發現和肯定，曾是整個西方世界崛起的動因。但二十世紀災難遍地的社會現實，使得西方對「人」產生深刻的懷疑。「人」是什麼？雖然古希臘蘇格拉底就發出「認識你自己」的呼聲，「人」卻要麼將自己貶為「神」的奴僕，要麼將自己提升到「萬物的尺度」，「人」一直沒有真實全面地認識過「人」本身，「人」由此而走到了生存的困境。二十世紀以來，「人」在精神的荒原上倉惶四顧，卻無法找到自己生存的依據。「我是誰」的追問成了二十世紀思想者的共同焦慮。可以說，作為「創世紀」式大詩人和思想者，洛夫在對現代人生存處境的關懷上，在遭受「人」的身分的焦慮上，也與世界上許許多多的思想者一樣落入了共同的命運軌道。

　　無論是「中國」身分的迷惘，或是人「自我」身分的迷失，身分的破碎總會迫使人進行重建身分的努力。「人」只有在擁有「身分」的情況下才能保持內心的自洽。身分的焦慮源自於人「自我」的模糊和混亂。而「自我」從來都不是一個純粹的名詞，「自我在本質上是一個價值的載體」[8]，「人」從來都是一種「渴望實現意義的生命」[9]。「人」要重獲「自我」，最根本的就是要重獲「意義」，重獲「價值」。失鄉和失根的漂泊，決定了尋找「家園」是「人」實現一個有意義的完整自我亦即重獲身分穩定感的關鍵。

　　於是我們讀到洛夫寄情的「漂木」，雖然注定了「漂浮」，其實也同時命定了要尋找自己「樹」的身分，傾聽原鄉的呼喚。就如魯迅

---

[8]　William Blair Gould：《弗蘭克爾：意義與人生》（北京市：中國輕工業出版社，2000年1月），頁110。

[9]　William Blair Gould：《弗蘭克爾：意義與人生》，頁57。

不惜「決心自食，欲知本味」（《野草‧墓碣文》），希望在酷烈的創痛中觸摸到自己真實的生命存在一樣，「漂木」也刨開自己木質的軀體，努力追索自己「樹」的血脈。「或許，這就是一種／形而上的漂泊／一根先驗的木頭／由此岸浮到彼岸／持續不斷地搜尋那／銅質的／神性的聲音／持續以雪水澆頭／以極度清醒的／超越訓詁學的方式／尋找一種只有自己可以聽懂的語言／埋在心的最深處的／原鄉」。尋找「原鄉」的努力，的確可以使人拾起「意義」的碎片，獲得重返完整自我（身分）的可能性。在第四章〈鮭，垂死的逼視〉，洛夫描述了北美淡水河出生的鮭魚的悲壯命運：它們出生一年後游向大海，生命的第四年義無反顧開始返鄉的遠航，一旦進入淡水河身體便轉為赤紅，然後在它們的出生地，雌鮭產下後代，與守護一旁的雄鮭雙雙偕亡。在歸航的遠行中，紅鮭們縱使「肉身化了／還有骨骼／骨骼化了／還有磷質／磷質化了／還有一朵幽幽的不滅之光」。紅鮭的故事可以說就是一個神奇的尋找「原鄉」、歸返「原鄉」的故事。神奇的紅鮭，是不是洛夫們希望重獲「身分」的寫照？我們的回答是肯定的。紅鮭對「原鄉」執著的回歸，隱喻著精神流浪者尋找「家園」，重組意義和價值的不懈努力。

四　結論

洛夫的兩部名詩《石室之死亡》和《漂木》彰顯了詩人深重的生命焦慮。其中，《石室之死亡》突顯了詩人深重的死亡焦慮及對此焦慮的懦弱反抗；《漂木》則喻示了詩人沉重的身分焦慮及對此焦慮的積極抗爭。

《石室之死亡》和《漂木》對死亡焦慮和身分焦慮的意象化呈現，體現了洛夫詩歌對生命最深沉的關懷。因為，從人類誕生那一

刻開始，死亡焦慮就已經潛在或顯在地左右著人的生命品質和生存狀態，並成為人類最本真的生命體驗。而在二十世紀，「漂泊」也已經成為人類普遍的生活方式，因此身分焦慮就是人類不得不面對的生命情緒。洛夫此兩部名詩同時突顯了對「焦慮」持之以恆的「反抗」，不管這樣的「反抗」是否有效，甚至它可能只是一種想像性緩解，但它恰恰證明了洛夫詩歌對生命意義和價值的不懈堅持。

大陸中間代詩歌研究

任毅[1]

福建漳州師範學院中文系副教授

摘　要

　　大陸「中間代」詩歌流派的名稱自提出之日起，便一直因其詩歌詩人的交疊混重而飽受爭議，處在一種「身分不明」的尷尬之中。中間代詩派命名及其存在有一定的合理性和必然性，從這一詩歌流派的創作背景和詩人創作的文化心態入手，可以發現這個詩人龐雜、輪廓曖昧的當代詩歌流派的美學特徵及其文學價值。研究其中的代表性詩人安琪、老皮的詩作特點，可以發現他們在流派共性中的創作個性。

關鍵字：中間代詩派、多元並存性、語詞先鋒性、個案研究

Key words：Intermediate generation School of Poetry　multicultural
coexistence　advance character of words and phrases　Case
Study

---

[1]　作者簡介：任毅，湖北十堰市人，男，漢族。1995年畢業於華中師範大學中文系漢語言文學專業，碩士畢業於西南大學中國新詩研究所中國現代詩學專業。先後在湖北省黃岡中學、西南大學育才學院、福建漳州師範學院中文系從事中文教學、中國現當代文學教學及現當代詩歌研究工作。現為福建漳州師範學院中文系中國現當代文學教研室教師、中語會語言本體改革委員會理事、福建漳州市詩歌協會副會長。主持參著有《中國新詩的精神流變》、《當代詩人梁平詩歌研究》、《中國現當代文學作品選》（華中師大版）、《當代詩人李尚朝詩歌品讀》，曾主編《中外詩歌研究》（首屆國際華文詩學名家論壇專刊）。迄今在《當代文壇》、《湖南社會科學》、《山花》、《星星詩刊》、《澳洲新報》等中外報刊上發表論文、詩作、譯作等各類作品近百萬字。

一 中間代命名的必然性與合理性

一九七六年至今，在中國大陸當代新詩史三十多年的發展歷程中，出現過許多在文學史上佔據重要地位的現代詩歌流派，既有影響廣泛的「朦朧詩」，桀驁不馴頗具衝勁的「第三代」，還有在世紀末因為「盤峰論爭」走入人們視野的「知識分子寫作」和「民間寫作」詩人群，以及後來居上的「七〇後」。然而，夾雜其中，早已融入當代詩壇的一批六〇年代出生的詩人們，他們從一九九〇年代以來佔據了詩壇的重要地位，卻和其他純文學一樣遊走在大眾文化視野的邊緣。於是，在安琪和黃禮孩主編的一本叫做《中國大陸中間代詩人詩選》中，給了這一批詩人一個全新的命名——「中間代」。

二〇〇〇年，福建女詩人安琪和廣東詩人黃禮孩共同提出「中間代」詩派，安琪在論文〈中間代：是時候了！〉中，對「中間代」是如此定義的：「介於第三代和七〇後之間」，「大都出生於六十年代，詩歌起步於八十年代，詩寫成熟於九十年代」，沉潛於個人寫作的詩人群體。安琪也在這篇文中也解釋了「中間代」這個概念所包含的三層涵義：一是積澱在兩代人中間；二是當下中國詩壇最可倚重的中堅力量；三是詩人們從中間團結起來，實現詩人與詩人的天下大同。[2]

（一）命名的合理性

但「中間代」甫一提出，即引發了不少爭議。

許多人不認同這樣的命名，認為它的提出不夠精準——它既包括

---

[2]　安琪：〈中間代：是時候了！〉，《詩歌與人——中國大陸中間代詩人詩選》第 3 期（2001 年 10 月），頁 1～4。

六〇年代出生的詩人，又指向了第三代與「七〇後」之間的這一部分詩人。這些詩人的創作交疊混雜，輪廓曖昧，既缺乏統一的寫作宗旨和美學趣味，也不像歷史上出現過的那些具有群體性質的詩歌社團那樣擁有比較相似的詩創宗旨和寫作手法。他們認為，「中間代」的提法，只不過是用統一的命名，來把一群互不相干的詩人扭成一團以便梳理目前詩歌創作的混雜狀態。更有甚者認為這樣一個自身概念含混，外延模糊不清的命名實在難以擔托起一代詩歌流派的重責。

面對這樣的質疑，提出「中間代」概念的安琪認為，她希望能讓人們以整個詩歌精神為背景去理解他們這一代的詩，以及這一代人寶貴的詩寫資源和恒久價值，而不是以某種私底下的喜怒為背景，孤立地、片面地去理解他們的詩歌。[3]

事實上，或許「中間代」的命名並非那麼精準，但是卻不能因為其缺少精確性而否定其存在的意義。因為這樣的命名是合理的。這種合理性指的是它產生了連命名者都始料未及的新效應或者新反應。命名的內涵超出了命名者最初的命名內涵。細究「中間代」這個詞，我們不難發現這詞別有一番無奈在其中。

「中間代」以出生年代作為詩歌流派的代際劃分，前有「第三代」，後有「七〇後」，隱約反映出目前這類詩歌所處的一個不前不後的「中間」位置，一個「夾攻地帶」。特別是在寫作過程中，而且這種「中間」狀態，並不單指時間軸上的中間，也指空間上的「中間」，代表的是一種精神氣質上的特殊座標——被五〇年代沉重敘事與七〇年代飄逸想像的陰影所覆蓋的「中間」狀態。

拿大陸當代詩歌史上的「第三代」來說，它與「朦朧詩」的界限

3　安琪：〈中間代：是時候了！〉，《詩歌與人——中國大陸中間代詩人詩選》第3期（2001年10月），頁1～4。

還是比較清晰的。有深圳徐敬亞等人主編的《中國現代主義詩群大觀1986～1988》中「朦朧詩」單列一欄為證，但是「第三代」具體延展到什麼時期，也有所爭議，難以真正界定其下限。

雖然於一九八九年「第三代」基本完成其詩歌使命，但在「第三代」整體處於下降趨勢的形勢下，仍有一些詩人在九〇年代依舊寫出了非常重要的作品，例如于堅在一九九二年所創作的長詩〈0檔案〉。之後，新興的年輕一代的詩人（多指出生於六〇年代中後期）經過之前的學習操練與模仿，開始有了自己的風格，逐漸登上了詩歌歷史舞臺。

在這樣的情況下，如果我們沒有分清「第三代」的界限，那麼這批在六〇年代中後期出生的詩人們的詩歌創作便無法清楚地呈現；如果沒有「中間代」這個命名的出現，也無法精確地界定「第三代」。眾所周知，歷史發展就是一個連續前進的過程，一代新興的力量不會等舊式力量完全退出歷史舞臺再來全面登場，而是彼此以一種共存的方式出現在同一歷史階段。

所以說，「中間代」並不代表一種美學觀念或是一種詩潮傾向。它作為一個概念，只是對現象進行的一種統攝，是一種符號，必然會存在一定的誤讀、遮掩和缺漏，因為詩歌的寫作是個人化的，即使集體命名所囊括的範圍再大，也依舊有一些無法概括進去的個人範本和一些自甘一隅的詩人。這是任何一種歷史命名都無法避免的。

所以，為了避免其寫作被「第三代」與「七〇後」兩面的陰影所覆蓋重疊，「中間代」詩人們以一種懸空的方式出現在詩歌史上，為其豐富而多樣化的詩歌創作正本清源，是十分必然的。

（二）命名的必然性

命名，是我們言說事物所必須的一項過程。如果沒有被命名的事

物，我們亦無法用語言進行描述與研究。所有的評論只能變作無本之張，無法進行深入的探究。從這個意義上來說，「中間代」的命名則帶有很大的必然性。如果沒有這樣的命名，當詩歌歷史需要對這群詩人進行總結和定位的時候，就很有可能處於被「第三代」的先驅們以及「七〇後」的後來者所覆蓋的尷尬境地中。在某個時代裡，一個詩人，或者一個詩歌團體，他們為詩歌史所作出的貢獻，都應該有相應的稱呼。這個時候，如果沒有彼此集結成一股，那麼這個詩群也很容易被淹沒被覆蓋。

如果僅僅只是因為輪廓模糊而否定其定義的話，那麼便很容易造成中國現代詩歌研究的斷層，造成不必要的寶貴研究資料的流失。「中間代」的存在，和西部詩、第三代、後現代一樣，雖然帶有含混的性質，但卻可以成為人們指說某一詩事的重要術語。所以，中間代命名的準確度並非特別重要，詩歌歷史所注重的，是這個命名下的本質和所起的作用。

從詩人的角度來說，作者們需要一個統一的命名以此來提升自己的創作思維。正如陳仲義在〈沉潛著上升〉一文中所說的，「中間代集結起六〇晚生代的詩歌合力，全局上維護了先鋒詩的生態平衡，促進先鋒詩的良性迴圈。」一個命名並非一下子就能得到人們的認可，它需要人們慢慢接受的一個過程。而從讀者的閱讀角度來說，也需要一種簡單的劃分方法將其區別開來，成為一種方便言說的符號而方便認領。

由此觀之，對「中間代」詩人們進行命名的舉動是十分必然的。

所以，「中間代」的命名，並非以共同的詩學藝術為統攝，也不因相同的美學趣致而集結，更不是僅僅由出生年代來進行概括的簡單命名。它是由風格迥異，彰顯個性的詩人相似的思想和精神狀態，是中國現代詩歌史上一種比較獨特的文化現象。

二 中間代詩人的整體詩學理念

（一）詩學特徵的時代淵源

正如溫遠輝在〈具有「活體」意義的一代詩人〉裡所說：「一個時代的生存環境、社會觀念、主流話語、知識結構乃至思維模式，都會深刻地影響一個時代的文化和一個時代人的命運。」[4]也就是說，每代人的身上都無可避免地攜帶上自己所處時代的政經文化教育的印記，顯現出詩寫者們的底色。

由於中間代所囊括的內涵和外延較大，進行創作的詩人個體在發揮上風格幾乎是各不相同，這使得概括中間代的整體詩學特徵變得比較困難。但是如果從「中間代」這個代際命名所處的時代背景和所受思潮影響的方面去研究的話，不啻為一個瞭解其創作淵源的切入點。因為，談到六〇年代這批詩人的同異之處，是不能忽略他們所處的共同語境的。

這個語境，體現在「中間代」詩人身上，他們都經歷過兩個共同的歷史階段。

第一個歷史階段則是六〇年代出生的這批詩人在童年或者少年時期或多或少地經歷過「文化大革命」。

他們生存的那個「灰色」年代，注定「中間代」詩人身上將帶有時代的「暴力傾向」和反抗因素，對於一切被所謂「權威認定」的事物不究其所以然而一哄而上地盲目追捧，對於你爭我鬥的現象存有難

---

[4] 溫遠輝：〈具有「活體」意義的一代詩人〉，《中間代詩全集》下冊（福州市：海峽文藝出版社，2004年6月），頁21。

抑的激情，喜愛拉黨結派進行攻擊。但同時，在那樣一個物質貧瘠，精神資訊匱乏的年代，在他們的父輩忙於應對自然災害和饑餓侵襲之際，無形中給了他們一個較為寬鬆的成長環境，使得他們心靈的空間有更多的自由成分去進行幻想和遊戲。當這種幻想和遊戲演變成為心靈的某種記憶的時候，童年時那種灰蒙的記憶便慢慢積澱成形，「中間代」詩人之後創作的一系列文學素材和庫存便初露端倪了。

第二個歷史階段便是他們在八〇年代接受了高中、大學的教育，同時也接受了西方國家理論各異的文藝思潮，主義和學說——如人本主義思潮、科學主義思潮。這股西方吹來的「龍捲風」對於這一批詩人造成了很大的影響和衝擊——中間代詩群的創作本源便是在橫向移植的西方文化思想下發展起來的，例如瑞恰茲的語義美學成為他們發展自身詩歌語言的養料和生長的土壤，讓「中間代」詩人開始重視語言本體的意義，嘗試起非語境寫作；荒誕派戲劇化為中間代荒誕主義的借鑒物件；複調小說的概念更是被移用至「複調詩歌」進行創造，將各類个同的獨立詩句打散重組，在詩歌意境中把詩人「多自我」的狀態表現得淋漓盡致。

於是，在縱向的歷史發展背景和橫向的西方文藝思潮的移植的兩個歷史階段的雙重作用下，奠定了中間代詩人們汲取養料的土壤，亦為其進行理論移植與文本實驗提供依據。在這樣一個龐大的背景之下，中間代詩人們慢慢從「沉潛」的狀態，隨著時代的挪移，浮出水面，成為「當代中國詩壇最可倚重的中堅力量」，[5] 並且在詩學的表達場域上呈現出過去幾種詩派所不具有的特點。

5　安琪：〈中間代：是時候了！〉，《詩歌與人——中國大陸中間代詩人詩選》第3期（2001年10月），頁1～4。

（二）幾種詩派之間的前後相繼關係

「朦朧詩」是以形與象之間的關係去構造一首詩歌，詩人藉助刻意營造的各種隱喻意象，將象徵主義修辭與浪漫主義精神一同注入詩歌文本中，曲折地表達自己內心真實感受的一種方式，是建立在現代主義認識論基礎上的詩歌。這樣的詩歌技藝是出於對當時意識形態壓制的一種苦悶的抒寫與回應，所以，感覺和情緒便是他們的靈感來源，語言之本。在這些語言中不僅以人為化的痕跡修飾出陌生化的效果，表現出高尚、優美、和諧的氣息，同時也以一種嚴謹高貴的態度向世人灌輸為人處世的方法，塑造出一個又一個自強又自立的人格形象，令人肅然起敬。然而，朦朧詩派也有自身的不足，就是對語言的感悟能力不夠。

當他們將詩歌當做反抗政治的一種手段，或多或少地將寫作意識形態化的時候；當他們沉浸在自己所創造出的浪漫主義，抒情方式和史詩氣息裡的時候；當他們被包圍在孤立的生存環境和薄弱的知識體系之下，不斷進行吶喊哲理、寓言的時候——卻忽略每一個詩人都必須具備的特質，那便是——個體真實性。

之後的第三代則採取了「非表現——超情態思維」的創作理念，使其在審美感受和體驗層面上，能夠處於一種「非定值，非指向的空白狀態」。[6]它的出場是從寫詩開始，以批評立身。因為在這個時候，朦朧詩的寫作傳統已經成為第三代登場的「絆腳石」。如果說「朦朧詩」是「憤怒的一代」，那麼第三代則可以稱呼為「反抗的一代」。表達著他們對當時社會精神氣候壓抑的反抗和對於前輩寫作方向的反

6　潘友強：〈在「中間代」詩學論綱〉，《中間代詩全集》下冊（福州市：海峽文藝出版社，2000年），頁43。

抗。可以說，他們的興起，不啻於詩歌史上的一場起義。第三代對朦朧詩的「反抗」起到了揚棄、糾偏的作用。甚至當第三代中後期有一批轉變為「知識分子寫作」的詩人，也舉起了反對浪漫主義氾濫的大旗，尤其不贊成虛假的理想主義情感，所以第三代詩人在創作過程中鍾愛用敘事手法，詞語技巧很多，追求「原生狀態，純客觀，無傾向，非意向與非修辭的語感」，以此在人類當時的生存危機中尋求瞬間性的生命體驗，尋求在生命與語言的同構中製造出非同一般的語感效果。

這本無可厚非。然而，如果在創作過程中矯枉過正，那麼則往往容易物極必反，走向極端。具體體現在他們的語言方式和習慣上，如「非非主義」就是最好的證明。但這麼多的技巧，卻很難令人透過這些語詞滲入詩歌的靈魂，感受到詩人自己情感的真實，那麼就很難達到詩歌的至高境界，缺少韻味。

到了中間代，詩歌的藝術寫作向度又有所變化。這種變化是與前兩種詩群所造成的影響是分不開的，前兩種詩群在為中間代詩群提供範本與創作基礎的同時，也對他們繼續探索詩歌創作道路上產生了無形的壓力。而中間代卻以一種穩重的態度接過了詩歌接力棒，表現出應有的態度與責任感，故安琪稱「中間代」為當前詩壇「最可倚靠的中堅力量」不是沒有依據的。

「中間代」的提出，不僅比較好地界定了十多年來與「第三代」糾纏不清的曖昧之處，甚至還糾偏了「朦朧詩」的憤慨和「第三代」的盲目偏激的弊端，第三代使詩歌的個人化與理性化能高度統一。

中間代詩派能有這樣的特點，首當其衝的是與當時社會的變化分不開。經濟轉型，中國進入市場經濟社會，社會價值的指向標偏向了實用主義和大眾消費的方向，詩歌和詩人頓時處於一種「雙重無效的

零價值狀態」[7]，使得其詩歌創作邊緣化；而生活的轉型，更使得其詩歌創作也越來越趨向私人化，注重個人體驗，致力於把「個體」體味到的「真實」用語言把它們表現出來。它是以一種「隨風潛入夜」式溫和的方式悄然發生的，但帶來的效果與影響卻是不可忽略的。下面將詳細進行闡述與說明。

（三）中間代詩派的詩學特徵

1 多元並存性

中間代因為缺少統一的審美情致與原則而一直遭到非議，但令人萬萬沒有想到的是，正是這種缺乏，使得其在詩歌史上有了非常獨特的特點——多元並存性。

眾所周知，中間代聚集了如安琪、西渡、臧棣、格式、馬策等這批已為大多數人所知的詩人。但在「中間代」這個大的統攝下卻包含著許多風格不同，詩歌創造向度迥異的小詩群們。聚集有提倡「民間寫作」的伊沙、侯馬、餘怒、中島、秦巴子；亦有宣導「知識分子寫作」的臧棣、西渡、周瓚、朱朱；「第三條道路寫作」的樹才、莫非、譙達摩等。還包括以「荒誕主義」為主要創作向度的祁國、牧野及遠村；「醜石詩群」的謝宜興、劉偉雄等；還有大氣雍容地追求「神性寫作」的李青松，「新江西詩派」的譚五昌等等。此外，中間代還有「硬表現主義」、「垃圾派」，甚至還包括一批不屬於任何流派的詩人，保持著一種獨特創作個性的詩人們，如古馬、趙思運、啞石等。

7　牧野：〈中間代導論〉，《中間代詩全集》下冊（福州市：海峽文藝出版社，2000年），頁55。

　　在這一複雜龐大的詩群中，我們總能聽到一些詩人所提倡的理念從密立的重重旗幟中脫穎而出，引起人們的注意，比如頗有才氣的安琪說過的「我只對不完美感興趣」、臧棣提出的「詩歌是一種慢」、伊沙的「餓死詩人」以及古馬的「用詩歌捍衛生命」無不體現出中間代詩派相容並蓄的多元並存之意。

　　在詩歌上，每個詩人都有權力發揮創作詩歌的獨特性，都有權力用自己的創作經驗為詩歌開闢精神空間與寫作途徑。如此，既能激發詩人在寫作中的創造力，又能推動他們在語言和形式上進行探索。而出現這種多元並存的情況是必然的，也是這群詩人經歷的複雜性所決定的。自一九八九年之後，這代詩人便清楚地意識到詩歌寫作不再是一種「集體運動」，而是回歸到詩人個體的內心世界，即，詩歌的本源，是一種「詩人對自我精神形態和心裡需要的覺悟，以及對生命語言的領會，這決定了心靈成了詩歌寫作的出發點和歸宿，對詩歌藝術的追求歸結為對自己生命的辨認與袒露，是詩的個性價值與生命價值的合一。」[8]當然，他們對語言的追求及覺醒並不是建立在對傳統或者先輩的反抗的基礎上，而是建立在對自身所需要的滿足感和情緒的基礎上。也正是因為這批詩人們個性突顯的多元化促成了在二十世紀九〇年代時期多元寫作的格局。

　　從這個方面看來，「中間代」詩人們彼此之間最大的不同，便是精神自由方面的差異性。樹才在〈中間代：命名的困難〉一文中曾撰寫道，「『多元共存』──即承認差異，即無條件地尊重個性。」中國的政治時常成為藝術文化的指向標，朦朧詩派便是其中典型代表。但在中間代詩派內部，卻是不同的文學類型彼此相互滲透貫穿的多元

8　李德武：《閱讀的展開》，《中間代詩全集》下冊（福州市：海峽文藝出版社，2000年），頁68。

化，讓詩歌從結構到詩意都呈現很大的包容性，各種語言技藝手法都能夠被融入詩歌中，令詩歌真實而自然，又擁有多種解讀方法。所以說，多元並存也是中間代詩派創作能不斷產生藝術力量的源泉。

2 語言本體論

詩人用手中的筆將一個個語詞構組合融匯築成了一個虛擬的時空世界。

後現代主義社會注重的是多維度地感知與領悟現象的能力，通過這種多樣化的排列去感悟各種語詞在碰撞中產生出的陌生化世界。

而這種追求語言本體狀態的中間代詩人們便是處於一種心靈開放性的狀態，不再將目光停駐於創造精緻語境的封閉系統，而是進行無主題無中心，或者多主題多中心的寫作中，讓語言自己去組合生成，不斷去啟動創作空間，掀起語詞的盛宴，產生非同尋常的現實效果。

正如「中間代」詩人陳道輝所說：「……就語言本身來說，是詩在寫你，而不是你在寫詩。詩寫到最後，進入那種狀態，語言會自我調整，達到一種名詞狀態，進入一種忘我。」

這是對中間代詩人「言在意先」最好的總結。由於語詞自身就裹挾著各種文化資訊與意義。當詩人處於一種自由的精神狀態中時，詩人思維的觸角就會變得十分敏銳。他們讓語言自身言說，看它在經歷組合與碰撞後會產生怎樣的新意義與效果。例如安琪創造的詩歌〈輪回碑〉便說了「語言是一根試管，各種資訊在裡面紛亂調劑。」而這首詩，便是安琪進行這種語言實驗的文本代表。通過「無腿寡婦」、「我生活在xx」、「杜撰一個黃昏」和「早就壞了」四個詩節，表現出各種不同類型的非詩體裁，讓語言的創造力與詩歌載體本身一同迸發出強大的精神自由。

但很多人卻拒絕接受這樣的詩歌，這也並非不無道理。許多讀者

在詩歌閱讀體驗中習慣將詩人所創造出的虛擬世界與現實世界盡心對比觀照，如果能找到相應的客觀事件，那麼便會引起讀者的共鳴，從而從心理上接受詩歌文本。倘若詩人通過語詞創造出了另一個世界，那麼讀者無法找到現實世界的影子，自然難以接受。

這就涉及到一個問題了，既然讀者無法接受，那麼這類詩歌的美學價值和閱讀體驗又能體現在哪裡呢？對這個問題，研究讀者文本消費的「中間代」詩人周偉馳對此有所研究。[9]他將最令人費解的語言陌生化作為讀者文本消費的興奮點，認為「依靠語言的自我纏繞，不斷地伸長言說的過程，以滿足讀者日益增長的期待。」這樣有助於延長讀者對語意品讀的時間，加強其對語言本體的體驗，用語言消化語言。正如臧棣曾說過的：「詩歌是一種慢。」在這種複雜語言折射下，在語言與語言的碰撞下。由快速的文化消費轉變為慢條斯理的解讀過程，毫無疑問能令讀者在解讀的過程，由「消費」心態轉變為享受的過程。

三 中間代詩人安琪、老皮的創作特色

（一）安琪

1 詩歌語詞的先鋒性

正如前邊所說，中間代詩人們追求一種語言自由的忘我狀態，所以，在詩歌語言的造詣上頗有幾分先鋒性。安琪則是在詩歌創作中大

9　韋白：〈為「中間代」辯護〉，《中間代詩全集》下冊（福州市：海峽文藝出版社，2000年），頁79。

膽進行先鋒性語言文本實驗的詩人之一。

在她的詩歌中，讓語詞與語詞之間相互碰撞，在自由開放的精神狀態中激發出語言自身的魅力，各種光怪陸離的短語，詩句相互纏繞，構成產生新意義的意象。特別是在其長詩〈輪回碑〉中，這種詩歌語詞在彼此的消化，瓦解中迸發出一股捶地之力，讓你在迎面而來的語詞衝擊中，感受她為我們創造的意外顯象；在三十個詩節中，讓歷史、政治、衰老、宗教、背叛、戰爭、倫理、死亡等紛繁的意象迭踵而至，讓你感受到一幅幅看似不相關卻頗有聲色的像浮雕一樣的畫面。

這樣的效果，源自安琪對語言的指揮。筆桿在她手中彿若魔棒，在她輕巧的指導下，彷彿一個又一個地排列錯開，使它們站在不屬於自己的位置上，卻能發出不一樣的意義。如果具體說來，那便是語言內部結構的自我調整。一般詩人在寫詩時，雖沒有完全依照現代漢語的語法，卻也基本不離開這樣的框架。但是安琪的語詞表達則是巧妙地錯亂了形容詞、動詞、名詞原本在漢語中應處的成分，在〈甜卡車〉這首長詩中，一開頭就用了這樣一種效果——「甜卡車易於興奮的大腦如今在我手上／它由詩與咖啡構成」。綜覽全詩不難發現，甜卡車象徵著詩人的一種理想精神狀態，能「生育理想」也能「增值夢想」。

同樣的例子還有她在〈五月五：靈魂烹煮者的實驗儀式〉裡也能表現出來，詩歌是以屈原的角度進行述說，卻安插了許多意想不到的屬於安琪自己的領悟在其中。比如「腸子在嘔吐中製成冷盤／仇恨貫穿悲劇的隱患／酒精們合六為一，高貴地復活」這樣的詩句，腸子、嘔吐、冷盤這三個詞乍一看上去令人頗費解，但是整體讀起來，這三個詞卻能給人一種苦痛、冰涼、沉鬱之感，甚至能感到詩歌的主人公屈原那種酒灌愁腸，憤世嫉俗，卻不為外人所理解的痛苦，唯獨剩下

酒精焚腦誰堪憐的畫面似乎就此印入了我們的腦海，深刻而富有畫面感。

〈龐德，或詩的肋骨〉中的一句話，很好地突顯了安琪作為這一語詞先鋒進行文本實驗的傾向，「形式造就出奇想法／我記得／那夜裡的小綠瓶酒／與福至心靈的詞交換感應」、「問題永遠在似與不似之間／這恰如拼盤，等同於一種硬性組合：把1+1覆蓋到／1+1身上再覆蓋到／1+1身上／再覆蓋……」

安琪能夠利用這些紛繁破碎的奇幻之詞來構造自己的獨特理解，在語詞與語詞彼此的介入、搭配、分裂中產生出人意料的效果，是安琪的詩歌創作特色之一。這種偏「任性」的寫作很好地體現了中間代詩人們輻射性的發散思維，用細膩的辭藻帶出意識流的碎片來激起其主觀情感評論的浪花，帶給人別樣的閱讀體驗。

2 詩歌敘事的「現場性」

中國的詩歌歷來都是以抒情為主，但隨著時代的變遷，精神文化的內涵不斷深化，加之受到西方手法的影響，部分「第三代」開始了將「敘事」加入詩歌中的嘗試。而中間代詩人們接過了這歷史的接力棒，不斷嘗試，進行努力。所以，敘事性詩歌成為九〇年代詩歌中重要的特徵。

但是，安琪詩歌中的「敘事性」卻帶有一些不同的特點。如果一定要用語言來說，那便是作者自身的「現場性」，即生命的在場。

「他們強調生命自身的體驗，從生命自身的在場中，去傾聽生命自身的回想。」[10]從安琪所創的詩歌類型看來，這種「現場」可分為生活現場和歷史人文現場兩大類。

---

10 安琪：《像杜拉斯一樣生活》（北京市：作家出版社，2004年2月）。

　　生活現場不僅包括和其他詩人一起去采風時所感所想時作的，比如〈在福州〉、〈在北京〉等詩歌，也包括對日常生活的親密聯繫的〈九寨溝〉、〈張家界〉等；同時也包括對於生活中隨處可見的小情節的一種現場性敘述。例如〈半張世界〉[11]裡的〈將雨〉寫的就是詩人在傾盆大雨將下未下時的一種心情；當然，這種生活的場景也可能給作者帶來精神上的感觸，在〈電話，電話〉中安琪「聽到電話川流不息，有些聲音是白的」時那種無力的心情，所以對待這個「現場」的反應，她無疑是驚愕的，她說：「我驀地翻起／表情驚愕，我趴在往事身上／距離乾乾淨淨／彷彿不曾存在。」

　　而歷史人文現場，則是對生活現場的一種昇華，更注重的是表達作者內在的精神氣質。例如她的〈五月五：靈魂烹煮者的實驗儀式〉裡，是把屈原作為她自己。安琪在這首詩裡以屈原的心態假想屈原在那樣環境裡的心境。「我得到不安／淚水不安地蜷曲／血注視著流失的心口／沒有別的力量傾倒到我的蹂躪／迎面一把疼痛直接成為我的盛宴／高潮不可抗拒把我摔得粉碎／失敗的高潮出其不意！」。將屈原當時憤怒、扭結以及對讒臣的痛恨，用光怪陸離的語詞表現得淋漓盡致。〈反面教材〉則是以一種閃回性在場來回憶成長期間遭遇的種種，以及心理歷程——「一幕幕陰影的石頭翻來覆去把時間檢索一遍／我選定它們作為全部的人生檔案」，也有在對成長過程中那些非自己意願的順從的吐納呼吸——「憋氣像常態，對著來臨的嘔吐舉起投降標誌／一個念頭一個念頭地絞成繩索／慌慌張張丟下一截點著的軀體。」

　　安琪在語言的捏合重組中，把自己個體生命的體驗安插在了「現場」，從而完成了從文字到某種精神意象的轉變。這也是安琪寫作的

---

[11]　安琪：《像杜拉斯一樣生活》（北京市：作家出版社，2004年2月）。

第二個比較特殊的地方。

3 小結

　　安琪的詩歌在語詞的先鋒性和敘事的現場性上表現出了很大的後現代主義色彩。二者糅合，對安琪而言，則是在經歷對世界的體驗並用詩歌做出回饋的過程。她對詩歌是虔誠而又專一的，就像在她的一首作品裡說的那樣「詩歌以外一切都不存在」。所以她一直努力追求上進，所以她才會在《像杜拉斯一樣生活》中希望自己能夠追上她的腳步；她把自己當做「巴別塔的一塊磚」，努力在詩歌語言的構築中追求別樣的風情；所以她才會在〈輪回碑〉後注上一個「未完成」，表達出對詩歌內在精神氣質追隨的一種勇氣和野心。一切還是「不完美」，[12] 而安琪卻也享受這段不完美所帶來的愉悅。

（二）老皮

1 從現實出發的詩歌書寫

　　老皮說他自己的詩歌源於生活。他說，「生活，永遠是我寫作的前提和背景。我所描述的詩歌，都是與我生存處境息息相關的。我從不虛構生活，是為了更好地達到日常生活的那些渺茫的事物，為了在日常生活中獲取一種可以逼視靈魂的力量。」

　　關於這番話，在他的詩集中是有例可證的。有雨過天晴之後讓他體味到的〈另一種意境〉，使他堅定每一次前進的步伐；有生活中平凡可見的〈釘子〉，卻被他寫出了英雄的風采等等。由於某些詩歌書寫偏向於生活，因此我們也能用「口語崇拜性」來概括其語言特徵。

12　安琪：《像杜拉斯一樣生活》（北京市：作家出版社，2004 年 2 月）。

老皮和安琪不同，他沒有像安琪那樣將詞語句段組合拼貼，創造出風情迥異的詩歌。他的語言多是平實的。如果說安琪的詩轟轟烈烈的話，那麼老皮的詩歌則帶著一種「隨風潛入夜」的溫和。這也與老皮的詩歌寫作理念分不開的。他認為，詩歌寫作是一種「單純的寫作」。怎麼單純呢？關於這點，老皮的解釋是「在表達的過程中如果加入太多的東西，那肯定也是一種災難」。故他以他手寫他心，心裡如何表達，筆下便是如何的呈現。

所以我們能在他的詩歌中找到許多「口語化」的痕跡。例如〈無序〉中佈滿的生活氣息的感歎：「你下意識地／拐進小商品市場／挑了一件火紅色的蝙蝠衫／標價簽上的數字／令你驚歎。」；當然也有〈隨便什麼牌子的啤酒我都可以喝〉裡的「隨便什麼樣的生活／在我這裡／是不是都帶有一絲邪惡？」充分體現了老皮的隨意悠然和自在。

從他的詩歌裡，我們大多能感受到的是一種平靜，淡然。但是也能在這些平靜淡然之後略微窺見他的幾絲犀利、銳利與鋒芒。例如「肢體的失明」、例如「我看見一隻眼睛爬上了鎖骨」這類帶有新奇意向的句子，都是在不知不覺的語詞佈局中創造出幾分後現代社會的現實。

2　追求精神自由的靈魂戰士

翻開老皮的詩集《卑微者之歌》，在標題為〈當最後的山楂做成了果醬〉的第一輯中，我們便能在他的許多詩歌中發現「靈魂」、「精神」的追求。在〈深秋的語言〉中有「除了水和陽光／沒有任何物質可以依賴／只有不朽的精神 我們經歷風雨的靈魂／在語言無法

企及的高度／超越感悟。」[13]

　　這幾乎可以作為老皮某種靈魂深處的 喊而作的宣言書，表達著他對精神世界的追求，訴說著自己對另一個夢境的嚮往。但是無奈，現實世界實在羈絆良多，他在一次訪談中曾經說過，「日益被物質壓迫的今天，許多人在選擇面前迷失了方向。」而老皮則一次有一次地在他的詩歌中尋找方向，尋求生存的意義，儘管現實有令人失喪的一面，但是他卻仍然充滿希望，在〈夢的堅持者〉中，他抒寫道：「……仍舊固執地堅守在敵意盎然的高地。」[14]為何是敵意盎然？很明顯他表達的是我們生存的空間被太多的虛浮所包裹，這些虛浮佔領了很多人的內心，並對著固守心靈一隅的人群有這很大的侵略性。老皮卻不為所動，始終堅守在夢想的高地。

　　在之後的詩歌輯錄裡，表達了他對這個世界的各種態度，代表面對這個無序世界時「啞口無言」。就好像他在詩歌〈病牙〉中所說的那樣，「病中的根，從內部瓦解我，精神碎落遍地。」他已經看不透如今這個世代輪轉的法則，就算看透了又能如何？不會有人在乎，更不會有人理解，他是「孤獨而又沉默」的，所以他「把自己活埋在舌頭之下／我深入自己的沉默之中。」不辯解亦不妥協，保持著一種獨立、執守的態度堅守自己的精神淨土，將現實生活詩歌化，用手中的筆桿描繪心靈的理想國。

　　而當「活著」時思緒的自由找不到歸屬時，老皮自然而然地將目光轉向了「活著的背面」。去探索死亡的涵義，繼續興起新死亡詩派，這便又是其精神主題的一個著力點。在〈世界末日〉裡他說了「為超脫死亡／我們開始收拾行李。」〈清明〉、〈面對死亡〉、〈死

---

[13]　老皮：《卑微者之歌》（呼和浩特市：遠方出版社，2005年4月）。
[14]　老皮：《卑微者之歌》（呼和浩特市：遠方出版社，2005年4月）。

亡演習〉都涉及到了「死」的主題。活著，並不是為世俗所累，乃是一種超脫，這是一種瀟灑而又不羈的人生態度。就算是在〈面對死亡〉裡，他也能「僅僅地抓住一個夢幻不放」，就算是在〈死亡演習〉中，他也能「目光浩蕩」，死亡使他安詳。

　　老皮從「生」的反面訴說對靈魂的追求，表達出對自己內心世界的忠誠，這種態度是執著而靜虔的。

四　結語

　　綜上，無論從詩歌命名的必要性和合理性看，還是從這個命名背後的詩學特徵看來，作為一股「可以倚靠的中堅力量」的中間代詩人們都應該在詩歌史上留下應有的痕跡。

　　他們以「沉潛」的方式，專一而忘我地進行著自我的創造，進行著語詞的實驗，思索著用語言來表達這種紛繁複雜的世界狀態。他們對中國現代詩歌的貢獻是有目共睹的，諸如他們將過去詩歌「抒情」的表達方式轉向了「敘事」的方式；由過去以一種抽離現場的態度轉向了對現場的參與；在語言上苦下工夫，力求進行語言實驗，在詩歌文本中滲透對現實的觀察和感悟。

　　同為中間代詩人的安琪和老皮，在發展語言和表達詩歌內涵的方面各有所側重。安琪注重的是用光怪陸離的語詞構造一個後現代世界的多變與感知的多維，並且進行著語詞實驗，帶著顯而易見的先鋒性。老皮則注重的是以穩定的語言向讀者表達內心靈魂與精神的構築。二者的語言風格不同，但是在詩歌文本中訴諸的內容都有偏口語化、生活化的一面，也都有「敘事現場意識」，喜歡參與到詩歌文本中去描述所發生的事件。

　　中間代詩派也絕不僅有這兩人，還有代表著各種個性特色的詩人

們，這裡面有「學院派」詩人，也有「民間派」詩人，既有荒誕主義傾向的詩歌，也有追求「第三條道路」寫作的詩人。所以在詩學建設上，中間代詩派具有一定的代表性，是具有存在和命名的必要。

　　雖然這個詩歌囊括的詩人很多，詩派也各有所不同，以一個命名來統攝或許會有缺漏。但是，隨著時代的推進，這樣的命名又何嘗不是一種時代的產物？又何嘗不是一種新出現的文學現象？它是可以做為一種詩人的創作和詩歌之間的合規律與合作用的結果，推進詩歌進步的。

參考文獻

安　琪　〈中間代：是時候了！〉《詩歌與人——中國大陸中間代詩人詩選》第3期　2001年10月　頁1～4

溫遠輝〈具有「活體」意義的一代人〉《中間代詩全集》下冊　福州市　海峽文藝出版社　2000年　頁21

潘友強　〈在「中間代」詩學論綱〉《中間代詩全集》下冊　福州市　海峽文藝出版社　2000年　頁43

牧　野　〈中間代導論〉《中間代詩全集》下冊　福州市　海峽文藝出版社　2000年　頁55

李德武　〈閱讀的展開〉《中間代詩全集》下冊　福州市　海峽文藝出版社　2000年　頁68

韋　白　〈為「中間代」辯護〉《中間代詩全集》下冊　福州市　海峽文藝出版社　2000年　頁79

安　琪　《像杜拉斯一樣生活》　北京市　作家出版社　2004年2月

老　皮　《卑微者之歌》　呼和浩特市　遠方出版社　2005年4月

以父之言，溯母之源
——論彤雅立詩作的邊境書寫

李癸雲

清華大學臺灣文學研究所副教授

摘　要

　　本文探討了臺灣新世紀女詩人彤雅立的邊境書寫樣貌，一方面從拉康的象徵秩序理論，解釋其邊地意識係來自於對既有社會價值的抵抗；另一面則從克莉絲蒂娃的「母性空間」觀點，詮釋其溯向母親本源的生命意識。雖然詩人認同邊地的位置，仍無法就此跨界而去，仍必須「以父之言，溯母之源」。儘管如此，新世紀女詩人試著將主體認同連結至母親和自然的書寫特質，對於臺灣女性詩學的發展，不啻是一條更細膩而本質的道路。

關鍵詞：臺灣新世紀女詩人、邊境書寫、彤雅立、克莉絲蒂娃
Key Word：Taiwan female poet in new age　Border writing　Tong Yali
　　　　　Julia　Kristeva

一　前言

　　臺灣進入二十一世紀之後，詩壇的出版現象繁花似錦[1]，新世紀詩人的書寫與詩集出版趨向個性化與個體化。在個體化方面，新世紀詩人強調的是「自己的詩風」，無法再以上世紀的詩社或詩刊群體性觀之；在個性化方面，詩集的包裝與行銷活潑多樣，詩被呈現的不只是「文字」，「詩人」經常現身相關活動，詩集設計的「表面美學」往往呼應著詩的「內容」，突顯的是「一個詩人的某種書寫」。在此現象底下，筆者向來關注的女詩人書寫問題，也應該展開更貼近個體書寫特質的研究路徑。如同克莉絲蒂娃[2]（Julia Kristeva，1941～）在〈婦女的時間〉（Women's Time）對新一代女性主義者的期望：「將差異要求傳給女性整體的每一個成員，並且，最終帶來每位婦女的獨一性以及超越視界、觀點和信仰本身的她的多重性、她的多重語言」[3]。

　　本文欲提出討論的即是一種既具個別差異性又潛在呼應女性整體問題的書寫，一種不喧嘩的素樸寫作，然而細膩而深沉的性別議題

---

[1]　可參見《聯合文學》近幾年的年度新詩出版總評，如 2010 年 12 月（314 期）李癸雲〈經典重出江湖〉、2011/12（326 期）楊宗翰〈詩的盛世——2011 臺灣詩集出版觀察〉等。

[2]　茱莉亞‧克莉絲蒂娃，法國當代思想家。專長領域涉及語言學、符號學、政治學、精神分析學、文學、女權主義，並身兼大學教授、精神分析師及小說家。1941 年生於保加利亞，1965 年留學法國，曾提出許多深具影響力的學術理論，如互文性、對話性、詩性語言、語言極限狀態、他者、多元女性主義等等。代表作品有《詩語的革命》（1974）、《恐怖的力量》（1980）、《愛的故事》（1983）、《黑色太陽》（1987）、《靈魂的新痼疾》（1993）、《女性的天分 I II III》（1999，2000，2002）等。

[3]　克莉絲蒂娃著，程巍譯，〈婦女的時間〉，張京媛主編《當代女性主義文學批評》（北京市：北京大學，1992 年 1 月），頁 367。

便悄然浮現。本文要討論的對象是臺灣新世紀女詩人彤雅立[4]，她的寫作主題傾向於邊境思維、性別越界、夢境與日常，以及所有關於生命的印記。彤雅立在參與多場詩的活動時，被定位為「邊境詩人」[5]。「邊境」於她有多重的意義，在實際的地理空間裡，她以行旅穿越邊境（中國的邊境：西藏、尼泊爾），在工作興趣上，她致力於弱勢社會運動（同志遊行、反迫遷運動、研究德國流浪漢的報紙《街報》），在寫作向度裡，她確認女性與邊緣為寫作主軸。現實生活與藝術建構的重重疊映，「邊境」成為彤雅立的核心價值，成就她的獨特寫作風格，也指向新世紀女性書寫的一種難以方便歸類的特質，「她們在邊境上，自成一個類別」[6]。

目前研究女性與邊境書寫的面向，大多落實於女性與邊境的空間對應性[7]，將地理上的邊境描寫，呼應於女性在階級、國族等的邊緣處境。而在歐美「邊界女性主義」（Border Feminism）的論點裡，則強調邊界女性的「不被主流霸權文化認同，差異交雜的空間」[8]，因此，

---

[4] 彤雅立（1978～），根據詩集扉頁的簡介，「彤雅立，本來並不姓彤，其實也沒有這樣一個姓。由於獨居，好幻想，遂寫文章以自娛」，曾任職於書店與報社，精通德語，譯有奧地利女作家葉利尼克（Elfriede Jelinek）的小說《美妙時光》。2003 年開始發表詩作，目前已出版兩本詩集：《邊地微光》（臺北市：女書文化，2010 年12 月）和《月照無眠》（臺北市：南方家園，2012 年 2 月）。

[5] 如臺北國際書展系列活動裡，2012 年 2 月 5 日舉辦的一場名為「月照・詩聲——當邊境詩人與少女維特相遇」的朗詩會。

[6] 摘自彤雅立「邊地微光」的網誌，http://tong-yali.blogspot.com/。

[7] 如何偉文：〈女性的邊境命運書寫——從比較《情人》與《上海寶貝》談起〉，《赤峰學院學報（漢文哲學社會科學版）》第 28 卷 3 期（2007 年），頁 74～79、黃雪婷：〈論岑隆業小說《女兒渡》的女性邊界——期百色作家群研究之二〉，《百色學院學報》（2007 年 5 月），頁 83～87 等。

[8] 參見梁一萍：〈邊界敘事——奇哥娜作家邊界書寫〉，簡瑛瑛主編：《女性心／靈之旅》（臺北市：文書文化，2003 年），頁 209。

女作家處於邊界、書寫邊界的「邊界書寫」[9]，便因此產生對抗性與踰越性。這些研究極富啟發性，能透過多重的邊境思維刻畫女性位置與書寫意義。然而，本文認為彤雅立的邊境書寫，除了同樣具有對抗性與踰越性之外，更往意識之內，溯向「女性」之本源。女性不僅在邊境，還意欲跨越邊境，朝向一處桃花源，成就邊境書寫的積極意義。

彤雅立的第一本詩集《邊地微光》即是以女性敘述者來展現邊地思維，至於第二本詩集《月照無眠》雖轉為抒發內在幽微情感，可視為其邊境書寫的複音：

> 這本詩集《月照無眠》其實是與《邊地微光》同時編輯出來的，封面的初步設計與色調也在當時一併決定好了。詩歌的部分則有不少改動，原因是這兩年，我在寫詩這方面有了新的靈感與嘗試。除了對邊境的熱愛，我也著迷於月亮。總在月亮升起後，我才能專注地寫。我的每首詩、每篇文章，幾乎全在夜裡完成。等月亮下班了，我才心甘情願地入眠。在我心目中，這兩本詩集是姐妹一雙。《邊地微光》是一個思想的整體，《月照無眠》則是一種情緒的切面。這情緒，我在離島嶼甚遠的距離中，更深入地感覺著，也意識到世界轉動之快速、變化之多端，已經使人類無法好好地喘息與生活了。變化影響著、甚至主宰著每個人的生活[10]。

本文的討論對象雖然主要集中於邊境書寫明顯的《邊地微光》，但由於這兩本詩集的密切關連，因此將佐證《月照無眠》「姐妹一雙」的意義，一併觀察其中的共通性與對話性。在理論思維方面，則援引拉

---

9 「邊界書寫」最重要的特色就是越界，即破除二元對立的概念。

10 彤雅立：〈代後記——樹幹長出了枝葉〉，《月照無眠》（臺北市：南方家園，2012年2月），頁142～143。

康的象徵秩序理論和克莉絲蒂娃的「母性空間」觀點，試圖展開一條
探索新世紀女性詩學的研究路徑。

二　地理邊境，父權邊界

邊境
是衝突的發生地
是潮流的發生地
板塊的推擠
洋流的相遇
邊境
是湧動不居
是永無退路地前進[11]

「邊境」（邊疆地[12]），「邊地」（邊遠或靠近邊界的地方），「邊界」
（國家領土的疆界，國與國間相鄰區別的界線），「邊緣」（沿邊瀕臨
界限的地方）……。這些近似的詞語大量出現在彤雅立的詩作裡，其
間並無顯著的意義區別，只是配合著詩境而有不同的措詞。因此，本
文認為辨明意符與意旨的必要性，遠遠不及審視其中的共同指涉。彤
雅立真正想傳達的是「邊」的意識，亦即相對於「內地」或「中心」
的極處位置。她在詩中曾以自我對話來辯證空間與主體的歸屬問題：

為什麼寫邊地？

11　彤雅立：〈邊境〉，《邊地微光》（臺北市：女書文化，2010 年 12 月），頁 29。
12　以下幾個語詞後括弧內的解釋，來自教育部「重編國語辭典修訂本」的線上辭典。
　　http://dict.revised.moe.edu.tw/

我總是擁有兩個世界，甚至多個。但我從不屬於它們任何一個。

所以你住在邊地。

是的。

……

你在邊地都忙些甚麼？

邊地意味著獨自生活。我忙著幻想，有時探險。

……

真羨慕你的自由。

人在寫作中，孤獨的生活裡，真的擁有自由嗎？

你別想太多，這樣容易老。

我想我會一直書寫邊境。我的狀態永遠在邊地。

邊地擁有不被束縛的自由。

邊地意味著拋棄，以及無家。

……[13]

對彤雅立而言，與其說「邊地」代表自由，毋寧更像是無法認同（或被認同）「世界」和「家」，因此她處於「邊地」。因此，欲談論彤雅立的邊地書寫，必須從其「拋棄」和「不屬於」的意識切入。那位於中心位置的世界，是文明的、安全的，是寫入歷史的材料，但卻是詩人所抵拒的。如她在〈禁止沉默〉裡所表達的冷靜批判：「時代轉動／輾過　勞動的農民的抗爭的／然後慘死在／進步與文明　的巨鐘[14]」，時代往前的軌跡裡，不容旁枝歧義，並且是由進步與文明所推動。她的詩雖少見狂熱的戰鬥情緒，在〈女青年恐怖分子的誕生〉

---

[13] 彤雅立：〈影子代序〉，《邊地微光》，頁8～10。

[14] 彤雅立：〈禁止沉默〉，《邊地微光》，頁38。

一詩裡則可以其對主流價值之強烈不滿：

> 她總是被教務主任訓誡
>
> 說你應該到良善的那一邊
>
> 這就是人間　一個看起來相當和平的世界
>
> 而我們總是張著嘴看著集體爆炸的那一片
>
> 那裡有蟲鳴鳥叫消失在路邊
>
> 我們沒有人發現　我們只聽見
>
> 所有人工的正常的規範的守秩序的那一切
>
> 就是我們應該運作的世界
>
> 這就是人間
>
> 所有人通通都跑到良善的那一邊
>
> 該死的人都被訓誡 錯誤的人都犯罪
>
> 我們無所抗拒地只有針對自己小小的生活圈　說著
>
> 我也熱愛這世界
>
> 這人間　這人間 看起來和平卻充滿危險
>
> 我們被訓導主任罰站在教室外面的綠色窗格邊
>
> 良善的人們好好唸書勤奮工作努力賺錢
>
> 這樣就永遠站在安全的地平線[15]

以上所引為全詩的前二段，後詩述及了「她」因不服訓誡，終成一個「恐怖分子」。在上述引詩中，彤雅立帶著嘲諷的語氣敘述一個「人工的正常的規範的守秩序的良善的看起來和平的應該如此運作的」世界，而不在這安全的地平線之內的人，便被視為恐怖分子，也確實威脅到社會安全。筆者認為此詩不僅傳達出詩人對社會秩序之抗拒，

15　彤雅立：〈女青年恐怖分子的誕生〉，《邊地微光》，頁99～100。

首兩行所強調的「她」與「你」，更暗示出女性主體與世界他者的區
分，換言之，這不是單純的個人抵抗社會制約，而是女性抵抗父權社
會的制約。所以，詩後有：「無名氏在歷史課本的空白邊緣出現／她
的生與死與帝王將相的統治毫無關聯[16]」之詩句。

　　形雅立自居於邊地的意識，必須更深沉的連結至父權的「象徵秩
序」來理解，她欲「拋棄」的世界，她的「無家」感，在於女性主體
之被命名與意義空缺。筆者認為應該由拉康（Jacques Lacan，1901～
1981）所論之「象徵界」（the symbolic）出發，解析女詩人置身於邊
界之創作意義。

　　在佛洛伊德（Sigmund Freud，1856～1939）的理論裡，說明了
孩童最終必須認同父親的形象，壓抑或轉化戀母情結，進而疏遠母
親，進入文明結構的父系社會[17]。拉康重釋佛氏的父權中心觀點，認
為孩童主體化的過程中，必須認清鏡像階段（the mirror stage）時的
母子一體想法只是幻像，才能捨棄自我的想像，去認同父親的象徵秩
序。父親所代表的象徵秩序就是現象的秩序，也是我們生活其中的社
會與文化的秩序，整個文化體系都可以被看作一個象徵體系。若無語
言、邏輯、符號等象徵體系，人格的形成便無法落實。「（拉康）認
為象徵可以被定義為文化的整調功能，象徵在自然與社會之間作出分
離而形成文化現象，文化則成了自然與社會的中介者。正是象徵作用
才使人能進入語言領域，從而使人成為真正的人；正是象徵作用才奠
定了人類社會的基本法規……在原始社會，只有當『父親的名字』具
有了絕對普遍的象徵意義時人才真正從動物變成主體。[18]」所以原始社

16　形雅立：《邊地微光》，頁100。

17　見佛洛伊德著，林塵等人譯：〈自我與本我〉，《弗洛伊德後期著作選》（上海市：
　　上海譯文，1986年，頁159～209）。

18　杜聲鋒：《拉康結構主義精神分析學》（臺北市：遠流出版公司，1997年），頁165。

會因認同了「父親的名字」，才得以走向文明，一個穩定的社會則有賴於「象徵秩序」，方能建立意義與價值體系。

　　孩童雖然在鏡像階段確認主體的形成，他們在此時所獲知只是一個想像的自我，必須從想像界（the imaginary）進入象徵界，才能從想像的自我過渡到真實的主體。拉康學說提出的是一種人格分裂性的說法，因為在伊底帕斯情結（the Oedipus complex）解消前，自我（ego）即與主體（subject）分開。進入象徵秩序的主體以正常人格來呈現，而原先存在於想像中的自我可能就此消失，也可能潛伏於主體之內，未來若是竄流出來，便形成心理疾病如失語症，無法運用符號或文字的象徵系統。因此，自我必得喪失，才能在社會體系中正常活動，不致淪為與世隔絕的幻想狀態。

　　若從上述的結構性精神分析學來討論形雅立的邊地意識，我們會發現她所抵拒（或逃脫）的不僅是地理上的內地，更是象徵體系的中心。當她不欲認同「父親的名字」時，她來到「父權邊界」，在邊地居留、書寫邊地，拋棄被命名與被認定的必然性。然而，如同她的自我剖析，邊地不意謂全然自由，她仍然在父的疆土，仍必須使用「父親的語言」，否則便遁入「想像的自我」，無法溝通。

　　形雅立書寫邊境，其創作意識已潛伏對現有價值體制的對抗性，以及踰越的可能性，「走，過去就是邊境了[19]。」除此，更值得探討的是，她在詩裡預示了邊界另一端的世界樣貌，揭示另一種價值。

　　　　在那不遠處有個歸期，可人們總是忘了回去。再往前一些有一
　　　　處終點，可人們總不願鄰近邊界。他們越跑越遠相互看見然後
　　　　相遇在一個交會點，匯聚而後散開，停滯然後向前。他們總想
　　　　像不出邊界再過去以後的世界，是黃土或者高牆，有花朵或者

---

[19] 形雅立：《邊地微光》的扉頁語。

　　海洋。人們裹足不前猶豫半天然後踟躕地徘徊在一個定點，按
　　照分針的指向一步一腳印地後退或向前。歸期的邊界太遠，因
　　而人們只好留在他鄉假想現在就是從前[20]。

這首散文詩如寓言般的，於詩行間埋設「邊界再過去的世界」的可能
性，然而人們因無法想像而裹足不前，人們連邊界都不願靠近，人們
習於在現有的定點裡，按照時間的安排，安穩的前進或後退。因此，
詩人感嘆真正能回歸原鄉的邊界太遠了，已被規範的人們再也無法想
像這個原鄉樣貌，只能留在「他鄉」，以貧瘠的想像力，自我安慰：
我們仍如從前。這首詩的氛圍是感傷的，由於人們的不歸與無法想像
原鄉，同時，這首詩的潛在訊息是明顯的，邊界再過去的世界才是人
們的歸鄉。

　　回到精神分析學思想脈絡，個體在主體化之後，那想像的
自我早已分離，原始的母體經驗已被清除或壓抑，但是無意識
（unconscious）內的種種本能仍能驅使或影響個體心靈，尤其在夢的
場域裡，個體仍能顯現許多神祕的訊息。形雅立不管是有意或無意、
自覺或不自覺，她的詩作的確呈現出許多回歸的線索。如〈她睡過邊
界〉一詩，她發現現實中跨越邊界之難以想像，但在夢中，卻能不受
限制的恣意跨越事物、時間，「她」詭譎如火山灰雲：

　　她睡過邊界
　　睡過了靜止在牆上的霉
　　蜘蛛網
　　陳年的灰
　　樹上的積雪

---

[20]　形雅立：〈在那不遠處有個歸期〉，《邊地微光》，頁33。

> 她睡過餐桌上
> 持續被忽略的咖啡
> 睡過換日線
> 打卡鐘定格的時間
> 火山灰雲之變[21]

即使在理性思索中，她的詩也總是透露著生命有更底層的存在和深義，因此創作於她，「更重要的，我在尋找一座連結詩與神秘的橋[22]」。發現生命現象之內有更原始更本質的存在，或者強烈的感受到回歸之需求，這樣的心靈傾向並非形雅立所獨有，筆者認為是拉康所說的自我「原初想像」（imago）。在語言尚未賦予自我一個主體的位置，在社會制約尚未介入之前，「『我』的這個原始形貌應該可以稱為『理想的我』[23]」，因為「我」尚未被異化與誤識，仍保留著一個完整的幻象。在拉康學說裡，「我」之原始認知終究是虛構的，終會在接觸外在世界時產生裂縫，可能就此潛伏於人類所無法意識與思考的場域裡。

這是每個個體心靈的共同命運，然而形雅立的獨特之處，在於當她意識到內在的回歸本能時，試圖以藝術創作來昇華，並誠實的說出這一切：

> 「她並不是要刻意避開人群，祇是她一點也不知道人與人之間
> 為什麼還需要那一點溝通。於是她儘可能地獨處，避免外出。
> 她遁入屬於自己的自然裡。」

---

[21] 形雅立：〈她睡過邊界〉，《月照無眠》，頁132-133。

[22] 這段話為2011年12月27日形雅立給筆者的信中所提及。

[23] 拉康著，李家沂譯：〈精神分析經驗所揭示形塑『我』之功能的鏡像階段〉，《中外文學》第27卷第2期（1998年7月），頁35。

「因為太過於自然，所以她總是被這個世界嘲笑。她並不想趕
上這個世界，因為世界對她而言應該是自然。」
「純淨而乾淨，這就是她要說的事。[24]」

此詩表達出人真正應該溝通的是自己的內在自然——那因外在現實而
斷裂的源頭，而非外在建制的世界，所以「她」欲訴說「純淨而乾
淨」的事。彤雅立無法被既有的文明與價值（象徵秩序裡的意義系
統）說服，她受到本能召喚似的，一再來至邊境，思考邊界之外的世
界，她希望能「行經她，／帶走她清脆的殼，／並沿著殼上的裂痕／
踩入沒有歷史斧鑿的光陰[25]」。讓包覆著「她」的世界碎裂，在裂痕
裡，方能見到蛋中之混沌。

　　由此，我們跟著彤雅立的詩作抵達邊界，接下來即將展開另一處
「沒有歷史斧鑿的光陰」之空間。

三　月光私語（失語），母性空間

是一種超越同情的深愛，

無所計較，全然包容。

那溫暖生於子宮，像母親的髮一樣擴散、包覆。

她抱著嬰孩，梳理著新生華髮。

孩子感受那撫觸，沉靜不語。

——是愛，可以退守著倚賴著的

24　彤雅立：〈她並不〉，《邊地微光》，頁114。

25　彤雅立：〈她等待孵化〉，《月照無眠》，頁31。

那深處。[26]

上述佛洛伊德或拉康等以陽具為中心而發展出來的主體理論，往往因著童年時視覺上所感知之陽具擁有與欠缺，界定了性別的權力位差。拉康在〈陽具的意義〉（The signification of the phallus）裡說明陽具之生物性與象徵性：「選擇（陽具）成為意符的原因，在於它是實際交媾中最具體、可觸及的部分，也是因為它是最具象徵性意義的字詞，等同於連繫詞。也可以這麼說，由於它的勃起，它成了繁衍下一代的生命流動的意象[27]」。父親的角色從陽具的擁有者到象徵意義的法則規範，從身體到思想，形塑為具優勢地位的「父權」秩序。

至於母親，在前述理論裡，母親處於被壓抑的邊緣位置，那在生命開始的血緣相繫的母女／子經驗，成為主體後來必須不斷轉化並且不可言說的一種心理經驗。

克莉斯蒂娃認為拉康在精神領域作出重大的突破，卻低估了女性、母性、身體、「先語言」、「超語言」等要素，而這些要素又是精神分析經驗所不可或缺的。克莉絲蒂娃試圖以語言結構的性別差異理論，來取代佛氏等人的本質論，因此她從柏拉圖的「子宮」概念和亞里斯多德的「絨毛膜」[28]說法發展出「母性空間[29]」（Chora）的觀念。意即將嬰兒與雙親的認同關係向前推至「前伊底帕斯」（pre-Oedipal）

---

[26] 此詩題為〈母愛〉，尚未發表，由形雅立2012年4月30日予筆者的信中提供。

[27] Lacan, Jacques. Ecrits：A Selection. Trans. Alan Sheridan. London：Tavistock, 1977，p.287.

[28] 指子宮裡包在胎兒身上的黏膜。

[29] 或譯作「陰性空間」，對克蒂絲蒂娃而言，「母性空間」不只是生理或心理的意義，更是集聚了可與象徵語言對抗的「記號語言」（the semiotic）的場所，此處是曖昧、混沌、無法以邏輯語言描述、斷裂的，充滿愉悅與慾望的陰性空間。同時，「母性空間」亦是一個隱喻，是不容於象徵秩序的被排拒（abject）對象。本文在此只單純由生理和心理的層面來立論。

時期，那時父親的象徵和語言尚未介入，嬰兒主體仍與母親相連。在此階段裡，「母親與嬰兒的界限是曖昧不明的，不需藉由各種符號，而是用情感來溝通，因為在母子關係或嬰兒與其世界中，並未發生內／外的問題[30]」。如同本節開頭的引詩，「孩子感受那撫觸，沉靜不語。／——是愛，可以退守著倚賴著的／那深處。」尚無語言，也不需語言，是一處可全然倚賴之本源。所以，對主體而言，如同前述拉康的原初想像，「母性空間」即是一處理想場域，是生命的創始地，也是可能保有「完整」與「整體」的原始狀態。

　　然而，將認同作用由「父親」轉向「母親」，所遭遇的即是缺乏可溝通語言的情況。與母體聯結的生命階段是原始的、身體的、自然的，儘管克莉絲蒂娃標榜著一種「超語言」、「先語言」的烏托邦情境，畢竟尚未進入象徵語言，符號意義尚未產生。因此，形雅立的書寫勢必「以父之言」，在現有的語言裡，描述那母性的私語（失語）空間。這類歸返母體、女性素質的詩作不少，其間皆傳達了主體的沉默或無語。如〈邊地微光〉一詩，寫著：「雪地／微光／無語／紡織日常[31]」，以最精簡的詩語說明處於邊地之心緒；〈湛藍的母親海〉則將「母性空間」具體喻之：「賴在母親的身上　就像漂浮在她的海洋／是寧靜的船塢　等待著我／退回她的子宮　安穩地睡／母親海沒有言語／卻明白地說　我在　我一直在[32]」，詩中的意象全然呼應著原初生命之源的樣態與響往，而母體總是寧靜而無言語的永恒存在著；至於獻給「她們和她們的母親節」的〈一些，無法以口說的〉，更是仔細的揣摩主體與母親的情感線索：

30　蔡秀枝：〈克莉絲蒂娃對母子關係中「陰性空間」的看法〉，《中外文學》第21卷第9期（1993年2月），頁37～38。

31　形雅立：〈邊地微光〉，《邊地微光》，頁47。

32　形雅立：〈湛藍的母親海〉，《邊地微光》，頁49。

一種內在的內在的躍動

在傾巢　傾巢而出

……

是一種即恨且愛

即疏離且繚繞

忽近，而遠

似逝去卻已然再生

永遠存在著的

母親之愛

一些，一些無法以口說的

神祕之愛，賦以幽微

藏於胸中

我無能言說，無能言說於是

寄於音聲節奏

灌注了一些在內裡

索求著過去

發現了一些，一些無法明說的

在寂靜中[33]

詩中重覆著「無能言說」，然而，無法以口言說並不代表無意義，反而更能以身體去真實感受，以情感本能來彼此呼應，在語言符徵與符旨的不可避免的斷裂處，轉以真實的情感作出黏合。換言之，與母體聯結，同時聯結了失語與沉默的女性處境，彤雅立以父之言所陳述的「母親語言」即是沉默。母女之間的對話是〈無對白〉裡的沉默：

33　彤雅立：〈一些，無法以口說明〉，《邊地微光》，頁 69～70。

「她安靜／認得那沉默的質素／並且用沉默／予以答覆[34]」。

形雅立的詩作便是如此弔詭的「以父之言，溯母之源」，她要寫作，她便要進入可溝通與言說的象徵秩序裡，然而，她不滿，所以她來到邊地，自居邊地以示抵制。但是，真正值得回歸的原鄉，並不是地理空間，而是母體，以及母體所代表的沉默的「母性空間」，在那裡，詩人發現神秘的情感流動與永恒性，卻無「母親的語言」得以取代既存意義系統。

或許，對形雅立而言，「取代」並非創作原意，而是如劉紀蕙對克莉絲蒂娃的解析：「創造絕對不是複製父系論述，而是試圖使被壓抑的符號（記號）動力再次釋放。這個符號動力，如同無意識，如同『陰性特質』，被象徵系統所排除賤斥。創造便需要挖掘這個屬於陰性空間的動力，這個屬於個人私密空間。透過美學與知性的昇華，也就是書寫與創作，我們才有可能將此被壓抑的記憶重新透過語言而之得以釋放與理解。[35]」形雅立的書寫意義也許就在於釋放內在的壓抑，提醒著我們一種象徵系統之外的陰性空間之存在，所以，她處於邊地，並以邊地思維激盪著向來置於中心區域的我們。

形雅立到了第二本詩集《月照無眠》，她更把內在的、本源的、陰性特質的「母親」置放於一明確而隱秘連繫的譬喻裡——月，讓「邊地望月」有了某種符號性的表達。人與月亮的感應，就是一種探向陰性（母性）的心靈連結。母之本源可以在美學的建構裡，找到呼應的形式。在形雅立寫月的詩作裡，「邊境」意識也許暫時消逝，但是她所秉持的乾淨、純淨、自然的詩筆，並無改變，與自然連繫的內在情感是「沒有歷史斧鑿的光陰」，永恒而真實。

---

34 形雅立：〈無法對白〉，《邊地微光》，頁125。
35 劉紀蕙，〈文化主體的賤斥〉，克莉絲蒂娃（Julia Kristeva）著，彭仁郁譯：《恐怖的力量》（臺北縣：桂冠出版社，2003年5月），頁23。

無論應該放下，或者執著，我相信深刻的情感與思念還是普
遍存在人們心中的。於是我寫作《月照無眠》，透過詩句，將
秋天到冬天，對季節、對月與思念的感知描繪出來。但願它能
夠召喚每個月下無眠的真誠靈魂。[36]

四　結論

在海水與陸地之間。她是穿越[37]。

透過以上的理解脈絡，本文發現彤雅立詩作的邊境意識，在於對所謂
的中心（父權、理性、邏輯、文明、秩序等）的逃脫欲望，然而，每
每逃到邊界或邊緣，卻無法真正的跨界而去。畢竟，主體與語言仍屬
於象徵秩序的，「她」無法真正「失語」。因此，詩總是在空間的邊
境裡，揣想一種想像的邊界，甚至邊界以外的。除此，彤雅立的詩作
總是由明顯的性別角色「她」在發聲，總是探溯著本源與母親，她試
著讓主體得以聯結母親、自然、本源等意義，她在心靈秩序裡所認同
的，一如克莉絲蒂娃所強調的「母性空間」。所以，彤雅立「以父之
言，溯母之源」的書寫特質如同本節開頭的引詩，「在海水與陸地之
間。她是穿越。」彤雅立穿越「父」「母」之象徵空間，游移其間，
引介與昇華。

　　在克莉絲蒂娃的許多論述裡，我們常可見其對文學價值的肯定，
曾自言文學是她的生存方式，她十分堅持「文學體驗」──「它幾乎
可以說成是近乎哲學及神秘的意義，亦即，浮現某些新的、且迄今

36　彤雅立：〈自序──月照無眠，病成相思〉，《月照無眠》，頁26。
37　彤雅立：〈在水與陸之間〉，《邊地微光》，頁28。

尚未命名的東西,它們就深植在某種真摯的、激情的及原初的事物裡,而我們亦能夠賦予這些新事物一個意義。它們是某種令人心醉神迷,既痛苦又正面,且光彩奪目的東西。而我們正試著透過那些叫得出名字的,以及可傳遞的事物中去掌握它們。[38]」此外,她在《詩語的革命》(Revolution in Poetic Language)裡,也試圖藉由馬拉梅(Stéphane Mallarmé,1842~1898)等現代主義詩人作品為例,強調藝術之價值:「在藝術活動裡,符號在突破記號障礙的過程中,會耗竭其暴力。因為突破了障礙,主體才跨越得了象徵界的疆界,抵達記號母性空間[39]」。或許,形雅立不斷書寫邊境、試圖勾連母親本源的詩作,終能突破象徵話語疆界的劃分規則,開啟裂縫,真正形成一處邊界,走過去,就是一條指向母性空間的密徑,如前往桃花源的蜿蜒幽徑。

此外,當出色的文學作品召喚出讀者內心的感動時,靈魂得到某種棲息或回歸感,文學體驗之神秘性,讓讀者如同抵達意識的邊境,產生無法解釋卻受本能驅使的幽暗感應。因此,文學的召喚,可能是心靈的藥方,形雅立對寫作的期許,即在治療靈魂,「於是我在信中回覆:『這個世界最可怕的災難是靈魂的病,我相信文學擁有治癒它的能力。』[40]」

最後,希望本文的探討能對形雅立的邊境書寫作出深刻的理解,並說明其意義,同時呼應本文一開始所提及的克莉絲蒂娃對新一代女性主義者的期待,開啟朝向女性個別差異與獨特性的視角。經過上個

---

[38] 克莉斯蒂娃著,納瓦蘿(Marie-Christine Navarro)訪談,吳錫德譯:《思考的危境》(臺北市:遠流出版公司,2005年),頁87。

[39] 潘恩(Michael Payne)著,李奭學譯:《閱讀理論:拉康、德希達與克麗絲蒂娃導讀》(臺北市:書林出版有限公司,1996年1月),頁258。

[40] 形雅立:〈代後記——樹幹長出了枝葉〉,《月照無眠》,頁148。此段文字為形雅立回覆蘇紹連之語。

世紀末風起雲湧的女權運動、女性論述與女性書寫之後，女性議題如
何再接再勵的發展下去？當新世紀女詩人試著將主體認同連結至母親
和自然的書寫特質，之於臺灣女性詩學的發展，不啻是一條更細膩而
本質的道路，而研究者當然必須跟隨至邊境，在此往後望向前人累積
成果，並尋覓向前出發的新立足點。

參考文獻

彤雅立 《邊地微光》 臺北市 女書文化 2010年12月

彤雅立 《月照無眠》 臺北市 南方家園 2012年2月

克莉絲蒂娃著 程巍譯 〈婦女的時間〉 張京媛主編 《當代女性主
　　　義文學批評》 北京市 北京大學 1992年1月 頁347～
　　　371

克莉斯蒂娃著 納瓦蘿（Marie-Christine Navarro）訪談 吳錫德譯
　　　《思考的危境》 臺北市 遠流出版公司 2005年

佛洛伊德著 林塵等人譯 〈自我與本我〉《弗洛伊德後期著作選》
　　　上海市 上海譯文出版社 1986年6月 頁159～209

杜聲鋒 《拉康結構主義精神分析學》 臺北市 遠流出版公司 1997
　　　年

拉康著 李家沂譯 〈精神分析經驗所揭示形塑「我」之功能的鏡像
　　　階段〉《中外文學》第27卷第2期 1998年7月 頁34～42

梁一萍 〈邊界敘事──奇哥娜作家邊界書寫〉 簡瑛瑛主編 《女性
　　　心／靈之旅》 臺北市 文書文化 2003年 頁205～232

蔡秀枝 〈克莉絲蒂娃對母子關係中「陰性空間」的看法〉《中外文
　　　學》21卷9期 1993年2月 頁35～46

劉紀蕙 〈文化主體的賤斥〉 克莉絲蒂娃著 彭仁郁譯 《恐怖的力

量》 臺北市 桂冠出版社 2003年5月 正文前頁9～34

潘　恩（Michael Payne）著 李奭學譯 《閱讀理論：拉康、德希達
　　與克麗絲蒂娃導讀》 臺北市 書林出版有限公司 1996年
　　1月

Kristeva, Julia. 'Revolution in Poetic Language', The Kristeva Reader.
　　Ed. Toril Moi. Britain :Basil Blackwell Ltd, 1986.

Lacan, Jacques. Ecrits：A Selection. Trans. Alan Sheridan. London
　　:Tavistock, 1977.

落差、矛盾與通俗

——論鯨向海大眾化詩歌之表現風貌與網路寫作現象

李翠瑛

元智大學中國語文學系副教授

摘 要

　　新世代詩人崛起以網路為發表媒介，鯨向海是一個從網路開始寫作的新世代詩人，之後才是傳統平面紙本的出版，是新世代詩人中受到極大讀者歡迎的詩人。從他的作品來看，卻存在許多語言落差，與前行代或中生代成名詩人一致的語言高度與詩境空間是不一樣的，因此，本論文從其詩作釐析其詩矛盾的特色，並解析此矛盾的原因是來自於詩人內在的性格與情感，以及外在的網路環境之關係。

　　本論文前言略述網路文學之定義、鯨向海的研究文獻以及本文要解決的問題；第二節以鯨向海的作品提出其作品具有語言落差的表現手法，語言的落差源於矛盾性格，並因此形成大眾化、通俗化風格；第三節以鯨向海矛盾現象的背後因素，從內在的個人性格與外在的網路環境討論，以說明此種雅俗交會，融合網路創作的成效，藉此分析鯨向海創作的種種面向。

　　從網路與傳統發表空間不同，隱密又開放，既是作者也是讀者的雙重身分，此媒介顛覆傳統平面紙本，新世代詩人在此找到依存空間，鯨向海的詩是此眾多寫手中得以脫穎而出的其中之一，其創作與網路之關係密切，也因為網路創作而形成鯨

向海詩作有別於傳統詩人，並接近大眾化詩歌的可能性。

關鍵字：網路詩、新世代詩人、矛盾、大眾化詩歌

Key words：Poetry on the internet　New generation of poets

Contradiction　Popular poetry

一　前言

　　網路的興起是現代社會不得不面對的時代趨勢與現象，我們也許可以堅持手寫文稿，但你無法擋住如潮流而來的iphone、ipad、ipod的世代。江山代有才人出，詩作的創作必然有歷史前進的步伐，無論我們願不願意接受，都已然是眼下的社會現象。

　　網路詩，又稱為電子詩（Electronic Poetry），學界的研究定義早在李順興、須文蔚的論文中已成定論，網路詩分為廣義與狹義，廣義的網路詩是包括所有以數位化發表的文字，狹義的則是透過電腦的程式語言，以電腦特有的質性創造的作品，以電腦程式所能呈現的，結合動畫、聲光、圖象與靜態的內容，展現非平面印刷的「超文本文學」（hypertext literature）之姿，須文蔚甚至認為網路詩是一種新文類。[1]

　　網路詩的創作自一九九〇年代初開始，到現在已經近二十年，造就無數因網路崛起的作家，鯨向海、紫鵑、蟲嗅（曾琮琇）、甘子建、渣妹（楊佳嫻）、許赫、天琴少女（林群盛）、銀色快手（趙佳誼）、瘋狐狸等人，這些人有的已經出版詩集，有的在出版社從事推廣現代詩的工作。

　　鯨向海的網路寫作始於一九九六年，剛開始以BBS上傳詩作，曾是BBS山抹微雲藝文專業站現代詩板板主，在田寮別業擁有個人板eyetoeye，個人網站「偷鯨向海的賊」（http://mypaper1.ttimes.com.tw/user/eyetoeye）上傳作品、心情留言、詩生活等。鯨向海自己說：

---

[1]　須文蔚：〈網路詩創作的破與立〉，《創世紀詩雜誌》第117期（1998年12月），頁80。須文蔚分網路詩為多具體詩、多向詩、多媒體詩。

「我是一九九六年左右開始上網寫詩的,那時候網路剛剛興起不久,BBS被視為一種新鮮的媒體。」[2]而鯨向海於一九九八年九月開始於《臺灣詩學季刊》二十四期發表詩作[3],之後陸續在《臺灣詩學季刊》、《臺灣日報副刊》、《乾坤詩刊》、《聯合副刊》……等發表創作,二〇〇〇年獲選入二〇〇〇詩路年度詩選,二〇〇一年得到全國學生文學獎第三名,二〇〇一年教育部文藝創作獎,二〇〇一年詩路年度詩選,二〇〇一年教育部文藝創作獎,二〇〇二年PC home Online明日報網路文學獎首獎。從一九九六年到二〇〇〇年獲得文壇肯定,鯨向海蟄伏於網路的書寫有五年之久,到《大雄》二〇〇九年出版,已經超過十年。他在詩集的〈序〉中說:〈Fans之夢(偽序)〉中說:「這樣注定平凡的你,約十年前開始上網寫詩。」[4]從文中提到的自以為平凡的人、精神科醫師的鯨向海卻因為在網路上寫詩,挾著現代媒介的優勢,從業餘到專業,開展詩人的另一條路。

鯨向海可說是一個從網路崛起的詩人,從網路擴及詩學期刊、文學獎、出版詩集,之後鯨向海大部分的詩作仍是以網路發表為主,以「網路詩人」發表詩作於網路媒體,[5]透過網路的的能見度、互動性,鯨向海善用此一媒介,構築他詩的海洋圖景[6]。他的歷程具有新世代詩人從無名小卒到成為成名詩人的典型意義。

---

[2] 鯨向海:〈略談被他人美化與醜化的世界〉,《文訊》第296期(2010年6月),頁82。

[3] 鯨向海:〈發表索引〉,《通緝犯》(臺北市:木馬文化,2002年8月),頁199。

[4] 鯨向海:〈Fans之夢(偽序)〉,《大雄》(臺北市:麥田出版,2010年12月三刷),頁6。

[5] 嚴忠政:〈用自己的鰭,界定自己的海域〉,《創世紀詩雜誌》第134期(2003年3月),頁147。

[6] 渣妹:〈日常的糾纏/神性的糾纏——側寫鯨向海〉,《文訊》第204期(2002年10月),頁87。

　　身為精神科醫師的鯨向海[7]，至二〇一二年為止，出版三本詩集，二本散文集，還有個人網站上未收入的詩作等等，這是本文所有研究的文本範疇。而研究鯨向海的論文篇數約有十幾篇，大部分為短篇的詩作評論，長篇論文從精神病與詩的想像書寫角度切入，如林佩珊〈精神不死，只是有病——析論臺灣現代詩中精神病症的想像書寫〉，或者從同志角度研究，如林佩岑〈隱／現於詩句中的同志現象——以鯨向海為觀察對象〉；從作品的特色研究者，短篇評論如嚴忠政〈用自己的鰭，界定自己的海域——鯨向海的經驗模式探析〉、周盈秀〈永遠的新世代——鯨向海小論〉，長篇的論述則有劉益州〈巨大化的書寫：論鯨向海詩集《大雄》中情感表述的藝術與想像〉對於鯨向海的詩作表現技巧有較為深入的剖析，如簡政珍〈詩的慣性書寫與意象思維——評鯨向海的《精神病院》〉，其餘的作品評析，或是個別訪問或是散見各篇的論述中。

　　筆者認為，鯨向海的創作傾向、藝術特色、作品內涵等，與他一開始選擇以網路為主要發表平臺兩者之間有很重要關係，因為網路而崛起的詩人其創作方式、風格或是筆法與傳統平面媒體的寫作者必有所不同，此一方面突顯新世代詩人的創作傾向與美學要求的社會意義，另一方面也說明新世代詩人在面對強大的前行代與中生代詩人的壓力時，其作品有微調或是突破創新的契機，才能在既定的價值體系中脫穎而出，因此，從平面到網路，也意味著詩人的創作世代交替的轉移，新世代詩人們開創出新的創作觀，網路則是扭轉此表現的重要

7　鯨向海，一九七六年生，本名林志光，出生於桃園，目前為精神科醫師。詩作曾獲明日報網路文學獎首獎、全國學生文學獎新詩首獎、大專學生文學獎、臺北市公車捷運詩徵選首獎、全國優秀青年詩人獎、教育部文藝創作獎、國軍文藝金像獎等多項獎類，作品入選八十九、九十年度詩選、《新詩30家》等。出版詩集《通緝犯》、《精神病院》、《大雄》，散文集《沿海岸線徵友》、《銀河系焊接工人》。個人網站：偷鯨向海的賊：http://mypaper1.ttimes.com.tw/user/eyetoeye/。

樞紐。

　　因此，本文以網路為鯨向海創作的核心，作為討論切入的核心，由此映照出鯨向海作品特色與網路媒體之關係、作者人格特質與網路的詩作表現等，試圖從網路的創作找到差異，特色，以及可能的侷限，以及網路崛起中讀者的反應與作者的表現等等。

二　落差的兩極與矛盾的情結──鯨向海大眾化詩歌特色分析

　　網路的發表與紙本最後追求的都是購買力，而此紙本出版的基本門檻，在於編輯把關作品的優劣。這兩種發表媒介相比較，網路創作可能流於浮濫的文字以及眾多發表欲的作者不斷把作品po上網，缺乏把關的機制，相較於出版社有編輯把關來看，此種情況雖然提供創作者自我經營，將讀者評價視為受歡迎與否的標準，但卻易流於好壞不分的紛亂場面。然而，紙本出版卻可能因為編輯個人視野的高低與閱讀品味的好惡，無法即時掌握最新讀者品味或者停留在較為傳統保守的審美標準，因此，以為會暢銷的書籍卻可能面臨銷售不佳，而也許可能暢銷的作品卻因為太前衛，或者未迎合編輯口味而沒有出版社願意出版。市場行銷與產品優劣之間如何取得平衡，是目前出版業常常面臨的問題，在兩者的夾縫中，鯨向海無疑是找到個人良好的定位，此節先從鯨向海的文本中討論其優劣。

　　鯨向海的詩作特色，最明顯的就是程度的落差太大，無論語言或是意象皆然。有些句子的語言精緻度相當高，具有濃厚藝術性，但某些句子則是彷如不懂詩的寫法，浮濫的情感與通俗的語句甚至不合於詩人應有的水準，精緻與粗糙、濃縮與淺白、意象深度暗示到露骨直言，鯨向海的詩同時含有兩個極端的表現，並且在兩頭擺盪。矛盾的

呈現出現於兩種情況,其一是,一本詩集中,有時,某些短詩,精練
短小,意象深蘊,但某些詩則是整首都是通俗露骨的語句,落差很
大。以短詩而言,常見創意十足的好詩,例如〈近日無詩〉:

> 裸著身體
> 如一顆方糖
> 沉浸過往之間
> 超越那些咖啡牛奶
> 怦然心動
> 浮出大海〈《大雄》頁 95〉

此詩以方糖的角度設想裸體而入咖啡之中,讓身體所有盡情展放而終
於物我融一,令人驚奇其創意之發想,雖然「怦然心動」顯得多餘而
直接,但偶一用之還不至於影響整首詩的氛圍。又如〈一星期沒換水
的夢境〉:

> 又湧起了這麼多意志
> 一頭大翅鯨融解在海裡
> 魚骨巨大斑駁
> 颼颼還在向前游去〈《通緝犯》頁 83〉

此詩被選入《新詩30家》[8],包括〈懷人〉、〈斷頭詩〉共五首,此三首
皆是十行內的短詩,在詩境與語境的創造上,清新自然而且具有豐厚
的詩意飽滿度。又如〈懷人〉一詩:「我常幻想走在秋天的路上/一
抬頭就看見你/巨大,而且懾人的美麗/不斷落下/卻又沒有一片要

8　白靈編:《新詩30家》(臺北市:九歌,2008年4月),頁358。

擊中我的意思」[9]。寫秋天的落葉而在意象上能突破舊有窠臼，自創新意。短短五行中能寫出懷念的人，同時與當時的落葉之景結合，兼具情趣與景趣。又如〈年關〉[10]一詩，意象與句子都令人耳目一新。若從各別的詩句來看，鯨向海的詩中也常常出現一些精緻的佳句，例如：

> ○在酷寒的天氣裡
>
> 　我們裹著火
>
> 　等待詩生還的消息（《通緝犯》頁67）
>
> ○我不過是一名寫詩者，八字極輕
>
> 　節奏注定苦澀，一路走來韻腳酸痛不已（《通緝犯》頁172）
>
> ○把一整座山谷的陽光
>
> 　傾入對方的水罐中
>
> 　將此肉身命名為幸福（〈假日花市〉，《精神病院》頁211）
>
> ○不願去睡，撐這夜色
>
> 　時間不夠琥珀
>
> 　慢慢凝凍（〈靜坐〉，《大雄》頁146）

除了這些令人激賞的詩之外，鯨向海的詩集中卻又常常出現難以想像的濫情的句子，讓人難以與前述的那些精巧詩句放在同一水平上，這些浪漫過度的抒情文字，如〈初次相遇那晚那首詩〉：

> 你會為剛剛消逝的上一秒感傷嗎
>
> 你會對我們今晚的對話感傷嗎
>
> 你如何感傷尚未失去的事物呢

9　鯨向海：〈懷人〉，《精神病院》（臺北市：大塊文化，2006年3月），頁33。

10　鯨向海：〈年關〉，《精神病院》，頁211。

　　如果我們都正在逝去

　　如果這首詩就是我要失去的全部

　　我們豈不是都該感傷

　　如果你竟然完全不感到感傷

　　那不是最令人感傷的詩（《大雄》頁163）

整首詩以感傷不斷循環圍繞著詩意，雖然可以解釋成詩人故意重複語詞，在不斷問著對方時喃喃道出作者內心傷悲的心，然而，「感傷」一詞不但是情感的過度氾濫，也讓整首詩失去意境想像的可能，像是一般寫手在網路上的情傷似的呻吟，而缺乏藝術的高度。雖然此類作品也許比真正具有詩質的作品引起更多讀者的迴響或者認同，但畢竟成為詩人作品中的過度濫情之作，又如，「一同老朽的時刻／我真的十分想你，乾妹妹」、「乾妹妹，你真的好忍心問我／愛你不愛？」[11]，乍看之下很難相信這是詩人之作。又如以下的句子：

○ 在全心全意愛著的時候

　　已顧不得這些了

　　我們的愛多麼野蠻（〈我們已走火入魔的超廣角戀事〉，《通緝犯》頁42）

○ 那麼，眼光初次經過我的女子

　　你準備好跟我談這樣一場戀愛了嗎？（〈我們已走火入魔的超廣角戀事〉，《通緝犯》頁44）

○ 那些濕過冷過的

　　時間烘乾不了的往事

　　即使大多是痛苦的

11　鯨向海：〈岩岸島蜥〉，《通緝犯》，頁50。

　　　　唯希望是人間至善

　　　　美好的事物皆將化灰燼（〈浮生〉，《通緝犯》頁 58）

　　○人生途中我注定孤身一人

　　　　但此刻我深知有人愛我

　　　　突然間

　　　　感覺全然不同（〈原來是有人〉，《精神病院》頁 135）

　　○曾經深愛過的那個誰啊

　　　　仍密不透光擁抱著（〈那些注明為學長留給學弟的筆記〉，

　　　　《大雄》頁 120）

或者一整首詩都是散化的詩句，如〈遠洋感覺〉：

　　　　躺在這裏

　　　　靜靜地

　　　　漫步、閱讀、嬉戲

　　　　吸收著海風

　　　　也被

　　　　這片大海吸收

另一段是：

　　　　就躺在這裡，萬頃拍岸後

　　　　海的反面

　　　　有靈光乍現

　　　　然後

　　　　徹底消逝……

　　　　不需要向任何人道歉（《大雄》頁 158～159）

詩的句子不但過度濫情，散化，更傾向於大眾化、通俗性的文句，沒有詩該有的味道，卻像是把喃喃自語的散文分行而已，但此類大眾化的詩或詩句幾乎佔了一半以上，充滿大眾化的色彩。

其二，在一首詩中，同時呈現出部分精練，部分淺俗的詩句。例如〈有限〉一詩的第一段：

> 如千萬把槳
> 今晚的蛙鳴蟲吟那樣多汗水
> 翻動夜色划進我發燙的身軀
> 疲憊的月光啊
> 也收起採詩的網罟
> 趴在我星星爍爍的額頭上

寫夜的清涼，月光，蛙鳴，一時之間詩境彷如把古典詩意帶入現實生活，詩句精緻，但第三段卻寫出：

> 我們難免都有這樣的苦悶
> 像在旅行途中遇到的那個吹笛老者
> 音色依舊感動了風中的落葉
> 只是因為中氣不足
> 又是秋末
> 落葉也差不多都掉光了（《通緝犯》頁65～66）

第三段的用詞與意象雅俗雜混，例如，「我們難免都有這樣的苦悶」，就看下一句如何翻轉，吹笛老者的意象似乎把詩意喚出了，但音色感動落葉流於老套，甚至媚俗的語氣：「又是秋末」，而「中氣不足」一語不但不雅而且突兀，「落葉」一詞不斷重複出現，彷彿作者有詞窮的窘境。此二段的意象意境與書寫的程度有些落差，也許當

作是詩人偶爾的敗筆之作，然而，在鯨向海的作品中卻常常出現這樣
的情況，有時是夾雜的出現，或是段與段之間的文字落差。又如〈多
脂戀情〉第一段寫道：

> 風大雨大
>
> 愛情的肢體傳出了火災的味道
>
> 想必你身上的脂肪正在燃燒
>
> 知道嗎
>
> （我試著對你偷藏在夢境裡的零食表達善意）
>
> 我其實並不那樣痛恨肥胖

第一段以愛情的肢體傳出的火災味道，而脂肪的燃燒是愛情的燃燒，
火災的味道燒焦的情感，暗喻著情感的過度肥胖因食用過多的愛情零
食所造成，這是對多脂愛情的描述，然而，減肥與否則是另一種選
擇，只是詩作的第二段：

> 我們總有某個部份是肥胖的
>
> 這個沒人敢多吃的年代
>
> 你是豐滿得太寂寞了
>
> 有人就是這麼喜歡
>
> 巨大草莓蛋糕般的女孩啊
>
> 在鏡子前，面對自己全裸的魂魄
>
> 請不要再哭泣了
>
> 離開你微微塌陷的床
>
> 做運動
>
> 我們的愛會更強壯（《通緝犯》頁39～40）

相對第一段的文字，尚有詩意的暗示或隱喻，但第二段的過度露骨，

諸如「豐滿得太寂寞了／有人就是這麼喜歡」、「巨大草莓蛋糕般的女孩啊」、「請不要再哭泣了／離開你微微塌陷的床／做運動／我們的愛會更強壯」，作者的用字中「了」、「啊」、「哭泣了」等詞語，把詩的蘊藉之意模糊且稀釋了，就把第一段營造的詩的情意突然在第二段降低成浮濫的情調，在閱讀上便產生相當大的落差。又如〈二二八〉第一段中說：

> 二月的最後一個暗示
> 我們照往常一般用牙刷去啟動臉部表情
> 報紙加蛋啟動這個世界（《通緝犯》頁51）

營造諷喻的氣氛與可能，詩中第三段寫到「最後的一切，都變成了假日」也頗合詩旨，但最後一段：

> 一切的一切，都變成了假日
> 天空下無數負重過的肩膀
> 伸著懶腰
> 淚水不再像是
> 永遠不再落下般滴落（《通緝犯》頁52）

不但重複一切變成假日，而用非常散化的句子「一切的一切」也把詩句變得鬆散，天空下負重的肩膀亦無新意，最後突然把淚水、滴落等直說情感的語詞，讓情意變得泛濫而收不了尾。同樣的狀況在第二本詩集或第三本詩集都一再重現，如〈躺平之後熄燈〉一詩：

> 我們曾是那麼集中精神在走路
> 走進天靈蓋以北，風雷隱隱的方向
> 行程表上有沉默的隊伍

　　　　於棋盤正中央

　　　　回頭看見巨大的手掌

　　　　整座城市不知不覺間崩解

　　　　今天倒向明天的必然性

　　　　多風的午後又將被撕去（《精神病院》頁 136）

文字的精練與意象的跳躍，書寫熄燈後心思紛飛的情景，其想像的躍動使得意象之間距離相當大而產生上天下地般的想像空間。然而接下來一段：

　　　　開著敞篷車我們的夢直奔南方

　　　　這麼多骯髒的河流流過腳下

　　　　我們已厭倦一切

　　　　這麼多歌聲穿出雲宵穿過美，難以言喻（《精神病院》頁 136～137）

夢的奔向南方、骯髒的河流流過腳下、厭倦、歌聲穿透雲宵、難以言喻等詞的流俗，實在讓人無法認同其詩是具有創意的詩作，而會與散化的流行歌詞或是不懂詩的寫作者練習之作聯想在一起，而這卻是同一首詩，而且是兩段相接的詩作。又如第三本詩集中的，〈就坐在馬桶上等待〉一詩：

　　　　如一名領航者

　　　　困惑於

　　　　整間廁所，接下來

　　　　將漂流到哪裡去

　　　　在此永恆片刻

　　　　所有過去和未來的感觸

　　　　用力，凝聚成一團

　　　　「噗通！」

　　　　發出驚人聲響

　　　　就坐在馬桶上等待

　　　　那並不是最壞的

　　　　馬桶深處

　　　　有更寂寞的世界（《大雄》頁171）

以題材而言，如廁當然是粗俗的不好啟齒的生活行為，但詩的作用在
於將粗俗轉化為具有意義或思考的文學語言或意境，此詩中把這個行
為導向對生命的思考，總結於「馬桶深處／有更寂寞的世界」於是扭
轉詩中本來粗俗的題材，擴大詩意想像的空間，是此詩最後得以扭轉
乾坤的著力點。此詩以廁所的漂流意象書明詩人心中漂泊的感覺，是
此詩很有創意的地方，最後一段的結尾呼應於第一段讓漂流停泊在
「寂寞」也是可以與此詩相應，但是第二段的文字，「永恆片刻」、
「所有過去和未來的感觸」此類詩句流俗而無創見，顯見詩人隨意而
不嚴謹的地方，之後的「用力，凝聚成一團／「噗通！」／發出驚人
聲響」其描繪的動作不僅太露骨而缺乏詩意。

　　觀其詩語言的部分，淺白的文句並非詩的缺點，就看詩人如何運
用語言將淺白變成詩意，〈就坐在馬桶上等待〉此詩中「寂寞」雖然
是直書情感，但放在此處剛好點出馬桶深處一個不知名的所在，而寂
寞更是深而難測的。此類用詞點到為止，若在詩中出現大量或是常
以此類文字書寫就會讓情感過於泛濫而收不回來。如簡政珍所言：
「『哀悼』、『難過』、『寂寞』這樣的情緒字眼，是浪漫時代的慣性文

字,變成後世一些寫作者的傳承與『遺產』。但有創意的詩人不必直接寫出『寂寞』,卻讓讀者感受到萬般無奈的寂寞。」[12]而鯨向海的詩中卻往往出現這類直書情意的句子。例如〈敗北〉:

> 於夢中勞動
> 人們以為他是懶惰的
> 他是秋天等待贖金的落葉
> 他是春日窗前誤會的花枝,唉

第二段則是:

> 他還是自己
> 一夜裸體,無數閃爍的欲望
> 挫折啊,悲憤啊
> 這就是人生。(《大雄》頁110)

第一段除了「唉」字之外,還能營造詩的氛圍,也能吸引讀者進入詩意的閱讀,意象的選擇把窗前等待的落葉擬人並且與失敗的可能悲傷氣氛聯想在一起,而第二段卻又掉入流俗的文字:「無數閃爍的欲望」、「挫折啊,悲憤啊/這就是人生。」此類呼喊式的句子把詩意破壞殆盡,此詩最後二句用「他的深藏不露/卻屢次被當成了豬頭」,如此淺白而直述的句子甚至談不上優美的散文文句,何況以精練為要的詩句呢?

一首詩中突而出現精緻的詩句,突然降低到通俗、大眾化的程度,此種在兩個極端的擺盪,並同時出現在一首詩中的情況,明顯地

---

[12] 簡政珍:〈詩的慣性書寫與意象思維——評鯨向海的《精神病院》〉,《文訊》第250期(2006年8月),頁96~98。

出現在鯨向海的詩作之中。此類情況若是單一現象尚可解釋為詩人偶爾的失敗，但是此類情況出現很多，儼然形成鯨向海詩作的個人特色；若從嚴謹的藝術角度看，則是詩中的敗筆，如簡政珍所言的：「鯨向海的《精神病院》是近年來極少數詩集裡，同一部作品中詩質優劣如此懸殊對比的例證。」簡政珍評論的只是《精神病院》一書，但觀鯨向海的詩集，從第一本詩集到第三本皆有相同的問題，非僅單一現象。

鯨向海詩作中呈現的落差與距離，忽而詩意忽而淺露，忽而創意忽而流俗，內在的矛盾呈現在詩作之中，落差的產生不是驚豔，卻是茫然無可理解的詫異，前面如高深的詩人語氣，後面接著如初學者般粗糙的語詞，此種詩中令人詫異而跳躍落差過大的現象，真如其筆名一樣，像海浪般忽上忽下，有時可以達到成熟的詩人該有的高度，有時又降低到彷如一般濫情的寫手想要進入詩壇卻不得其門而入的窘境。然則，透過網路上讀者的閱讀品味，此種疑似媚俗的語言，去中心化、去權威性的隨性書寫形成鯨向海詩中的大眾化、通俗化的特色，此特色卻反而降低新詩曲高和寡的小眾閱讀，而意外地產生廣大閱讀群，向大眾文學靠近的寫作，說明鯨向海從網路創作，到了平面出版時，仍然能聚集讀者並創早較佳銷售量的原因。

三　現象的背後——鯨向海個人矛盾情結與網路寫作現象之因素

詩的閱讀從小眾轉移大眾，作品同時兼俱通俗性、大眾化與藝術性，卻贏得讀者的青睞，此種跨越界限的表現，根源於鯨向海的內在矛盾情結，具有精緻典雅與通俗濫情的兩個面向。

矛盾的兩端相互抵消或是抗爭？詩人究竟想討好屬於具有高解讀

能力的詩評家？或是根本不懂何謂詩的一般普羅大眾？也或者兩者都不是，只是詩人內在矛盾情結所展現的一般現象而已？本文從兩個部分分析，其一從作者內在所產生的心態來看；另一個是從大環境來看，討論網路文學可能帶來的結果。

其一，從鯨向海的人格特質分析。從社會歷史批評（History criticism）的研究角度，從亞里斯多德到馬克斯主義批評方法，總是將文學與人生、社會現象或歷史聯結在一起，透過文字表現作者當時的社會現象與歷史內容。[13] 一個作家不免在創作中表達自我的生活經驗或想法，但是也絕不可能全然地表現出來。[14] 然而，作家本身的社會環境、歷史背景、態度或是意識，是可以從作品、傳記或是相關文獻中找到。[15] 有些作者或者作品可以進行文本研究，以新批評（New criticism）的方式進行解讀，但是涉及到作者本身的性格或是生長的歷史背景時，以社會歷史批評更能看到來龍去脈。筆者從鯨向海的文本中，先找到作者本身充滿著不定性與矛盾的情結，再從其散文與詩作的自我表白中看到他矛盾性格的蛛絲馬跡，社會歷史的批評方法在鯨向海此一例子上提供很大的幫助。

鯨向海對寫詩的態度，他一方面是感到榮幸的，另一方面卻感到害羞，他在〈今天寫了一首詩〉中說：

朋友請我多寫幾首詩

好讓他們培養氣質

最好要加上註釋

---

[13] 王先霈主編：《文學批評原理》（武漢市：華中師範大學，2003 年），頁 70～78。

[14] 韋勒克、華倫等著，王夢鷗等譯：《文學論──文學研究方法論》（臺北市：志文出版社，1995 年 5 月再版），頁 150～151。

[15] 韋勒克、華倫等著，王夢鷗等譯：《文學論──文學研究方法論》，頁 154。

我笑了笑，臉都紅了（《通緝犯》頁63）

第五段說：「我喜歡我的朋友／寫詩的時候他們會圍過來／我說／在寫詩呢／他們睜大了眼睛／寫詩啊，那等一下再來找你吧／就匆匆避開了」，接著最後一段說：「我有點羞愧／但是我低下頭／又繼續寫我的詩了」[16]。作者描述自己是個愛寫詩的男孩，在同儕之間有點害羞卻又堅持寫作的樣貌。又如他在火車上遇到讀者在讀他的詩，他不是驕傲的，而是有點不好意思，〈詩幫本事〉一詩說：「沒位子坐的旅人站在你的身後／火車行至中途／突然他默誦出你正在閱讀的詩集」，此時，詩人「像是行蹤敗露的一個密教徒／你不知如何是好／一時也忘了／詢問切口」[17]，一點點木訥、害羞的個性讓詩人好像是被窺見了內在一般，有點不自在。

喜歡表現自我的人往往有著表現欲，若無表現欲就不必有所表現，這是不矛盾的，矛盾的是那些既想保有個人的私我，又想在眾人面前表現自我，既有害羞內向的本質，卻又同時具有公眾表現能力的人。鯨向海既然不斷發表作品，可是卻又隱藏自我，透露出自己是一個害羞的人，但作品又往往是創作者內在或是生活的表徵，如〈公車司機的臉〉：「根據從小害羞不愛出頭的經驗，恐怕連壯著膽子問歹徒……之類的話也說不出口」[18]，又如〈這不是我們的關係〉：「然而我卻是一個羞怯而且潛藏的人，」[19]又如《銀河系焊接工人》中說：

由於生性害羞，卻熱愛與其他的孤獨交通，所以我經常處在一

16　鯨向海：〈今天寫了一首詩〉，《通緝犯》，頁63～64。

17　鯨向海：〈詩幫本事〉，《通緝犯》，頁57。

18　鯨向海：《沿海岸線徵友》（臺北市：木馬文化，2005年5月），頁49。

19　鯨向海：〈這不是我們的關係〉，《沿海岸線徵友》，頁100。

種掩面的狀態，與人秘密交往。[20]

可是若是真的害羞，應該埋藏於人群中，不會發聲，但是鯨向海接下來卻說了一堆有關於大便時閱讀書籍的一些想法，然後又自嘲，「就是這樣充滿秘密的念頭，使我生性害羞。」[21]然則，下一段又為自己辯解：「好吧，所以大家終於明白為何需要掩面了，因為真面目往往非常不堪。然而，真正的感情就是你可以在對方面前盡情顯露你真正的不堪並且毫不覺得不堪，不是嗎？」[22]反復為自我辯證，把自己的個性說是害羞，卻又勇於展現此害羞，這是自我認知的落差，或者是雙重人格的呈現？鯨向海此種矛盾的自我辯證性格同時也表現在創作的文字上，往往出現極端兩方的落差。

以《通緝犯》為詩集名，其實是一個矛盾的存在，鯨向海自言詩人比小說家與散文家更高傲自大，而肯定此種心態的人才可以在沒有社會功利目的下寫此種「過氣的所謂『貴族文類』」，一方面肯定，一方面又假設自己不想成為被設定的目標，但在詩壇上卻已經成為被諸多粉絲設定追緝的「通緝犯」，因而在此本詩集，詩人定名為「通緝犯」，似乎做好心理準備：「現在通緝犯已經落網了」[23]；詩人既想逍遙於詩的法外，又終於出詩集，自喻為落網的通緝犯。此思維本身從相互矛盾中充滿辯證的意味。就如他在〈通緝犯〉一詩中說的：「不可能更好了／一點點出名的感傷／到處都是時間的糾察隊」。[24]既在出版之後，也有點名氣時，卻又感到出名的感傷，種種矛盾的自我，表現在鯨向海詩中語言的程度落差，但也或許因為詩人的種種反覆不定

20　鯨向海：〈序〉，《銀河系焊接工人》（臺北市：聯經出版社，2011年8月），頁5。

21　鯨向海：〈序〉，《銀河系焊接工人》，頁6。

22　鯨向海：〈序〉，《銀河系焊接工人》，頁7。

23　鯨向海：〈幾則關於詩的刀光劍影〉，《通緝犯》，頁198。

24　鯨向海：〈通緝犯〉，《通緝犯》，頁188。

的思維與內在的矛盾掙扎，而使他充滿源源不斷的創作動力吧。

其二，從發表媒體的網路環境來看。網路是一個既隱私又安全的所在[25]，對於創作者而言，可以在創作養成中，發表不成熟的作品，卻不必拋頭露面，省去被人指指點點的窘迫，但又充分滿足發表欲望。以下就網路發表詩作產生的現象逐一說明：

（一）「宅」的安全感

網路提供一個很好的隱藏空間，隱藏了讀者也隱藏作者。從BBS到現在的臉書（Facebook），網路上寫手們適應著媒介的轉換，轉戰於不同的潮流，創作者仍在網路上扮演著創作者與讀者的角色，期待立即的掌聲，或者長久經營的夢想。網路不但提供隱藏式的友情，也讓電腦前面的宅男宅女們有了更多安全的擴展空間。鯨向海在〈偉大的事就隱藏在無所事事之中〉說：

> 網路的友情有助於創作者的幻想，彷彿接近了人群但又感到安全。他可以盡情在人群面前表達自己，而無社交恐懼。[26]

因為盡情表現卻無恐懼的兩種美妙組合，讓想創作者得以盡情發揮卻不必顧慮在人前曝光的恐懼與擔憂，鯨向海說：「臉書後，他開始有種時光倒流的感覺，彷彿又回到當時初登入BBS的熱情，建構新聞臺的愉悅，開起部落格的激動。」[27]，BBS站後來人群漸流失，許多人選擇以網站社群貼作品，但一旦伺服器或主機發生超載或是站長

---

[25] 陳靜瑋記錄整理：〈網路詩社區的參與經驗〉，《創世紀詩雜誌》第134期（2003年3月），頁55。按：此為蟲嘷（曾琮琇）之發言。對那些在網路上設版或設臺的新世代詩人們而言，網路提供的隱密性讓作者可以暢所欲言，作者以較快速度發表並且沒有限定讀者，具開放與隱密性。

[26] 鯨向海：〈偉大的事就隱藏在無所事事之中〉，《沿海岸線徵友》，頁186。

[27] 鯨向海：〈偉大的事就隱藏在無所事事之中〉，《沿海岸線徵友》，頁187。

一旦關閉，就會流失許多的讀者與作者。[28]因為網路興起之初產生的弊端也讓許多人漸漸流失，產生倦怠的現象，而臉書的興起，更快速的交友模式讓許多人聯結起久未經營的友情。

網路的特性提供鯨向海這樣一個有點害羞卻又充滿表現欲的人，矛盾性格符合網路既公開又隱藏的屬性。宅男與宅女雖然在電腦上交遊，但在虛擬世界中自我表達，無疑是比面對面還來得安全與自在。因此，並非「宅」者即是無表現欲而全然隱藏個人，相反地，宅在一個安全的領域中，反而得以充分展現自我表現欲望。

許多人有所謂人與人面對面交談的恐懼，即使是打手機也令人有威脅性，但網路的簡訊或是MAIL信件，帶來立即性的訊息傳達卻不失距離感，就像人們會在電子郵件中說出平常不直接說出的話語[29]，這種人與人面對面接觸而不知道要說些什麼的社交尷尬，也說明現在訊息傳遞以APP取代手機對話的現象越來越多的原因，因此，對於許多自認為害羞的人們，以電子媒介做為發表的手段，對於讀者與作者而言，網路恰如其分提供非常適合的管道。

（二）「類粉絲讀者」現象

在網路上寫作與閱讀者未必一開始就是已經在文壇站穩腳步的作家，我們關注的是那些未成名的作者如何在網路上進行其崛起的過程，九把刀就是一個非常具體而典型的範例，九把刀自己在他的碩士論文改寫的書《依然九把刀》中說：「讀者在網路上的串連結社，生產出了極富創造力的「迷文化」（fan culture），對原有的文本做出多

---

[28] 例如「山抹微雲」曾經因主機出問題，暫時關閉半年，再開啟時就冷清許多。

[29] 泰勒‧科文（Tyler Cowen）著，陳正芬譯：《達蜜經濟學》（臺北市：經濟新潮社，2010年6月），頁105。

種形態的再生產，表現出活潑的主動性」[30]，他對網路的讀者們產生的社群網站的觀察：

> 在作者個人板內，讀者與作者不但就小說創作進行深入討論，沒有個人板的作者有時也會選擇其它作者的個人板發表小說，更因為板上允許日常生活的交流而平行發展出嬉鬧式、相互扶持的情誼，這些情誼使得讀者與作者、作者與作者之間的關係相當緊密。[31]

甚至作者與讀者們私下見面喝咖啡談是非的情況，虛擬世界與現實世界連結，讓讀者不再只是單向閱讀作品，而是加入複雜的情誼成分。例如，九把刀在網路上，培養一群死忠的讀者群，帶動紙本出版的銷售量。網路的特質提供作者與讀者之間更快速的交流管道，而使得作者得以有一群讀者，這種現象產生了粉絲、粉絲團、粉絲網頁（臉書）的出現，但與追星迷的情況又有點不同，因為閱讀群中帶有某些程度理性的鑑賞，閱讀的行為比視覺影像的門檻略高，同時也尚未形成一種瘋狂的迷戀狀況，筆者稱之「類粉絲讀者」或是「讀者粉絲」。

「讀者粉絲」或「類粉絲讀者」，此類讀者具有的特質較接近粉絲崇拜或追求作者的傾向，當他們透過網路得以與創作者回應時，拉近彼此的距離，同時也讓讀者與作者之間因交流而建立情感，其情感的內涵較純粹在書局買書回家閱讀者更為複雜。換言之，讀者之所以喜愛某些作家的作品不純然因為此類作家的作品具高度的文學水準，

---

30 九把刀：《依然九把刀》（臺北市：蓋亞文化出版，2007年11月），頁57。按：九把刀此論引用 Henry Jenkins 中的迷社群研究，其主要研究是在迷讀者們引用原創抄襲並再製作的「盜獵」行為，與本處所論不完全契合，故本文不直接引用。
31 九把刀：《依然九把刀》，頁204。

卻可能是因為作者在網路上的經營，讀者的回應，友誼般的交往等
等，使讀者成為支持某些作者書本銷售的基點，而成為「類粉絲的讀
者群」。九把刀就是在網路上成功經營類粉絲讀者群，建立起作家本
身背後強大的讀者支持群，連帶效應反映在九把刀的《那一年，我們
一起追的女孩》電影，這些基本支持者也成為票房的重要支持者。

　　同樣的情況發生在鯨向海的詩中，他在詩集《大雄》的序：
〈Fans 之夢（偽序）〉中說：

> 漸漸地，不知什麼時候開始，美麗花朵般的日子，突然出現一
> 些澎湃的綠色葉子，告訴你，他們是你的「粉絲」。[32]

粉絲是一群掏錢購買力的最大族群，他們在現代社會形成的文化效應
不可小覷。只是當鯨向海在小眾中突破重圍，比較一般詩集面臨只有
一刷的銷售成績，或者一刷賣好幾年的庫存壓力，鯨向海的詩集出版
與銷售狀況來看，卻是令人驚豔的成績。最早的第一本詩集《通緝
犯》於二〇〇二年八月出版，早已絕版，第二本詩集《精神病院》初
版在二〇〇六年三月一刷，二〇一一年三月已經賣到四刷，而第三本
詩集《大雄》在二〇〇九年三月出版，到二〇一〇年十二月，已經初
版三刷。連散文集《沿海岸線徵友》二〇〇五年五月出版，市面上也
已經絕版。[33]

　　鯨向海的詩集與散文集受到相當大的歡迎，就如同當年的「席
慕蓉現象」，[34] 雖然出版與銷售量未及席慕蓉的《七里香》、《無怨的青

---

[32] 鯨向海：〈Fans 之夢（偽序）〉，《大雄》，頁6。

[33] 至於最新的《銀河系焊接工人》一書，因為剛 2011 年 8 月出版，距本文寫作約半
　　年，尚未見到再刷的新書。

[34] 楊宗翰：〈第五章席慕蓉與「席慕蓉現象」〉，《臺灣現代詩史》（臺北市：巨流出
　　版社，2002 年 6 月），頁 173。

春》可以達到四、五十刷，但是，在近年來出版業不景氣，紙本詩集
銷售大減的情況下，鯨向海的詩集在短短數年間得以達到四刷的銷售
量，也是驚人的亮麗成績。而鯨向海的詩集卻讓普羅的大眾在網路閱
讀之後，願意掏出錢來購買紙本詩集，可見其讀者如廣大粉絲般的向
心力以及鯨向海的個人魅力是不容小覷。

（三）審美價值混淆的世代

　　網路的讀者來源較傳統紙本閱讀者，顯得更加複雜而廣泛。紙本
的閱讀者必須確定一本詩集值得收藏或閱讀，才有從口袋掏錢購買的
動機與行為，但網路的閱讀相對便宜或是免費，可能來自於隨機點閱
的讀者、有心閱讀的讀者、或是對詩有點興趣卻缺乏詩的品評能力
者，當然也不乏真正有能力鑑賞者，但因為網路的交流廣泛，大眾與
小眾，典雅與通俗同時混雜於閱讀的粉絲讀者群中。

　　現代詩的閱讀群本屬小眾，然而，網路上的作者有時為了迎合讀
者，或者本身能力未逮，無法維持高格調、藝術性、高度文學技巧等
創作，又因為創作者也是讀者，回應按讚的潛在讀者程度往往無可掌
握，因此，讀者評價不一定是詩真正的評價，可能因網路的過度自由
而造成評價失誤或是落差的可能，突顯不良的、通俗的語言與精緻嚴
謹的詩作之間往往存在審美價值混淆的可能。

　　然而，當詩向普羅大眾的靠近時，詩的普遍化、通俗性、甚至流
行性，就成為其中一項誘因，例如，鯨向海可以寫成〈如歌瀰漫〉這
樣的詩：

> 據說你跟別人說我喜歡你
> 我聽到了笑得很響亮然後開始難過
> 怎麼會被猜到了

怎麼所有的頸子，終於都要遇到刀子？

這一生的 SIZE 太大所以常常需要戀情

一場「我愛你」、「你不愛我」的花瓣落盡

這條路直直通過時代的心臟

在車子裏我們塗滿防曬油

專注於那些血肉的光影

輪胎碾過之後，突然想打電話給某些人

某些特別容易愛上然後忘記的人

「到時記得找我一起去喔」

一下子過了大半輩子（《精神病院》頁122）

詩句通俗，散化的話語架構，雖然在意象的組裝上有點後現代的味道，然而，「我喜歡你」、「我愛你」、「笑得很響亮然後難過」……等流俗而大眾化的詩句，也是吸引許多對文字不夠敏感，或者無法閱讀濃密文字的讀者入門讀詩的誘餌，但此類的詩句把門檻降低，不禁也讓讀者錯以為詩就是散文的切割，以想說就說的文字、分行排列並置，錯認為詩，審美混亂，於是此類詩成為兩面刃，建立普遍化的讀者群，也同時降低詩該有的品味。

　　對於詩的品評與詩人對自我肯定與否的價值觀，鯨向海自己也看到部分真相，他分析那些在網路上寫詩並且得獎的詩人：

價值被混淆了被稀釋了，創作者無法被更深入的瞭解，成為模糊曖昧的幾個名字。詩人因此更容易在自卑與自傲之間驚心動魄，就算得了文學獎或者出了詩集，也有朝生暮死的恐懼。[35]

網路是與速度競賽的媒體，崛起快速也消滅快速，詩人縱使出了詩

35　鯨向海：〈略談被他人美化與醜化的世界〉，《文訊》第296期，頁83。

集,也缺乏一種安定感,因為縱使得到文學獎的詩人們,其詩集也未必獲得市場上的認同,同樣面臨平面媒體投稿的壓力、出版社編輯的喜愛、以及小眾讀者們購買詩集的意願。此種面對粉絲擁護愛戴或者失去的恐懼,詩作得獎或是未得獎時,自我評價的混淆,使得詩人更在大眾與小眾、典雅或通俗、現代的與後現代的語言間拿捏掙扎。

網路上的發表有時並無真正的評價,因為詩評家根本不可能針對網路上繁多的寫手個別評價,而作者其實也聽不到真正的聲音,甚至聚集寫手的群眾,往往吸引風格理念相同或者接近的寫手,這些人相互關懷與取暖的同時,只見到彼此的鼓勵而看不到真正缺失所在,也因此很多寫手在網路上創作,永遠是一套走天下,因為聚集許多掌聲之後就看不見缺點也就無從改進,缺乏真正學習進步的動機與動力,其情況以臉書為最。

相對的,也可能因為渴望得到市場的肯定而產生迎合市場的傾向,即如須文蔚觀察的:

> 網路文學發展至今,原本強調純文學、邊緣、前衛、實驗、社區與小眾的內涵精神,一夕之間在「消費市場」導向之下,開始尋求新奇、聳動、情慾以及巧變為風尚之所趨,把現實世界中的文學環境再到網路上複製一遍。[36]

然而,也因為網路創作之自由發表特性,純文學創作到網路創作之間,作品風格與傾向產生變化,新世代詩人的網路文學詩作,以隨性不拘的寫作,自由而隨性的寫作,與平面媒體嚴謹的創作水準產生落差,參差不齊的作品使得創作者與讀者同時產生審美標準上的價值混淆。

---

[36] 須文蔚:〈雅俗競逐契機的網路文學環境——簡論網路文學的產銷與傳播型態〉,《當代》第 192 期(2003 年 8 月 1 日),頁 11。

　　同時，網路上的互動也許是真也許是假的，隱藏的真面目，透過
文字交流，醜陋的部分被刻意隱藏，而美好的部分被刻意突顯，詩的
作者同時是讀者，讀者被作者吸引而作者也沉溺在讀者之中。創作者
透過相互交流與學習而達到詩藝切磋的目的，但這先決條件是創作者
本身也應具有一定水準或者具有積極學習的動力，例如網站「吹鼓吹
論壇」，或者臉書社團「facebook詩論壇」，透過管理者的規則執行，
讓創作者及詩評者有所節制的發表，當然，網路是自由的書寫，只要
願意或敢於表現都可以找到一方之地，文耕起自己的田園，只是網路
創作缺乏把關的機制，容易產生優劣不分的紛亂現象。

　　鯨向海透過網路，產生一批擁護的讀者們，是其十年努力經營的
成果。也許為了符合普羅大眾而不得不將詩作降低到適合大眾的口
味，這或許也是寫作策略之一，存在於高低不一的混雜讀者中，詩的
典雅或庸俗，參雜著許多混淆的價值觀。無論如何，這種從嚴謹的詩
評上有著缺陷的詩，此缺陷卻反而是大眾閱讀的餌，從大眾化平民化
與銷售量看來，讀者品味的落差與鯨向海的詩具有的精緻與庸俗同時
並存的特性剛好形成良好的聯結，而擁有更多的閱讀人口。

　　也許，讀者閱讀品味良莠不齊是網路文學的宿命或者是侷限，往
往受歡迎的創作者，撐起一片天的讀者粉絲們，並非具有文學素養的
閱讀者或是詩評家，但是網路的創作者與讀者本來就是大眾文化的一
部分，不應該納入純文學的高標準看待。純文學或大眾文學的爭議永
遠是相持的兩端、無解的難題，金字塔頂端本來就屬少數人的世界，
越是純文學或者具高度藝術性的作品越是在少數人的閱讀中流轉，而
普羅大眾的文學在金字塔的下層必然具有較多的閱讀人口，必須降低
創作的高度，且將閱讀門檻降低到符合廣大群眾的口味，曲高本就和
寡，和眾者本不一定是高者，這是不得已的共同現象，如此，也可以
解釋鯨向海現象的形成之可能因素與現象。

四 結論

　　網路提供鯨向海一個創作的溫床，許多和他一起從網路寫作開始發跡的新世代詩人有的已然成為詩人，有的還在詩壇默默耕耘，從讀者群肯定與銷售數字看來，鯨向海都是其中有所成就的佼佼者。

　　網路崛起的過程剛好符合鯨向海的內心世界與情感抒發，並且在詩集中也明顯看出相互矛盾的寫作特色，既想表現又想隱藏的個性十分符合網路的發表，而內在掙扎的情感世界與詩作中顯現的落差一致，重要的是，因為詩的高度能達到詩壇的肯定，得獎的次數成為他在詩壇站穩地位的重要因素，而普及化、大眾化的不像詩句的詩句同時吸引一些非詩界的大眾讀者，產生了類粉絲現象，用情感相挺的讀者群讓鯨向海的詩集擁有一定的銷售數字，這一點又比起那些以文學獎起家的純文學、高技巧創作的詩人們更擁有高人氣。

　　綜合的、矛盾的組合形成鯨向海的特色，他忽上忽下，縱橫於小眾與大眾之間的書寫方式，透過網路的行銷成為突破重圍的重要武器。雖然，以詩的高度來看是有瑕疵的，但以大眾的角度來看，卻也讓詩普及化，具有推廣的效力。所謂的新世代，也許就在這樣矛盾與衝突中漸漸找到的自我定位吧。

參考文獻

一 期刊論文

林佩珊　〈精神不死，只是有病——析論臺灣現代詩中精神病症的想像書寫〉《臺灣詩學季刊》第11期　2008年　頁89～124

林佩苓 〈隱／現於詩句中的同志現象──以鯨向海為觀察對象〉
《當代詩學》第5期 2009年 頁5～30

周盈秀 〈永遠的新世代──鯨向海小論〉《創世紀詩雜誌》第163
期 2010年6月 頁31～34

須文蔚 〈雅俗競逐契機的網路文學環境──簡論網路文學的產銷與
傳播型態〉《當代》第192期 2003年8月1日 頁10~25

渣　妹〈日常的糾纏／神性的糾纏──側寫鯨向海〉《文訊》第204
期 2002年10月 頁87~88

須文蔚 〈網路詩創作的破與立〉《創世紀詩雜誌》第117期 1998
年12月 頁80~95

陳靜瑋記錄整理 〈網路詩社區的參與經驗〉《創世紀詩雜誌》第
134期2003年3日 頁53~65

劉益州 〈巨大化的書寫：論鯨向海詩集《大雄》中情感表述的藝
術與想像〉《臺灣詩學季刊》第18期 2011年12月 頁
151～174

劉　渼 〈臺灣網路詩的超越性──超文類與超時空〉《國文天地》
第19卷6期 2003年11月 頁98～102

簡政珍 〈詩的慣性書寫與意象思維──評鯨向海的《精神病院》〉
《文訊》第250期 2006年8 頁96～98

鯨向海 〈我們這群詩妖特輯〉（上）《乾坤詩刊》第19期 2001年
7年 頁107~108

鯨向海 〈我們這群詩妖特輯〉（下）《乾坤詩刊》第20期 2001年
10年 頁109~113

鯨向海 〈略談被他人美化與醜化的世界〉《文訊》第296期 2010
年6月 頁82~83

嚴忠政 〈用自己的鰭，界定自己的海域──鯨向海的經驗模式探析〉

《創世紀詩雜誌》第134期　2003年3月　頁147～150

二　專書論文

白　靈編　《新詩30家》　臺北市　九歌出版社　2008年4月

九把刀　《依然九把刀》　臺北市　蓋亞文化出版社　2007年11月

王先霈主編　《文學批評原理》　武漢市　華中師範大學出版社　2003年

楊宗翰：〈第五章席慕蓉與「席慕蓉現象」〉《臺灣現代詩史》　臺北市　巨流圖書公司　2002年6月

鯨向海　《通緝犯》　臺北市　木馬文化出版社　2002年8月

鯨向海　《精神病院》　臺北市　大塊文化出版社　2006年3月一刷　2011年3月四刷

鯨向海　《大雄》　臺北市　麥田出版社　2009年3月初版　2010年12月初版三刷

鯨向海　《沿海岸線徵友》　臺北市　木馬文化出版社　2005年5月

鯨向海　《銀河系焊接工人》　臺北市　聯經出版社　2011年8月

泰勒・科文（Tyler Cowen）著　陳正芬譯　《達蜜經濟學》　臺北市　經濟新潮社　2010年6月

韋勒克、華倫等著　王夢鷗等譯　《文學論──文學研究方法論》　臺北市　志文出版社　1995年5月再版

追溯繆斯神秘星圖：
楊寒早期詩作的風格與藝術論
——以《巫師的樂章》、《楊寒短詩選》、
《與詩對望》為中心

余境熹[1]

香港專業進修學校講師

摘　要

　　楊寒為臺灣年輕詩人，創研俱優。本文借重於東西方文藝理論，剖析其《巫師的樂章》、《楊寒短詩選》及《與詩對望》中愛情詩之反小敘事精神、詩作之小說企圖、期待理想讀者之謀篇設計以及其作品內聲音之美的營造等，以通盤掌握楊寒早期詩的特點，為更深更廣的研究設立基礎。

---

[1]　作者簡介：余境熹，1985 年生，另有筆名牧筆、秦量扉、書山敬，香港大學哲學碩士，獲中國文史哲及宗教研究首獎逾三十項，現任香港專業進修學校講師、港專時事及關社組顧問、香港大學中國文化研究會主席、國際金庸研究會副會長、國際文藝研究中心詩學教育部主任及《文化研究國際學報》主編、東亞細亞文化研究中心秘書及《東亞細亞文化研究中心學術叢刊》主編、美國夏威夷華文作家協會《珍珠港》報電腦編輯，召集「第一屆池莉小說研討會」、「黃河浪文學創作國際研討會」、「蕭蕭文學創作國際學術研討會」、「青年作家學術論壇：楊寒與漢語新文學國際研討會」，合辦「2012 臺灣文學與文化創意國際學術研討會」，發表論文五十餘篇，並著有《漢語新文學五論》，編著《詩學體系與文本分析》等。

關鍵詞：楊寒、反小敘事、小說企圖、理想讀者、節奏

Key words：WizardCH　Anti-small narrative　Attempt on the novel

The ideal reader、Rhythm

一　引言

　　楊寒（劉益州，1977～）另有筆名秦君涵、WizardCH，臺灣省臺中人，國立東華大學碩士，逢甲大學博士，早期創作包括詩集《巫師的樂章》[2]、《楊寒短詩選》[3]和《與詩對望》[4]等，曾獲「九十年度優秀青年詩人獎」、「臺中縣文學獎」、「花蓮縣文學獎」、「創世紀五十年詩創作獎」等，並發表有現代詩研究論文〈瘂弦「山神」與楊牧「林沖夜奔」中「山神」形像與敘事策略研究〉[5]、〈楊牧「水之湄」的「水」意象試探〉[6]、〈楊牧《水妖》的敘事結構〉[7]、〈表述的視角：張默《獨釣空濛》中「物我」視角的開展〉[8]、〈空間的想像與詮釋：論黃河浪《披黑紗的地球》旅遊詩中的時空想像〉[9]、〈自我與他者的呈現——隱地《詩歌舖》中主體際性敘述之研究〉[10]、〈意識的表述形式：葉覓覓詩集

2　楊寒（劉益州，1977～）：《巫師的樂章》（臺中市：楊寒出版，2002年）。

3　楊寒，許志培英譯：《楊寒短詩選》（香港：銀河出版社，2002年）。

4　楊寒：《與詩對望》（臺北市：創世紀詩雜誌社，2003年）。

5　劉益州：〈瘂弦「山神」與楊牧「林沖夜奔」中「山神」形像與敘事策略研究〉，《創世紀詩雜誌》第134期（2003年），頁151～159。

6　劉益州：〈楊牧「水之湄」的「水」意象試探〉，《創世紀詩雜誌》第143期（2005年），頁149～158。

7　劉益州：〈楊牧《水妖》的敘事結構〉，《創世紀詩雜誌》第147期（2006年），頁155～161。

8　劉益州：〈表述的視角——張默《獨釣空濛》中「物我」視角的開展〉，蕭蕭（蕭水順，1947～）、羅文玲（1970～）主編：《生命意象的霍霍湧動——張默新詩論評集》，（臺北市：萬卷樓圖書股份有限公司，2011年），頁149～177。

9　劉益州：〈空間的想像與詮釋：論黃河浪《披黑紗的地球》旅遊詩中的時空想像〉，《東亞細亞文化研究中心學術叢刊》第1期（2011年），頁31～52。

10　劉益州：〈自我與他者的呈現——隱地《詩歌舖》中主體際性敘述之研究〉，《都市心靈工程師：隱地的文學心田》，蕭蕭、羅文玲主編（臺北市：爾雅出版社有限公司，2011年），頁375～403。

《越車越遠》中的「自我」表述〉[11]、〈巨大化的書寫：論鯨向海詩集
《大雄》中情感表述的藝術與想像〉[12]等多篇，撰成博士論文〈意識的
表述：楊牧詩作中的生命時間意涵〉[13]，在臺灣文壇中堪稱創、研俱優
的年輕詩人。本文謹摘楊寒《巫師的樂章》、《楊寒短詩選》及《與
詩對望》為研閱對象，試作囊括其早期詩作風格及藝術特徵之論，聊
表讀楊寒詩時的一得之見。

二 愛情詩的反小敘事精神

後現代的精神，即否定一切意義的普遍性，要瓦解掉普同真理、
宏大敘事，其目標看來頗為極端。然而，這種精神是有其基礎的：在
宗教上，信仰日趨多樣化，以往標榜獨一真神的派別，往往受到質
疑，而「最有可能得出的結論是，所有傳統都是假的」[14]；政治上，歷
史事實表明，人類已為堅奉一元的意識型態而付出沉重代價[15]；科學

---

[11] 劉益州：〈意識的表述形式：葉覓覓詩集《越車越遠》中的「自我」表述〉，《臺灣
詩學學刊》第 17 期（2011 年），頁 31～54。

[12] 劉益州：〈巨大化的書寫：論鯨向海詩集《大雄》中情感表述的藝術與想像〉，《臺
灣詩學學刊》第 18 期（2011 年），頁 151～174。

[13] 劉益州：《意識的表述：楊牧詩作中的生命時間意涵》（博士論文，逢甲大學，
2011 年）。

[14] John B. Cobb, Jr. (1925-), Postmodernism and Public Policy: Reframing Religion,
Culture, Education, Sexuality, Class, Race, Politcs, and the Economy（Albany: State
U of New York P, 2002）p.34；中譯見小約翰・B・科布，李際、張晨譯，曲躍厚
（1959～）校《後現代公共政策》（北京市：社會科學文獻出版社，2003 年），頁
35。

[15] 正如蓮達・赫哲仁（Linda Hutcheon, 1947～）所表示的，「來自過去生氣勃勃的
兩個世紀的經濟或政治自由主義，或是各種流派的馬克思主義，都不能免於危害
人類之罪的懷疑」。見赫哲仁，劉自荃譯：《後現代主義的政治學》（The Politics
of Postmodernism）（板橋：駱駝出版社，1996 年），頁 28。有關論點，可並參王

上，量子力學否定了萬物生成與運作有其一定規律的古典物理學迷思[16]；甚至在語言上，雅克・德希達（Jacques Derrida, 1930-2004）等業已揭示能指必然存有其不確定性的特質[17]。因此，後現代主義的新穎性和前進性都獲得認可，文學創作受其影響，亦趨向提倡零散性的、碎片化的「小敘事」。

然而，楊寒早期詩的精神實與鬆動一切真理的後現代思潮不同，特別是關於愛情，〈時間試驗〉裡聲言「水和愛和糧食同等重要」[18]，〈假如〉一詩更謂「生活和愛，是不變的約定」[19]，強調愛情之恆久性，認為其絕不可缺少、無法被推翻。更為精彩的是，收在《巫師的

岳川（1955～），〈後現代主義〉，《當代西方文藝理論》，朱立元（1945～）主編，第2版（上海市：華東師範大學出版社，2005年），頁370～372；彼得・布魯克（Peter Brooker, 1938～），《文化理論詞彙》王志弘、李根芳譯：（A Glossary of Cultural Theory）（臺北市：巨流圖書有限公司，2004年），頁246。

[16] Jeff Lewis（1964～），Cultural Studies — The Basics（London: Sage Publications, 2002年），頁228；中譯見哲夫・路易士，邱誌勇、許夢芸譯：《文化研究的基礎》修正二版（臺北：韋伯文化國際出版有限公司，2006年），頁301。按讓・弗朗索瓦・利奧塔（Jean-Francois Lyotard, 1924～1998）之言說：量子是事物最小的粒子，構成了宇宙的根本結構，但其運行方式卻與人熟悉的肉眼觀察大不相同，有時會呈現出像「波」一樣的運行方式，有時卻又與其他時候的物質粒子相似，當中欠缺一定的規律。因此，追求規律的科學報告不過是一種語言遊戲，真理無法獲得。參 Jean-Francois Lyotard, The Postmodern Condition: A Report on Knowledge, trans. Geoff Bennington and Brian Massumi（Minneapolis: U of Minnesota P, 1984），P.14。

[17] 可參考 Jacques Derrida（1930～2004），"Linguistics and Grammatology," Of Grammatology, trans. Gayatri C. Spivak（Baltimore and London: Johns Hopkins UP, 1976），P.27～73；"Signature Event Context," Glyph 1（1977）: 172-97；"Freud and the Scene of Writing," Writing and Difference, trans. Alan Bass（Chicago: Chicago UP, 1978）p.196-231；克里斯・巴克（Chris Barker, 1955～），羅世宏等譯：《文化研究：理論與實踐》（Cultural Studies: Theory and Practice）（臺北市：五南圖書出版股份有限公司，2004年），頁91～97。

[18] 楊寒：〈時間試驗〉，《與詩對望》，頁49。

[19] 楊寒：〈假如〉，《與詩對望》，頁135。

樂章》、《楊寒短詩選》、《與詩對望》中的多首愛情詩,不少都呈現出逆拒小敘事的表現,令愛情詩不復小情小調,而能更具震撼感,藉此產生出異常奇妙的化學效果。

隨手拈收於《巫師的樂章》的〈小宇宙的故事七篇〉[20]為例,「其一」作:「我是一座燈塔/你是一座燈塔/如果我們彼此間斷了連繫/整個臺灣都會停電」,敘述主體形容他和戀慕對象之間的連繫,是臺灣整個島嶼電力供應的能量之源,一旦二人不再互通,則影響之大,必會波及臺灣全境,甚富創意地將本是非常「私人」的愛戀情事、小情小調,擴大為涉及「公眾」的宏大議題。又如「其三」:「別生氣了好不好/沒感覺到嗎?/我的心和我們居住的城鎮同樣惶恐而地震著」,把一己心之悸動,放大為影響世界的地震,普同感形於筆底,在愛情書寫的脈絡裡彰顯一種「反小敘事」的可能。

如此表現,實可與楊寒同收於《巫師的樂章》裡〈初次遇見念念/以及夏天的一次旅行〉[21]一作比照而觀,更深廣地發見詩人的「反小敘事」精神。該詩有如下數行:

> 念念和詩等同於本土主義和經濟發展與政治、國防一樣重要
> 我們必須開會討論國防和戰艦的問題
> 討論兩岸關係和企業出走的問題
> 討論本土意識的教材對國小學童的適當
> 開會討論通常必須加上一頓豐盛的晚餐或者便當
> 但我難以明白;我們必須開會討論念念與詩以及愛情。

在《巫師的樂章》所有符合「反小敘事」特質的愛情詩創作中,想

---

[20] 楊寒:〈小宇宙的故事七篇〉,《巫師的樂章》,頁24～25。
[21] 楊寒:〈初次遇見念念/以及夏天的一次旅行〉,《巫師的樂章》,頁14～17。

當以此篇最顯「宏大」之概、最能牽涉「群眾」——臺灣的國防、經濟、政治、教育，乃至其與中國大陸的關係等，全都給拿來與敘述主體所愛著的念念相比擬，「個體」愛人的地位獲得了大幅度的拔高，而情愛之「大」、之「不容缺少」、之「不可推翻」，便成為楊寒愛情詩異常鮮明的一道標幟了。

又例如在《與詩對望》裡，〈但，念念，還是不許你哭泣〉[22]記敘述主體不願所鍾愛的念念傷心哭泣，但念念卻總因敘述主體的「害羞」、「笨拙」、不懂討自己開心而難過落淚，寫來平白如話，頗得「敷陳其事而直言」[23]之趣，惟詩中亦多驅遣想像之處，別富匠心，如寫道：「不許你的眼淚落下／落在那天空的星星上頭／落在那鯉魚潭畔螢火蟲的翅膀上／使星光和螢光同樣黯淡了下來；／不許你的眼淚落在海邊／落在那長長鳴著離別的港口／使海水的味道更愁、更愁」，將落淚此一個人化的行為，渲染成足以令星輝暗淡、海水愁苦，誇大了所愛者個體情感的威力，言說別具宏大之感；又寫道：

> 但如果你還在流淚
> 我要仔細的將你淚水收集起來
> 帶到山上去灑
>
> 讓山下整座城市的人們
> 都知道你哭了，
> 都知道你哭了，
> 你真是一個愛哭的小姑娘……

22　楊寒：〈但，念念，還是不許你哭泣〉，《與詩對望》，頁200～201；《楊寒短詩選》，頁30、頁32。

23　朱熹（1130～1200）集注：《詩經》新版（上海市：世界書局，1943年），頁2。

說敘述主體把念念的淚帶到山上去灑，而竟把這一應當僅與他和念念有關的舉動，擴大為一城人士莫不相干的大事，遂使愛情由相對封閉、小我的局面，變成牽連甚廣的、甚且具公眾意味的事件，呈現出的便是一種恢偉的「反小敘事」精神。「反小敘事」精神可謂後現代逆流，但卻因其凝聚而富於力量，較能夠撼動接收者的靈魂。

〈雨林〉[24]之所述亦如是：「我的肺是一座小小的雨林／因為愛你，／而日漸萎縮，以致／整個世界都／／不能呼吸。」只為敘述主體戀上一人，整個世界便都將不能呼吸，再一次把小我的愛情經驗，轉化成具有普及性的「反小敘事」，遂使這首《與詩對望》中罕見的小詩平添萬鈞力量，足以搖撼閱讀主體，直接引起讀者的共鳴。

類似的書寫尚見於〈死巷〉[25]和〈念念，她〉[26]之中。〈死巷〉謂詩人與所愛在一條「死巷」的盡頭接吻，竟因此令「整條巷子活了過來」，藉愛情而使外在世界產生改變，再次肯定了愛情的影響對個體之超越。〈念念，她〉更為誇張，寫念念若生於三國時代（184～280），必將「使十萬艘戰艦盡毀於赤壁」；若生於明朝（1368～1644），則會以眼淚「使一百萬個清騎兵同時向南扣關」；而念念是現代人，詩人感於其魅力，竟覺得「遠比一千萬枚鼠灰色的核彈瞄準臺灣更加讓我驚悸」，不是將對念念的傾慕勾連上歷史大事，就是將之勾連上政治要聞，莫不把當屬小敘事範疇的愛情推向具有宏大感的位置。

凡此種種，悉見楊寒與高揚小敘事的後現代主義恰好相反，把零散的、個人化的情事擴大為張揚且具群眾影響的，營構出一套愛情的「反小敘事」來，令情詩不僅關涉具體參與的二人，更波及全體讀

---

[24] 楊寒：〈雨林〉，《與詩對望》，頁198。

[25] 楊寒：〈死巷〉，《與詩對望》，頁199。

[26] 楊寒：〈念念，她〉，《與詩對望》，頁178～179。

者，有著較為深廣的震撼力。可以說，愛情在楊寒筆下，果然「不是兩口子的事」。回顧本節開首所談的後現代主義思潮，楊寒愛情詩的「反小敘事」品格，或正可反映出詩人在一切真理皆被打倒的現實情境下，對愛情仍存著強烈的執著與堅持。

三 詩的小說企圖

上述愛情詩重在抒情，而楊寒早期詩實亦不乏敘事性較強的篇章。對於敘事性較強篇章的印象，或可以「詩的小說企圖」為切入點，細加分析[27]。蕭蕭（蕭水順，1947～ ）認為，在「詩」中加進「小說企圖」，將是現代詩日後發展的一項重要指標[28]。具體的做法，一方面，是如陳政彥剖析蕭蕭「詩的小說意圖」一說時指出的：詩要「經由人事時地物的敘事描寫，以求情境的塑造，進而完成一情境而使讀者在情境之中感受並得到美感的領會」[29]，講求詩當有相對整全的敘事和相貫的情節。楊寒早期詩作在這方面的例子不少，僅舉數篇以作說明。

〈毛毛，已經是別人的情人〉[30]寫敘述主體「我」所愛的毛毛移情別戀。當「我」不巧碰見毛毛和新男朋友在一起如「兩隻蝴蝶在北半

---

[27] 按楊寒曾向筆者透露喜歡瘂弦（王慶麟，1932～ ）的詩，謂：「瘂弦的詩很重音樂性和戲劇情節，我的詩有人說很有音樂性，也有人說有故事性，可能就是受到瘂弦的影響。」楊寒詩的故事性特質探討，詳如本節；關於楊寒詩音樂性的析論，則可見於本文第五節。

[28] 蕭蕭：《鏡中鏡》（臺北市：幼獅文化期刊部，1977年），頁11。

[29] 陳政彥：《蕭蕭詩學研究》（碩士論文，國立中央大學，2002年），頁57。並參考陳巍仁（1974～ ），《臺灣現代散文詩研究》（碩士論文，國立臺灣師範大學，1998），頁45。

[30] 楊寒：〈毛毛，已經是別人的情人〉，《巫師的樂章》，頁18～19。

球飛舞」的幸福場面時,「我」乃勾起腦海中許多昔日的片段:「我」
對毛毛微笑、和她牽手、擁抱、接吻,還有看她被風吹起的頭髮及
她在黃昏後一次又一次離別的背影……回到現實,「我」卻深明毛
毛「已經是別人的情人」,不可能與「我」復合,敘述主體乃「彷彿
置身在一風雪冰封的石墳」,只好從傷感中抽離,純粹欣賞起毛毛的
「依舊動人」和「同樣美麗」來,以割捨絞痛心靈的情絲。〈毛毛,
已經是別人的情人〉的時、地、人、事脈絡清晰,從謀篇結構言,
實恰似一篇運用倒敘筆法的小小說。〈九號公路,我說:我想流浪〉[31]
寫敘述主體因愛情的不順遂而展開其旅程,起初是在「四點鐘的時
候我偷走出發」,繼而在「夜晚和黃昏的交際」進到小餐館歇息,再
出發時則「沿著小島的東方尋找出口」,又再在「夕陽已經到了山的
末端」之時,找到另一家餐館,接著,為了找尋港口,敘述主體便
在九號公路的行道上繼續前行,「以一夜的不眠、兩夜的不眠,流
浪」,眼見「陽光從一端落下又從另一端出現」,無間斷地「帶著牧
笛流浪」。據此分析,可知此詩除一直表現時間的直線前進,藉此保
持敘事的連貫性外,篇中更有著類似延緩小說的「解決難題」和「不
順遂的愛情」等的細節處理[32],其具有較高的敘事性,能提供出「完
成的情境」以讓讀者領受,「小說的企圖」實頗為明顯。另外,〈凌
晨,為了吃一份豬肉餡餅〉[33]以敘述主體想喝熱豆漿和吃豬肉餡餅一
事為主要情節,從其動念到驅車,再到因塞車而看見「一掛滿豬屍

---

31 楊寒:〈九號公路,我說:我想流浪〉,《與詩對望》,頁204~205。

32 Viktor Shklovsky(1893-1984),"The Structure of Fiction," Theory of Prose, trans.
 Benjamin Sher(Elmwood Park, Illinois: Dalkey Archive Press, 1990)P.52~53, 68;
 中譯見維克托‧什克洛夫斯基,〈故事和小說的結構〉,什克洛夫斯基等著,方珊
 譯,董友校:《俄國形式主義文論選》(北京市:生活‧讀書‧新知三聯書店,
 1989年),頁12~13、頁27。

33 楊寒:〈凌晨,為了吃一份豬肉餡餅〉,《巫師的樂章》,頁68~69。

的貨車」，心頭不禁一沉，前後交代，頗稱完整，而〈我在臺北街頭等你〉[34] 則以「你說好，你會來。我就會一直在這等你⋯⋯」開首，以「你還是遲到了，比我的眼淚更慢來找我」收結，中間則寫時間推移，抽絲剝繭般的述說了敘事主體的心焦與哀愁，敘事連貫，較整全地描畫出在街頭待人不至的場景，予讀者把握中心事件、介入文本的可能，亦頗富蕭蕭所指陳的「小說的企圖」。

古遠清（1941～）、孫光萱（1934～）曾謂：詩由於一般都篇幅短小，「往往是一個片斷，一個瞬間，談不上什麼典型環境、典型人物」，所以需格外依靠結尾之出人意表、啟人深思，來達致邀請讀者介入的效果[35]。這種手段，實近於小說等一類虛構敘事作品製造「陡轉結尾」之技巧[36]。蕭蕭提出的「詩的小說企圖」說，在其另一方面，亦強調詩人應留置「篇外之事」，以誘使讀者進行聯想[37]，如賞評擅寫散文、小說、五十六歲時才突然寫起詩來的隱地（柯青華，1937～）的〈瘦金體〉時，蕭蕭曾讚許其富於「小說企圖」，原因便是該作刻意留置的、可供思索的部分較多，能帶動讀者的深度投入[38]。以此觀照楊寒的《巫師的樂章》、《楊寒短詩選》和《與詩對望》，可見詩集所收諸作，多有未盡言說的「篇外之事」，具有強烈的小說企圖。這裡僅從「陡轉結尾」之設置，略舉數例以證。

34　楊寒：〈我在臺北街頭等你〉，《與詩對望》，頁264～265。

35　古遠清（1941～年）、孫光萱（1934～）：《詩歌修辭學》（臺北市：五南圖書出版有限公司，1997年），頁160。

36　姚善義、林江：〈空白藝術簡論〉，《錦州師範學院學報（哲學社會科學版）》第2期（1994年），頁114～115。

37　蕭蕭：《現代詩縱橫觀》（臺北市：文史哲出版社，1991年），頁28～29。

38　隱地（柯青華，1937～）：〈瘦金體〉，《十年詩選：自選與他選》（臺北市：爾雅出版社有限公司，2004年），頁41。

〈懷人二首〉[39]當視作一篇品讀，開始時寫敘述主體「我」清晨醒來，漸漸意識到遠遠近近的事物，亦帶出「我」愛的人已然離去的事實。因「我」仍對愛人念念不忘，故「我」想像「那個身影還是站在我的小間」，希望愛人一直陪伴自己，但是夢想與現實的距離從未縮短，「我」因缺少愛情滋潤，只能無力地說出「而／我疲倦默默愛妳已成秋天」的話來。敘事至此，本可收束，不料文本結尾之處，敘述主體又突如其來地說一遍：「而，／我疲倦默默愛妳已成冬天」，雖然未作任何說明，讀者卻可自這一陡然而至的結語中讀出時間流逝，而愛人始終未歸的弦外之音，體認敘述主體綿延一季的無力感、其愛意的堅定以至因分離時間增長而累加的心理傷痛等；讀者亦可視季節象徵著「妳」、「我」情感關係的惡化，由凋零之「秋」慘變枯盡之「冬」，想像「我」和「妳」相愛之無可挽回。凡此種種，可謂皆藉詩作結尾的佈置而勾發多重的聯想。順帶一提，〈懷人二首〉的寫法實跟蕭蕭的〈時光一滴〉[40]——「月未升，日已落的時刻／你從哪一記／嘆息裡追蹤我？／／日未升而月已落」——存著冥契暗合之處。

在《與詩對望》中，〈綠色陽光〉[41]自開篇始，即寫陽光是「甜甜的軟軟的細細的」，而且雲和陽光都泛著怡人的綠色，周遭滿是寫意之情，「如果這個季節有憂鬱就留給憂鬱去說」，表現出敘述主體全無愁鬱之念。正因心情如此舒坦，敘述主體甚至悠閒地「嘗試自己烹煮廣東式的肉燥，加一些辣油、蔥花，混合著空心麵條水煮」，感受著「風吹過陽臺前的薰衣草」，感受著「美善的靈魂正在蔓延」，還提到自己「愛上了一個女孩」，並構思著如何與她深入發展關係。當一切都如此美好時，詩的末尾卻陡然轉出「然而」二字，謂：「然

39　楊寒：〈懷人二首〉，《巫師的樂章》，頁50。

40　蕭蕭：〈時光一滴〉，《緣無緣》（臺北市：爾雅出版社，1996年），頁37。

41　楊寒：〈綠色陽光〉，《與詩對望》，頁222～223。

而，我的情人剛發了一份電子報給我。」究竟電子報的內容是什麼，以致敘述主體有「然而」的錯愕之感？文本戛然而止，篇外之事遂交由讀者自行聯想，製造開放式結尾的小說技法在此得以施展[42]。又如〈小豬的瞳孔〉[43]的首兩節，寫「沉默在窗口外無法遏止的花瓶」，「殘餘的花瓣掉落」，氣氛死寂，又寫房間中靜得能清晰聽見電腦中央處理器和硬碟運轉的聲音，而敘述主體等待他人傳來訊息，以之破除孤獨的期待，卻是遲遲沒有實現，以致其最積極的想法，不外是籌劃下一季該如何讓自己不感寂寞而已，整個片段，交代的乃是敘述主體何等苦悶寂寥，情調極為低沉。不過，詩最後的第三節卻陡轉出歡快的情感：

> 我於是轉身就看見床前的小豬布偶
>
> 小豬的瞳孔，奕奕光彩
>
> 依舊是夏天的味道
>
> （我於是微笑。）

這種歡快的情調與前文構成鮮明對比，誘人思索敘述主體情緒變化的原因。按筆者的猜想，這轉變之因應是敘述主體認為微小之物確有感情，正以欣悅光彩的眼神安慰自己，令敘述主體也受到感染，因而綻放笑容，給詩作帶來一個情調光明的結尾。當然，上述解說實為聊備一格[44]，重點仍是：楊寒詩藉著收結處的陡轉，像開放結局的小說般

---

[42] 筆者提供的幾種想法：（1）關於天災人禍的報導，令悲天憫人的敘述主體感到痛苦；（2）敘述主體從電子報讀出情人另結新歡或要到海外留學的訊息；（3）敘述主體的對頭成為電子報的採訪對象，引起其忌恨；（4）比較「惡搞」，電子報上說廣東肉燥驗出致命化學元素。

[43] 楊寒：〈小豬的瞳孔〉，《與詩對望》，頁122～123。

[44] 其他想法，還有：（1）小豬布偶由友人或愛人於之前的夏季相贈，附著彼此的溫馨記憶，因此使得敘述主體在凝望中感到歡樂；關於禮物和人與人之間關係

誘使讀者投入，不時流露著較強的「小說的企圖」。

四　對理想讀者的期待

　　除卻詩人的身分外，楊寒亦為一名文學藝術的研究者，對古典作品治述頗勤，在早期詩集《與詩對望》付梓的同一年，即曾發表關於《詩經》的單篇論文[45]，而其精研《詩經》「山」意象之碩士論文，也在緊隨的二〇〇四年通過[46]。對《詩經》的研治無疑是一複雜而專門的學問，在一步步接近詩歌原意的過程中，訓詁之才、名物之學、判別注家意見之識等，缺一不可；可以說，現代讀者若無對《詩經》「符碼」進行縝密「解碼」的功夫，則無以一窺詩之具體意涵。大概是楊寒於《詩經》中沉浸既久，受到了複雜「解碼」的範式影響，故而當「編碼」成詩時，往往亦加進具豐富文化意涵或讀者未可直接理解的訊息，希望接收者能像研閱《詩經》一類文本那樣，花費心力，破譯出其作品的真義。其具體操作，可見如以下兩點：

的銘刻，可參見Marcel Mauss（1872～1950）, The Gift: Forms and Functions of Exchanging in Archaic Societies, trans. Ian Cunnison（1923～）（New York: Norton，1967）。（2）類似於周邦彥（1056～1121）〈齊天樂〉句「尚有練囊，露螢清夜照書卷」，表面言自己有練囊、螢火、書卷相伴，實則長夜無偶，進一步加深詞的孤獨主題，〈小豬的布偶〉的結尾也可能僅是空言歡快，實際感嘆自己只有無知無覺的布偶相隨，更為孤寂。〈齊天樂〉詞見劉斯奮（1944～）選注，《周邦彥詞選》（廣州市：廣東人民出版社，1984年），頁64。

[45] 劉益州：〈試論《詩經》中「山有……，隰有……」意象套語之運用〉，《東華中國文學研究》第2期（2003年），頁107～121。

[46] 劉益州：《《詩經》中「山」意象表現與運用》）碩士論文，國立東華大學，2004年）。

（一）文化意涵：古典詩語的大量引涉

　　張默（張德中，1931～）曾稱楊寒善把「古典邈遠的情懷融和在他的詩作裡」[47]，而這種情懷之顯現，往往即與楊寒引用或化用古典文學之句入詩有關，如〈明明〉[48]屢屢化用《詩經・周南・卷耳》[49]，如「頃筐掊不滿」出於「不盈頃筐」，「她的馬是黃色的」則為舊酒「我馬玄黃」的新瓶，而「試飲兕觥酒」一語，亦脫胎自「我姑酌彼兕觥」；另外，〈前進〉有「陟彼高崗」之句，亦取諸〈周南・卷耳〉[50]；〈想念遠方的家人第二〉[51]直引〈唐風・山有樞〉的「山有樞，隰有榆」[52]；〈無思〉[53]題下引用〈齊風・甫田〉的「無思遠人，勞心忉忉」[54]，詩中復有「山有松，隰有荷」之語，化用自〈鄭風・山有扶蘇〉的首二句：「山有扶蘇，隰有荷花」[55]；〈河水洋洋〉[56]中的「河水洋洋。/無使君勞。」以及「碩人碩人」，均來自〈衛風・碩人〉[57]，而「哎我

---

[47] 張默（張德中，1931～）：〈悠僻、神似、虛實之構成——初探劉益州的詩〉，《臺灣現代詩筆記》（臺北市：三民書局股份有限公司，2004年），頁282。楊寒曾向筆者自剖創作歷程，說：「我碩士班時因為研究詩經，會特意將詩經典故和語法融入作品中。」想必甚能認同張默的評論。

[48] 楊寒：〈明明〉，《巫師的樂章》，頁42～43。

[49] 馬持盈注譯：《詩經今註今譯》第六版（臺北市：臺灣商務印書館，1979年），頁6～8。

[50] 馬持盈注譯：《詩經今註今譯》第六版，頁7。

[51] 楊寒：〈想念遠方的家人第二〉，《巫師的樂章》，頁84。

[52] 馬持盈注譯：《詩經今註今譯》第六版，頁161。

[53] 楊寒：〈無思〉，《與詩對望》，頁64～65。

[54] 馬持盈注譯：《詩經今註今譯》第六版，頁142。

[55] 馬持盈注譯：《詩經今註今譯》第六版，頁123。

[56] 楊寒：〈河水洋洋〉，《與詩對望》，頁74～75。

[57] 馬持盈注譯：《詩經今註今譯》第六版，頁85～87。

本該為你伐檀坐鼓瑟」一語，能與〈魏風・伐檀〉[58]及〈鹿鳴之什・鹿鳴〉[59]產生聯繫；〈近午等待〉[60]末節的「縱汝不來／我寧可依舊等待」，在語句上接近〈鄭風・子衿〉的「縱我不往，子寧不嗣音」及「縱我不往，子寧不來」[61]，而反用其意；〈昆蟲拍動翅膀的聲音〉[62]在標題之下，則直引〈周南・螽斯〉「螽斯羽，詵詵兮，爾宜子孫，振振兮」之語[63]；〈小兵〉[64]的引用更為密集，篇中「王室如燬」語出〈周南・汝墳〉[65]，「雨雪霏霏」出自〈鹿鳴之什・采薇〉[66]，「君子于役，不知其期」見自〈王風・君子于役〉[67]，「豈曰無衣，與子同袍」見於〈秦風・無衣〉[68]，並有「我馬玄黃」之語，取自〈周南・卷耳〉[69]……其例不勝枚舉，適可見楊寒詩吸收古語之積極。

　　捨《詩經》以外，楊寒亦時引其他古代文獻，像〈兩個和一對〉[70]「例如兩條相濡以沫的魚」，取諸《莊子・大宗師》「泉涸，魚相與處於陸，相呴以濕，相濡以沫」[71]一節，尚算熟典，下句「例如

---

[58] 馬持盈注譯：《詩經今註今譯》第六版，頁155～156。

[59] 馬持盈注譯：《詩經今註今譯》第六版，頁229～230。

[60] 楊寒：〈近午等待〉，《與詩對望》，頁140～141；《楊寒短詩選》，頁34。

[61] 馬持盈注譯：《詩經今註今譯》第六版，頁129～130。

[62] 楊寒：〈昆蟲拍動翅膀的聲音〉，《與詩對望》，頁234～235。

[63] 馬持盈注譯：《詩經今註今譯》第六版，頁9。

[64] 楊寒：〈小兵〉，《與詩對望》，頁174～176。

[65] 馬持盈注譯：《詩經今註今譯》第六版，頁16。

[66] 馬持盈注譯：《詩經今註今譯》第六版，頁245。

[67] 馬持盈注譯：《詩經今註今譯》第六版，頁100。

[68] 馬持盈注譯：《詩經今註今譯》第六版，頁187。

[69] 馬持盈注譯：《詩經今註今譯》第六版，頁7。

[70] 楊寒：〈兩個和一對〉，《巫師的樂章》，頁54～55；楊寒：《楊寒短詩選》，頁60、頁62。

[71] 陳鼓應（1935～）注譯：《莊子今注今譯》（北京市：中華書局，1983年），頁178。

兩個無力買徐熙牡丹圖的愛畫人」則用趙明誠（1081～1129）、李清照（1084～1155）夫婦欲購徐熙名畫而苦無巨資的典故[72]，非略曉〈金石錄後序〉者不能知；〈小村莊外〉[73]寫一個中國教授腦海中的文化記憶，詩中除隱示《水滸傳》「楊志賣刀」[74]等故事外，又有化用李商隱（約813～約858）〈安定城樓〉「欲迴天地入扁舟」[75]的「古代詩人駕著扁舟欲迴天地」和改自謝靈運（385～433）〈登池上樓〉「池塘生春草」[76]的「想著春草生池塘」等處；又像〈賞心變奏〉[77]，其題目便附有謝靈運〈於南山往北山經湖中瞻眺〉的結句「孤遊非情歎，賞廢誰理通」[78]，且兩詩中之賞心已廢、獨遊感困，互有關聯，具有甚廣的比讀想像空間。

楊寒早期詩作中大量的古典詩語引涉，使得它們正如羅蘭‧巴特（Roland Barthes, 1915～1880）所形容的，已構成一個容納各種非原始寫作的多維空間，交織起各種訊息、回音和文化語言，在閱讀時能起觸發讀者豐富聯想的作用[79]。然而，要使這些設置發揮功效，首要條件，實為詩的閱讀者需接近於斯坦利‧費什（Stanley Fish,

---

[72] 李清照（1084～1155）：〈金石錄後序〉，《重輯李清照集》，黃墨谷（黃潛，1913～1998）輯校（北京市：中華書局，2009 年），頁 124。

[73] 楊寒：〈小村莊外〉，頁 114～115。

[74] 施耐庵（1296～1371）、羅貫中（約1330～約1400）：《繡像本水滸全傳》上冊（北京市：中國青年出版社，1998 年），頁 148～153。

[75] 李商隱（約813～約858）：〈安定城樓〉，《李商隱全集》，馮浩（1719～1801）注，王步高（1947～）、劉林輯校匯評，上冊（珠海市：珠海出版社，2002 年），頁 114。

[76] 顧紹柏（1938～）校注：《謝靈運集校注》（鄭州市：中州古籍出版社，1987 年），頁 64。

[77] 楊寒：〈賞心變奏〉，《與詩對望》，頁 136～137。

[78] 顧紹柏校注：《謝靈運集校注》，頁 118。

[79] Roland Barthes（1915～1980）, "From Work to Text," Image, Music, Text, ed. and trans. Stephen Heath（London: Fotanna, 1977），P.157～160.

1938～）所言的「有知識的讀者」的形象，得具備語言、語義和較佳
的文學能力[80]，尤其對古典文藝，必須有所認知，不然則無法「自投
羅網」，進入不了楊寒建置的互文網絡之中，不能欣賞其情調，甚至
因不明古漢語文句之所指，而選擇退出閱讀活動。

應該說，任何文本都是需要理想讀者的，但這在讀楊寒早期詩時
則尤甚。如果承認作者與讀者之間存著的聯繫的話，則楊寒對其讀者
要求較高，實是可得印證的事了。

（二）接收障礙：意義不明的能指遊戲

《詩經》等古代作品雖云古奧，但千載之下仍有覺其親切熟悉的
文學之士；楊寒詩對讀者的高度要求，更可見於詩中大量出現的、
意義不明的能指遊戲之中，如〈網路詩的誕生〉[81]，即在文本中加插
program 碼和亂碼，其表述脫離意義，有時甚且脫離聲音，無法具體
而清晰地進行解讀。不以文學為消費客體，而願意介入文本再創作的
「理想讀者」[82]，可能會就楊寒何以使用詩中的一組 program 碼、一組亂
碼進行思索：背後確乎沒有意義、純出隨機嗎？會否有關 program 確
能運作、亂碼在整編前實是可讀可解的文字？即使認為這種猜想過於

---

[80] Stanley Fish（1938- ）, "Literature in the Reader: Affective Stylistics," New Literary
   History 2.1（1970）: 145；中譯見斯坦利・費什，文楚安（1941～2005）譯：〈讀
   者中的文學：感受文體學〉，《讀者反應批評：理論與實踐》（北京市：中國社
   會科學出版社，1998 年），頁 165。並參考 Robert DeMaria, Jr., "The Ideal Reader:
   A Critical Fiction," PMLA 93.3（1978）: 472；Edward Regis, Jr., "Literature by the
   Reader: The 'Affective' Theory of Stanley Fish," College English 38.3（1976）: 274.

[81] 楊寒：〈網路詩的誕生〉，《與詩對望》，頁 76～80。

[82] 羅蘭・巴特認為，文學作品的目標乃使讀者成為開發文本意義的生產者，使之抗
   拒單單消費文本的行為，而那種在閱讀時主動參與再創造活動的接收者，即是巴特
   所認可的「理想讀者」。有關言說，可參：Barthes, S/Z, trans. Richard Miller（New
   York: Hill and Wang，1974），P.4.

多疑，楊寒之選用program碼和亂碼來宣洩情意，本身就已是引人深思的媒介，是讀者想像之強力催化劑[83]。在這過程中，雖然讀者幾近無法證出楊寒詩作的原初意圖，但在這「接受美學」或甚至「解構主義」盛行的年代裡，確是可放任思維、隨意作解，傾心於能指構成的遊戲中的，詮釋無有是非之分[84]。然而反過來說，若讀者並非主動參與文本的類型，見著異於一般閱讀經驗的program碼和亂碼時，想會是不加思考即行跳過，或因不能理解文義而決定中止閱讀的。由此可知，楊寒的能指遊戲就像是一張雙面刃，需有「理想讀者」的配合，才能發揮其正面效用。

　　意義藏蹤的能指遊戲，尚可見於楊寒的多首作品之中，而同時收於《楊寒短詩選》、《與詩對望》的〈時間〉[85]一篇，則可說是相當具代表性的例子，其全詩文字為：

---

[83] 意義不明，遂構成文本內的「空白」，讀者求為清晰的接收，即須動員其想像力，進行補白。有關理論，可參見沃夫爾岡・伊瑟爾（Wolfgang Iser, 1926～2007），金惠敏（1961～）等譯：《閱讀行為》（The Act of Reading: A Theory of Aesthetic Response）（長沙市：湖南文藝出版社，1991年），頁249～251。並可參考馮黎明（1958～），〈文學接受與閱讀主體〉，《湖北社會科學》第3期（1988年），頁36；周瑩潔：〈藝術空白的幾個問題〉，《貴州社會科學》第5期（1994年），頁65。

[84] 上世紀60年代「接受美學」學派興起，強調文本意義的產生，實是讀者參與的結果，故讀者的見解，最當在文學詮釋中得到重視；其後「解構主義」大潮掀起，否定一切真理的合法性，是以每種解讀，均屬誤讀，沒有絕對的話語權。如是者，在「接受美學」的旗幟下，讀者可任意解讀文本，而其結論俱受認可；在「解構主義」的大纛下，則因所有解讀皆不確，故讀者可肆意評述文本，無所顧忌。由於楊寒詩歌的意義不定點甚多，楊牧（王靖獻，1940～）曾評謂：「長短猗儺的文字群傾向自動，有機的組合〔……〕具有無限擴充的潛能」，即肯定讀者在閱讀楊寒詩歌時，不難衍生出無盡無邊的歧異解說，而對其原初意義卻難掌握。見楊牧：〈益州詩集序〉，《與詩對望》。

[85] 楊寒：《與詩對望》，頁44～45；楊寒：《楊寒短詩選》，頁8。下引文之方格標示為筆者所加。

　　[有些乾渴的慾望]我可以

　　想見，而且將眉毛臨著午後的水湄

　　[部份的話語]還來不及記憶

　　陽光用蹣跚的腳步，遲疑

　　猶豫然後完全撤退

　　至彼岸；

　　我遂在岸邊坐了下來，靜觀葉影在

　　草原散步，有[一定的時節]

　　將空間中[某種哲學]扭轉成絲籍以垂釣

　　水蚊自漣漪處飛起，離開

　　夏季已經完全離去了，聲音我聽得見

　　感覺右腦微微麻痺提醒我血栓的病史

　　時間不斷發生，我

　　僅能以日餘最終的思維垂釣生命

　　；發現

　　[一些依然憂鬱的事]

　　我遂在岸邊坐了下來

　　夕陽在兩岸之間輝映

　　現在時間依然，處於半靜半燥時間的流裏

　　；岸邊，有垂釣者的影子

詩寫內在的慾望、記憶，外顯的默坐、觀察，其情其狀，似可感知，
配合時間推移的彰彰明示，詩之意涵，彷彿不難把握。可是正如筆者
在上引文中刻意標示的，詩中的許多名詞實都帶有濃重的隱秘性——

「有些慾望」究竟指何種慾望？「部分的話語」抽選了哪一個部分？「一定的時節」，該看作春夏或是秋冬？「某種哲學」，究竟是實指思想界的哪一學派？而「一些憂鬱的事」，又是何事？因何憂鬱？楊寒早期詩之「不確定性」，在此可謂表露無遺。

〈F現在的心情〉[86]亦為一例，如篇中提及「七六一・七公里是『愛』的長度，除以二／是『性』的寬度」，七六一・七和把它除以二之後的三八〇・八五到底有何意思？為什麼會與「愛」及「性」互相牽連，這是讀者所欲了解的事情，楊寒接著寫的卻是：「你不要問我為什麼，／反正我也不會說，只有巫師才能夠知道秘密」，拒絕給出清晰具體的解說，而主動介入文本的讀者，則當在此時追問：那麼，誰才是「巫師」？「巫師」是特定的某個人嗎？若不是，如何可成為「巫師」？並不會單純被動地接受敘述主體的吩咐。〈F現在的心情〉的末尾還排列出如下一段以數字「3」作結的英文字母群：

HANER CHOURYU MEMORY IFEXIST
LIBAIR LYLIU YAHFF KOFGQ MINF
YAYA COCOFIN LUPECDLI KIDD3[87]

猶如一組密碼，令人疑惑——讀者若非視閱讀為再創造的過程，讀至

86　楊寒：〈F現在的心情〉，《與詩對望》，頁82～85。
87　同樣地，〈F現在的心情〉裡已能見咒語「WaGaYa-Yi-KoMaYu-Sa」，詩集中緊隨的〈暗夜・巫師〉一作，更連續出現五行、四組咒語：
　　(1) GA-CEMA-CO-MAGI-TOOSA-QU-BO
　　(2) BO——FUFU-GIKA-BIGIU-SOSAMA-KHQ-DO
　　(3) DI-VOVO-HANHAN-LON-IF-XA-RO
　　(4) WaGaYa-Yi-KoMaYu-Sa / KOKO-MO-REA-OD-ASAO-GILA-SA
　　均由無法拼出意義的字母串組成。後作見楊寒：〈暗夜・巫師〉，《與詩對望》，頁86～90。同時，也可參考〈巫師的樂章〉及〈愛，會失望／除非神祇〉，分別見《巫師的樂章》，頁126～127；頁132～139。

篇末,眼中、腦中,大概就只得一堆印在書頁上的形象而已,拒絕詮釋,甚至會略過不讀,破除與敘述主體的交流過程。從反面來說,這正正表明了讀者參與在楊寒早期詩中的重要性。當然,楊寒設的謎題太難,提供的線索太少,讀者即使是願意詮釋,有時也難尋切入點,不可能得出豐富激越的結論,以此觀之,楊寒不獨期待「理想讀者」,其對「理想讀者」的要求更是高出水平的。

再如〈情詩迷宮〉[88],對其進行思索時,卻像進入迷陣之中,大有誤闖歧路花園、路徑難尋之感。此因詩的每行下均另附一個行次序——如第五行「我初次抵達妳的掌心,並像小男孩怯怯地問好」下,便標有「第二行」三字,接著的「就那麼剛好,」一行,行末又有「第二十九行」的標識——讀者若受邀請,按另一行次序的重排進行閱讀的話,則將陷於需要重組文脈而分節莫辨的情況之中,因詩的「奇異化」而得花費更大精力來為文本創造新的意義[89]。由於能指的意義甚至排序均不明確,楊寒詩背後的情感實極富私密性,彷彿〈秦風‧蒹葭〉[90]中「伊人」之難以觸摸,飽含朦朧之美。應該說,解讀《巫師的樂章》、《楊寒短詩選》、《與詩對望》的難度有時並不下於了解《詩經》。《詩經》有毛傳鄭箋、歷代注家,可供參考的詮釋範本甚多,而拆解楊寒早期詩,則只能靠現代讀者一己的參與——一邊研讀著《詩經》,一邊創作著《巫師的樂章》、《楊寒短詩選》和《與詩對望》的楊寒,其對「理想讀者」要求之高,據此實可見一斑。

---

88 楊寒:〈情詩迷宮〉,《與詩對望》,頁158～161。

89 Shklovsky, "Art as Device," Theory of Prose 6;中譯見什克洛夫斯基,劉宗次譯:〈作為手法的藝術〉,《散文理論》(南昌市:百花洲文藝出版社,1994年),頁10。

90 馬持盈注譯:《詩經今註今譯》第六版,頁181～183。

五　強調聲音之美

　　奧希普・勃里克（Osip Brik, 1888～1945）曾提及俄國一部分詩人的見解，說當詩歌中「詞的意義不起任何作用，那麼就無須運用詞語，只有普通的聲音就夠了」，謂當作家使得其詩句失去語義價值時，就是「使詩句脫離開語言要素，並把它移到音樂要素中去」[91]，將格外強調作品的語音效果。羅曼・英加登（Roman Ingarden, 1893～1970）《對文學的藝術作品的認識》（Cognition of the Literary Work of Art）一書亦嘗言，人們對語詞聲音跟語詞意義的理解是同步發生的，在接收語詞聲音之時，就一併了解到語詞的意義，兩項活動難以分離；然而，在語詞意義並不為讀者所熟知的情況下，讀者便需要面對單單能把握文字語音的局面，語義在閱讀過程中甚至會被排斥[92]。正如上節所言，楊寒早期詩作中的不少篇章都有解讀不易的特點，讀者難於覓著詩的「及物性」，無法把握意義，惟詩歌語言的聲音效果，在接收時則較少障礙，讀者仍可隨能指的滑動，在楊寒重視語感的作品中得享豐富的聽覺之美。

　　楊寒詩重視語感，其中一項重要表現，即為作品中刻意安排的、使旋律美和節奏感有效提升的「間隔重複」手段[93]。像某些意識流小

---

[91] 奧希普・勃里克（Osip Brik, 1888～1945）：〈節奏與句法〉（"Rhythm and Syntax: Material on Study of Poetic Speech"），茨維坦・托多羅夫（Tzvtan Todorov, 1939～）編選，蔡鴻濱譯：《俄蘇形式主義文論選》，（北京市：中國社會科學出版社，1989年），頁128～129。

[92] 羅曼・英加登（Roman Ingarden, 1893～1970），陳燕谷、曉未譯：《對文學的藝術作品的認識》（Cognition of the Literary Work of Art）（臺北市：商鼎文化出版社，1991年），頁19～20。

[93] 史錫堯（1931～）、楊慶蕙：《現代漢語修辭》（北京市：北京出版社，1980年），

說的操作一樣，楊寒早期詩亦挪用了音樂上的「複調結構」和「主旋律」，以之破壞文本的線性發展，達到文本各部分圓融的相聯，並使文詞的語音前後相應，彷彿音樂藝術的多重奏演出[94]。隨手翻檢《與詩對望》置於全書最前的幾首詩，即可找出大量用例：〈尋箭〉[95]第二節寫有「我帶著無箭之弓如無弦琴的傳說，南去」，全詩最後一行又出現「我帶著無箭之弓如無弦琴的傳說，離去」，僅改一字，以相同的語音和句子結構，回顧上一詩行的聲與情；〈九月〉[96]亦重複「我應該坐下來寫些什麼」一語，間隔著出現「我應該坐下來寫些什麼，最後的天氣／晴朗」、「我應該坐下來寫些什麼，聲音」，末節又重複出現一次「我應該坐下來寫些什麼，最後的天氣／晴朗」，極盡前後相連、使聲音迴環往復之能事；〈桃芝颱風後七日在花蓮〉[97]則在第二、第三節複現「我沿著時間快速經過」，〈前進〉[98]則「我們勢必要前進，出發」複現於第一、第二節，「陽光灑落在奇萊的眼前」複現於開首及結尾一節，環環相應，如叩玉石；〈清陽〉[99]開首先響起「皇矣清陽，明明在上／用一種無法名狀的聲音落下」，最後又結之以「皇矣清陽，明明在上／依然用一種無法名狀的聲音落下」。

　　其他較密集的演示，可挑〈橫放的沙漏〉、〈奇萊山神〉、〈你会用简体字写一首情诗吗〉、〈我夢見我赤著腳走路〉、〈你在高處彷彿

頁96；董季棠：《修辭析論》，重修增訂版（臺北市：文史哲出版社，1994年），頁360。

[94] 史錫堯（1931〜）、楊慶蕙：《現代漢語修辭》（北京市：北京出版社，1980年），頁96；董季棠：《修辭析論》，重修增訂版（臺北市：文史哲出版社，1994年），頁360。

[95] 楊寒：〈尋箭〉，《與詩對望》，頁2〜3。

[96] 楊寒：〈九月〉，《與詩對望》，頁10〜11。

[97] 楊寒：〈桃芝颱風後七日在花蓮〉，《與詩對望》，頁12〜13。

[98] 楊寒：〈前進〉，《與詩對望》，頁14〜15。

[99] 楊寒：〈清陽〉，《與詩對望》，頁16〜17。

一個好天使〉和〈她才上樓〉六首作品以為例證。前三首僅見錄於
《楊寒短詩選》，其中〈橫放的沙漏〉[100]第一句為長達二十一字的「我
可以保持愛你的姿勢在每每被預言離開的時刻」，該句及其重複於詩
第三節使用，並以節略版的「我可以保持愛你的姿勢」出現於首節
第四行，環扣如常山之蛇的守禦，而相對較短的「在第二小節，我
的重奏」、「我停止出發」等，也在詩中完整複用，特別是「我停止
出發，時間是不重要的因素」乃全篇之末，能與第三節的「我停止
出發，出發是過去誓言的儀式」照應，使詩作雖然完結，卻在重複帶
來的諧協節奏中餘音裊裊，不絕如縷。〈奇萊山神〉[101]首行為「他們說
了我的惡，我偏為山神」，同節隔兩行後即複現「他們說了我的惡，
我偏為此山之神」，僅作輕微改動，而「他們說了我的惡，我黑色的
邪惡／我偏為山神」、「他們說了我的惡，黑色的山神」、「他們說了
我的惡／／我偏為山神」等等，亦一再迴盪於詩的後文，且有「你不
該來」、「他們不該」兩組短語，恰如和聲般多次共鳴。〈你会用简体
字写一首情诗吗〉[102]以「你会用简体字写一首情诗吗」開首，結尾則寫
「就刚开始用简体字写一首情诗」，聲音前呼後應，而「繁體字和简
体字會不會有戰爭」、「繁體字和简体字會不會談戀愛」兩行，則亦
在中段各各出現兩次，並有略存差異的「那些四川女孩和臺灣女孩／
可不都有一些亂碼，像心事」和「那些四川女孩和臺灣女孩／可不都
共同有一些心事」的重複。

　　至於〈我夢見我赤著腳走路〉[103]的「四周，四周依然漆黑」一語，

---

[100] 楊寒：〈橫放的沙漏〉，《楊寒短詩選》，頁12、頁14。

[101] 楊寒：〈奇萊山神〉，《楊寒短詩選》，頁26、頁28。

[102] 楊寒：〈你会用简体字写一首情诗吗〉，《楊寒短詩選》，頁44、頁46。按楊寒此詩
　　的部分字句乃刻意以簡體字符碼撰寫。

[103] 楊寒：〈我夢見我赤著腳走路〉，《與詩對望》，頁142～144。

在首節和在倒數第二節均有出現，同詩首尾兩節又重複「風空洞的在
虛無裡呻吟」，而第一節裡的「有人以彈奏吉他的方式談論被建構出
來的假月亮」，則略作改動，化為末節的「有人以彈奏吉他的方式談
論關於我赤著腳走路」。另外，〈你在高處彷彿一個好天使〉[104]的「看
看我，陽光正使我的眼睛閃亮」兩度見於首二節，而「看看我，我
是一隻愛乾淨的好狗狗」、「我絕對是一隻好狗狗／看看我，我絕對
是……」、「看看我，我絕對是一隻好狗狗」三處，則皆略作變動，
始終保留著「看看我」、「好狗狗」等語，聲音迴蕩不息；另外，詩
自第二節開始，相似的「你在高處彷彿一個好天使，我的眼睛倒映
著」、「你在高處彷彿一個好天使」、「你在高處彷彿一個好天使，看
看我」、「你在高處彷彿一個好天使，我好想靠近你身邊」和「而你
在高處彷彿一個好天使」等，就連綿出現，使聲音極為協諧。此外，
〈她才上樓〉[105]共分四節，四節開首一行的文字均相同或相似，其文
謂：

> 她才上樓。
> 有種無以言喻的隱憂
>
> 她才上樓；
> 移動的身影如蓮花的開落
>
> 她才上樓，
> 秋去以前最珍貴的秘密

[104] 楊寒：〈你在高處彷彿一個好天使〉，《與詩對望》，頁146～48；楊寒：《楊寒短詩選》，頁52、頁54。

[105] 楊寒：〈她才上樓〉，《與詩對望》，頁190～192。

　　她才去樓

　　影子應該還是留下來的

一唱三嘆，頗近於《詩經》「疊章」[106]或其他民歌通過「重複」[107]而達到迴環往復的手段。如此高頻率的句子複現，使得楊寒早期詩作多有醉人動人的音樂美，從中亦反映出楊寒刻意經營藝術美感的匠心。固然，楊寒詩亦多賴頂真、類疊等手段製造優美的音樂效果，限於篇幅，以上僅就其最具特色之一點略作分享，冀為楊寒詩藝術性之探討作拋磚引玉的嘗試。

六　結語

　　筆者在給楊寒最新詩集寫的序文中言：「我在二〇一〇年十月一日初識楊寒，月底，楊寒赴港出席我所籌辦的『黃河浪文學創作國際研討會』，貽我以《與詩對望》諸集。讀之大喜，而憾其在二〇〇三年以後，未再將詩付梓，因先撰鄙論〈楊寒詩歌印象〉，以為鼓呼，復襄助其整編詩稿，以饗讀者。」[108]楊寒出版詩集的計畫，自二

---

[106] 徐克瑜（1964～）：〈《詩經》重章疊唱的抒情藝術〉，《淮陰師範學院學報（哲學社會科學版）》第24卷第2期（2002年），頁230～233；劉明遠，〈《詩經》的重章疊句藝術淺論〉，《語文學刊》第12期（2009年），頁94～95；任樹民（1979～），〈《詩經》重章疊沓藝術新論〉，《通化師範學院學報》第31卷第9期（2010年），頁49～51。

[107] Shklovsky, "The Relationship between Devices of Plot Construction and General Devices of Style," Theory of Prose, P.25～28；中譯見什克洛夫斯基，〈情節編構手法與一般風格手法的聯繫〉，《散文理論》，頁38～43。

[108] 余境熹（1985～）：〈由「不確定」進入「確定」：楊寒詩新變小識〉，《我的心事不容許你參與》，楊寒著（臺北市：釀出版，2012年），頁7。

○一二年起，又再提上議事日程。《巫師的樂章》、《楊寒短詩選》和
《與詩對望》皆為楊寒二○○三年及以前的創作，標誌了其人早期詩
藝的成就，筆者自知僅以「愛情詩的反小敘事精神」、「詩的小說企
圖」、「對理想讀者的期待」和「強調聲音之美」四項來概括此三作
的特色，難免有掛一漏萬之弊，但因認識到值此楊寒復出詩集、迎向
詩藝新變的當兒，率先整理其舊作的特點實是刻不容緩之事，乃敢黽
勉撰述，甚願能為認識其早期作品的藝術魅力提供參考[109]。

　　楊寒繼續墾拓詩國的同時，研究楊寒的工作也逐漸獲得展開。二
○一二年六月二十二日，國際文藝研究中心、港專時事及關社組將與
逢甲大學中國文學系、國立臺中教育大學語言教育學系、僑光科技大
學應用華語文系、東亞細亞文化研究中心、韓中文學比較研究會（香
港支會）等聯合主辦「青年作家學術論壇：楊寒與漢語新文學國際學
術研討會」，已收到題目〈論楊寒與楊佳嫻詩〉、〈楊寒詩作的抒情語
調──以《與詩對望》為觀察文本〉、〈話／化：論楊寒詩中的身體
與變形〉、〈楊寒散文詩抒情性研究〉、〈七○後詩：楊寒、王厚森、
洪書勤作品的浪漫特質〉、〈人文科學中的問題意識：從楊寒的博士
論文看起〉及〈複沓以樁柱：重複敘述在楊寒詩作中的示意作用〉等
多份[110]。會議論文將輯成專集，正式出版，盼望對楊寒研究起到一定
的深化作用。

---

[109] 據悉楊寒在 2012 年將出版兩部或以上的詩集。關於其詩作的變化，楊寒在跟筆者
的溝通中曾說：「在 2003 年之前，我的詩作有些重視『姿態』，也就是除了意象之
外，會特別重視敘述語所呈現的美感，在現在 2011～2012 年這段時間，我想我比
較重視情感的真摯。」片言隻語，未足透徹了解其前後的轉變，但已足見新作與早
期詩集存有較大差異這點，是楊寒本身所認同的。

[110] 發表人姓名及所屬學術單位之資料，將於「青年作家學術論壇：楊寒與漢語新文學
國際學術研討會」會後刊登於美國夏威夷華文作家協會《珍珠港》報上。

附錄：《楊寒短詩選》詩篇互見表

　　楊寒《楊寒短詩選》諸作多複見於《巫師的樂章》及《與詩對望》中。僅見於《楊寒短詩選》的，為〈橫放的沙漏〉、〈影子〉、〈奇萊山神〉、〈找到一個殷鼎〉和〈你会用简体字写一首情诗吗〉，合共五首。茲以列表形式，展示《楊寒短詩選》各篇與《巫師的樂章》、《與詩對望》之互見情況，表格最左列為《楊寒短詩選》所收詩篇篇名：

	《巫師的樂章》	《與詩對望》
〈時間〉		✓ 頁 44～45
〈無題〉（蛇捲縮在）		✓ 頁 104～05
〈橫放的沙漏〉		
〈貓的國度〉		✓ 頁 116～17
〈轉移〉		✓ 頁 54～55
〈微雨之巷〉		✓ 頁 92～93
〈影子〉		
〈奇萊山神〉		
〈但，念念，還是不許你哭泣〉		✓ 頁 200～201
〈近午等待〉		✓ 頁 140～141
〈找到一個殷鼎〉		
〈T 的窗前〉		✓ 頁 102～103
〈你会用简体字写一首情诗吗〉		

〈潮汐〉	✓ 頁 98～99	✓ 頁 68～69
〈你在高處彷彿一個好天使〉		✓ 頁 146～48
〈風的方向〉		✓ 頁 132～33
〈兩個和一對〉	✓ 頁 54～55	

參考文獻

BA

巴克，克里斯（Barker, Chris）《文化研究：理論與實踐》（Cultural Studies: Theory and Practice） 羅世宏等譯　臺北市　五南圖書出版股份有限公司　2004年

BU

布魯克，彼得（Brooker, Peter） 王志弘、李根芳譯　《文化理論詞彙》（A Glossary of Cultural Theory） 臺北市　巨流圖書有限公司　2004年

CHEN

陳鼓應注譯　《莊子今注今譯》　北京市　中華書局　1983年

陳巍仁　〈臺灣現代散文詩研究〉　碩士論文　國立臺灣師範大學　1998年

陳政彥　〈蕭蕭詩學研究〉　碩士論文　國立中央大學　2002年

DONG

董季棠　《修辭析論》重修增訂版　臺北市　文史哲出版社　1994年

FEI

費什，斯坦利（Fish, Stanley）〈讀者中的文學：感受文體學〉　文楚安譯　《讀者反應批評：理論與實踐》　北京市　中國社會

　　　　科學出版社　1998年　頁130～190

FENG

馮黎明　〈文學接受與閱讀主體〉《湖北社會科學》第3期　1988年
　　　　頁34～38

FU

弗里德曼，梅（Friedman, Melvin J.）　申麗平等譯　《意識流：文
　　　　學手法研究》（Stream of Consciousness: A Study in Literary
　　　　Method）　上海市　華東師範大學出版社　1992年

GU

顧紹柏校注　《謝靈運集校注》　鄭州市　中州古籍出版社　1987年

古遠清、孫光萱　《詩歌修辭學》　臺北市　五南圖書出版有限公司
　　　　1997年

HE

赫哲仁，蓮達（Hutcheon, Linda）　劉自荃譯　《後現代主義的政治
　　　　學》（The Politics of Postmodernism）　板橋市　駱駝出版社
　　　　1996年

HUANG

黃墨谷（黃潛）輯校　《重輯李清照集》　北京市　中華書局　2009年

KE

科布，小約翰・B（Cobb, John B., Jr.）　李際、張晨譯　曲躍厚校
　　　　《後現代公共政策》（Postmodernism and Public Policy:
　　　　Reframing Religion, Culture, Education, Sexuality, Class, Race,
　　　　Politcs, and the Economy）　北京市　社會科學文獻出版社
　　　　2003年

LI

李商隱　《李商隱全集》　馮浩注　王步高、劉林輯校匯評　珠海市

珠海出版社　2002年

LIU

劉明遠　〈《詩經》的重章疊句藝術淺論〉　《語文學刊》第12期
　　　　（2009年）　頁94～95

劉斯奮選注　《周邦彥詞選》　廣州市　廣東人民出版社　1984年

劉益州　〈意識的表述：楊牧詩作中的生命時間意涵〉　博士論文　逢
　　　　甲大學　2011年

劉益州　〈巨大化的書寫：論鯨向海詩集《大雄》中情感表述的藝術
　　　　與想像〉《臺灣詩學學刊》第18期　2011年　頁151～174

劉益州　〈意識的表述形式：葉覓覓詩集《越車越遠》中的「自我」
　　　　表述〉《臺灣詩學學刊》第17期　2011年　頁31～54

劉益州　〈空間的想像與詮釋：論黃河浪《披黑紗的地球》旅遊詩中
　　　　的時空想像〉《東亞細亞文化研究中心學術叢刊》第1期
　　　　2011年　頁31～52

劉益州　〈自我與他者的呈現──隱地《詩歌舖》中主體際性敘述之
　　　　研究〉。《都市心靈工程師：隱地的文學心田》　蕭蕭（蕭水
　　　　順）、羅文玲主編　臺北市　爾雅出版社有限公司　2011年
　　　　頁375～403

劉益州　〈表述的視角──張默《獨釣空濛》中「物我」視角的開展〉
　　　　蕭蕭、羅文玲主編　《生命意象的霍霍湧動──張默新詩
　　　　論評集》　臺北市　萬卷樓圖書股份有限公司　2011年　頁
　　　　149～177

劉益州　〈楊牧《水妖》的敘事結構〉。《創世紀詩雜誌》第147期
　　　　（2006年）　頁155～161

劉益州　〈楊牧「水之湄」的「水」意象試探〉《創世紀詩雜誌》第
　　　　143期（2005年）　頁149～158

劉益州 〈《詩經》中「山」意象表現與運用〉 碩士論文 國立東華
　　　　大學 2004年

劉益州 〈瘂弦「山神」與楊牧「林沖夜奔」中「山神」形像與敘事
　　　　策略研究《創世紀詩雜誌》第134期 2003年 頁151～159

劉益州 〈試論《詩經》中「山有……，隰有……」意象套語之運用〉
　　　　《東華中國文學研究》第2期 2003年 頁107～121

LU

路易士，哲夫（Lewis, Jeff） 邱誌勇、許夢芸譯 《文化研究的基礎》
　　　　臺北市 韋伯文化國際出版有限公司 2006年 修正二版

MA

馬持盈注譯 《詩經今註今譯》第六版 臺北市 臺灣商務印書館
　　　　1979年

REN

任樹民 〈《詩經》重章疊杏藝術新論〉《通化師範學院學報》31卷第
　　　　9期 2010年 頁49～51

SHI

什克洛夫斯基，維克托（Shklovsky, Viktor）《散文理論》 劉宗次譯
　　　　南昌市 百花洲文藝出版社 1994年

什克洛夫斯基，維克托等 方珊等譯 《俄國形式主義文論選》 北京
　　　　市 生活・讀書・新知三聯書店 1989年

施耐庵、羅貫中 《繡像本水滸全傳》 北京市 中國青年出版社
　　　　1998年

史錫堯、楊慶蕙 《現代漢語修辭》 北京市 北京出版社 1980年

TUO

托多羅夫，茨維坦（Todorov, Tzvtan）編選 蔡鴻濱譯 《俄蘇形式
　　　　主義文論選》 北京市 中國社會科學出版社 1989年

XIAO

蕭　蕭　《緣無緣》　臺北市　爾雅出版社有限公司　1996年

蕭　蕭　《現代詩縱橫觀》　臺北市　文史哲出版社　1991年

蕭　蕭　《鏡中鏡》　臺北市　幼獅文化期刊部　1977年

XU

徐克瑜　〈《詩經》重章疊唱的抒情藝術〉　《淮陰師範學院學報（哲
　　　　學社會科學版）》第24卷第2期　2002年　頁230～233

YANG

楊寒（劉益州）《我的心事不容許你參與》　臺北市　釀出版　2012年

楊寒（劉益州）《與詩對望》　臺北市　創世紀詩雜誌社　2003年

楊寒（劉益州）《巫師的樂章》　臺中市　楊寒出版　2002年

楊寒（劉益州）　許志培英譯　《楊寒短詩選》　香港　銀河出版社
　　　　2002年

YAO

姚善義、林江　〈空白藝術簡論〉　《錦州師範學院學報（哲學社會科
　　　　學版）》第2期　1994年　頁111～116

YI

伊瑟爾，沃夫爾岡（Iser, Wolfgang）　金惠敏等譯　《閱讀行為》（The
　　　　Act of Reading: A Theory of Aesthetic Response）　長沙市　湖
　　　　南文藝出版社　1991年

YIN

隱地（柯青華）《十年詩選：自選與他選》　臺北市　爾雅出版社有
　　　　限公司　2004年

YING

英加登，羅曼（Ingarden, Roman）　陳燕谷、曉未譯　《對文學的藝術
　　　　作品的認識》（Cognition of the Literary Work of Art）　臺北

市　商鼎文化出版社　1991年

ZHANG

張默（張德中）〈悠僻、神似、虛實之構成——初探劉益州的詩〉
　　　《臺灣現代詩筆記》　臺北市　三民書局股份有限公司　2004
　　　年　頁282～293

ZHOU

周瑩潔　〈藝術空白的幾個問題〉《貴州社會科學》第5期　1994年
　　　頁65～68

ZHU

朱立元主編　《當代西方文藝理論》第二版　上海市　華東師範大學
　　　出版社　2005年

朱熹集注　《詩經》新版　上海市　世界書局　1943年

Barthes, Roland. "From Work to Text." Image, Music, Text. Ed. and trans.
　　　Stephen Heath. London: Fotanna, 1977. 155-164.

Barthes, Roland. S/Z. Trans. Richard Miller. New York: Hill and Wang,
　　　1974.

Cobb, John B., Jr. Postmodernism and Public Policy: Reframing Religion,
　　　Culture, Education, Sexuality, Class, Race, Politcs, and the
　　　Economy. Albany: State U of New York P, 2002.

DeMaria, Robert, Jr., "The Ideal Reader: A Critical Fiction." PMLA 93.3
　　　（1978）: 463-474.

Derrida, Jacques. "Freud and the Scene of Writing." Writing and
　　　Difference. Trans. Alan Bass. Chicago: Chicago UP, 1978. 196-
　　　231.

Derrida, Jacques. "Signature Event Context." Glyph 1（1977）: 172-197.

Derrida, Jacques. "Linguistics and Grammatology." Of Grammatology.

Trans. Gayatri C. Spivak. Baltimore and London: Johns Hopkins UP, 1976. 27-73.

Edward Regis, Jr., "Literature by the Reader: The 'Affective' Theory of Stanley Fish." College English 38.3（1976）: 263-280.

Fish, Stanley. "Literature in the Reader: Affective Stylistics." New Literary History 2.1（1970）: 123-162.

Lewis, Jeff. Cultural Studies — The Basics. London: Sage Publications, 2002.

Lyotard, Jean-Francois. The Postmodern Condition: A Report on Knowledge. Trans. Geoff Bennington and Brian Massumi. Minneapolis: U of Minnesota P, 1984.

Mauss, Marcel. The Gift: Forms and Functions of Exchanging in Archaic Societies. Trans. Ian Cunnison. New York: Norton, 1967.

Shklovsky, Viktor. Theory of Prose. Trans. Benjamin Sher. Elmwood Park, Illinois: Dalkey Archive Press, 1990.

臺灣原住民女性的新詩書寫
——以董恕明《紀念品》為例

林于弘

臺北教育大學語文與創作學系教授

摘　要

關於臺灣原住民女性文學的發展，雖然在作家及作品的數量仍非常有限，但不論是從作家身分、書寫風格或主題取向等角度出發，均為構建原住民文學所不可或缺的重要板塊。因此本文即以「臺灣原住民女性的新詩書寫」為題，並以第一位出版詩集的原住民女詩人——董恕明及其詩集《紀念品》為研究對象，進行系列探討。而在研究後則獲致：「散文化」傾向、喜用長句、偏好類疊、狀聲詞運用，以及標點符號強化，這五項語言書寫的特色；以及：自然風光的書寫、現實生活的映現、國際事件的評述、原鄉故土的懷想，這四項內容呈現的重點。

關鍵詞：原住民女性、新詩、董恕明、《紀念品》

Key words：Aboriginal women　Poetry　Dong Shu Ming　Souvenirs

一 前言

臺灣各原住民族的總人口數雖只有四十餘萬，然不論是就族群的多樣，風俗的特殊，文化的意涵與語言的差異等層面觀察，都是架構臺灣多元文化的重要部分。臺灣新文學的書寫，向來具有反映社會真實面相的積極態度，是以針對此一議題的關切，自然也不容忽視。其中原住民詩人的覺醒與出發，也早在一九七〇年代末展開，而於八〇年代以後逐漸成熟，包括排灣族的著名盲詩人莫那能・馬雅亞弗斯（漢名：曾舜旺），以及泰雅族的瓦歷斯・諾幹（漢名：吳俊傑），都是極具代表的原住民男性詩人，然而有關原住民女性詩人的崛起，則是九〇年代以後的事了。

一九九六年二月，長年致力於原住民族解放運動及文史工作的麗依京・尤瑪（Lyiking Yuma，泰雅族），出版《傳承——走出控訴》（內容包含論述、散文、詩作），可謂目前所見第一本原住民女性書寫者的綜合文集。同年七月，排灣族女作家利格拉樂・阿女烏（Liglave A-wa）也出版散文集《誰來穿我織的美麗衣裳》，從此掀起當代原住民女性書寫的序幕。

原住民女性文學發展迄今，雖然在作家及作品的數量上仍非常有限，但不論是從作家身分、書寫風格與主題取向等角度出發，均為探究原住民文學的重要課題。畢竟，「不同話語領域將有不同的主體性表現[1]」。因此本研究即設定以「臺灣原住民女性的新詩書寫」為題，並以第一位出版詩集的原住民女詩人董恕明及其詩集為研究對象，進行系列探討。

---

[1]　參見楊大春：《傅科》（臺北市：生智文化，1997 年），頁 133～140。

二　董恕明的生平與《紀念品》

　　董恕明於一九七一年出生於臺東，父親是浙江紹興人，母親為臺東卑南族人。一九八九年董恕明於臺東女中畢業後，即進入東海大學中文系就讀，並陸續完成學士、碩士和博士學業。二〇〇三年起任教於臺東大學華語文學系。撰有博士論文《邊緣主體的建構——臺灣當代原住民文學研究》。單篇散文及詩作曾收錄於孫大川主編《臺灣原住民族漢語文學選集[2]》，並散見各報刊雜誌。

　　《紀念品》出版於二〇〇七年六月，由國家書店（秀威代理）出版，全文一百八十四頁，共分為：「雨很靜，花草很美」、「風很大，世界很冷」和「樹很熱，時間很涼」等三部分。各部分的詩作情調，及其展現出的風格，與前述的歸類題詞頗能相互呼應。第一部分「雨很靜，花草很美」：為自然、幼時記憶、童話的延伸書寫，文字風格較為輕鬆、明亮，例如〈說故事〉即以說故事的方式鋪陳，描述幼時的記憶：

> 　　說一個故事吧，就說一個小小的故事，從紙箱造型
> 開始，彷彿那種關於遺棄的心情，經過巧手細細
> 安撫、修整、上妝後，化成一棵繽紛的樹，樹上有
> 一顆顆少年的夢，正含苞，而一直一直罰站的梁柱
> 藏在重重的簾幕後撐持大片開闊的風景，果然吃苦非得
> 當吃補，還得加上曲曲折折的堅忍作藥引，想想那位
> ⋯⋯[3]

2　參見孫大川主編：《臺灣原住民族漢語文學選集》（臺北市：印刻出版社，2003年）系列，其內容共分：詩歌卷、散文卷（上、下）、小說卷（上、下）、評論卷（上、下），合計七冊。

3　董恕明：〈說故事〉，《紀念品》（臺北市：國家書店，2007年），頁27～28。

第二部分「風很大，世界很冷」：偏向對個人、社會、環境生態的暗喻和批評，風格較為嚴肅、沉重。例如〈變調〉中即以相對灰暗、嚴肅的風格，用以批評現實的層面：

> 好慘，所有的衷情都含在嘴裡，吞吐
> 不下；所有的相遇都跌在泥裡，進退
> 不得；所有在黑鍵白鍵攀爬的曲折纏綿
> 都密密攬在一個背影裡，因為很黑很硬
> 便連炭火都找不到自己的光，這究竟是
> 李斯特的含情脈脈或是少年的羞怯純情
> ……[4]

第三部分「樹很熱，時間很涼」：以自然或物品為主角，並透過擬人手法展現，整體的題材較為多面。此外，也針對社會和情感的問題書寫，例如〈生靈〉，即側重對「人」的情感表現：

> 一直坐，坐下去會成為一盞燈還是一把
> 刀？孩子在孩子的世界玩起大人的遊戲
> 而大人果真進化成飛禽猛獸甚至更加碼
> 加級附帶禽流感和口蹄疫。樹當然不會懂
> 木頭已經是燒不進的炭火了，更何況是
> 石頭？石頭變成頑強的高樓時可不想，不
> 想日夜以血淚洗面。這究竟是怎麼回事？
> ……[5]

---

[4]　董恕明：〈變調〉，《紀念品》，頁84～85。
[5]　董恕明：〈生靈〉，《紀念品》，頁169～170。

基本而言，這本詩集記錄了詩人的生活點滴片段，詩中所描繪的世界，充滿童趣與詩意。董恕明用獨特的哲學觀點及細微的觀察，集合成這本屬於她自己生活小品，也蘊含濃厚的個人特色。

三　《紀念品》的語言書寫特色

首先，在語言書寫的部分，經由對《紀念品》的通篇檢視，可以歸納出本詩集在形式經營的五大特色，以下分別搭配詩作加以說明。

（一）「散文化」傾向

敘述文字的「散文化」傾向，可視為董恕明詩作最主要的特色之一，以下試以〈同樂〉為例說明：

> 走來走去的誰呀？路的鞋子沿路
> 掉，踢踢踏踏說的都是時間的喧鬧
> 椅子最好最乖，排排坐，坐成角落
> 閃爍的星光，聽黑管娓娓低吟關於
> 歡樂與憂傷，黎明與黑暗，童稚與
> 老去的心事。猛地美美的小芽卻換成一張
> 畫，框在驚愕裡。生病的 Keyboard 一直破
> 音，歌唱就不出歌來了，好可惜，一陣風忍不住
> 嘆了一口氣。那些散坐在青草上的陽光，顛三
> 倒四的石頭，凝神諦聽的鳳凰木，不禁說：
> 原來有那麼好的人啊，她為我們帶來一個
> 孩子，孩子笑笑走上十字架，垂首俯身

　　雨露風霜就這麼四散走唱，溫暖了愛[6]

　　綿長且趨向散文化的語言，在董恕明的這本詩集中，是非常普遍的現象。在整本詩集中，由於文字的偏長偏多，也形成董恕明新詩書寫有諸多類似「口語」的呢喃，並產生了「散文化」的必然傾向。

（二）喜用長句

　　由於「散文化」傾向的存在，使得《紀念品》的長句也相當普遍，例如〈敘事〉便廣泛運用長句的技巧，用以延伸鋪陳：

　　蓮花來的時候風先知道，水在夢中搖

　　白了頭的苦楝再不敢笑欒樹龜裂枯黃

　　的心了。一角，一株幼嫩清純的小芽優雅的

　　甩甩頭，一支胖胖的掃帚正踩著方步喃喃

　　自語，他總是很多意見，可他也最了解凋零

　　的心事，否則靦腆的寂寞不會愛上他。群聲

　　鼓譟，一個、一個、一個……謎上路了，有的早早

　　坐定，有的逡巡不已，有的不得不兜起圈子，畢竟

　　山水裡的仙人未必會跳，一如到駐足處留下屎尿

　　好摳。ㄎㄧㄎㄧㄎㄡㄎㄡ的紅鞋朝石頭走來，問：

　　一切就是一切嗎？四根梁柱正經八百對著一畦七葷

　　……[7]

檢視整本詩集後可以發現，所有詩作的平均字數幾乎都在十餘字以上，於是形成作者喜用長句的結果。關於長句的使用，再搭配回行的

---

[6]　董恕明：〈同樂〉，《紀念品》，頁55～57。

[7]　董恕明：〈敘事〉，《紀念品》，頁36～37。

技巧，除了延長詩作的閱讀時間，也可以增加文字排列的趣味，並形塑個人獨特的書寫風格。

（三）偏好類疊

類疊技巧的使用，除了加強語氣，也可以突顯詩人所欲傳達的訊息，建構詩作的氛圍，傳遞深層的語境。例如〈異術〉中，即運用類疊以營造詩作氣氛，建構詭異的畫面：

> 什麼都說不出口，就像那如花如夢如癡……盛開的
> 臉，臉再不說話還有誰說，是靜默嗎？可靜默原也
> 如此熱鬧繽紛啊，向左向右朝前朝後即停旋轉……是
> 面面俱到還是不到，到不了的又如何是好呢？翻面吧，翻開
> 那凹凸有致的虛無，那虛無裡往來奔騰著少年精雕細琢的天地
> 玄想，好玄，也讓那默默低垂的、平躺的、扭曲的……時光
> 揉搓成白茫茫風雪一片啊！究竟又是誰竄進竄出輕薄的如此
> ……[8]

在〈返家〉中的多重類疊，也使得詩作的氛圍更加明確：

> 情場，淨空，漫天星光閃爍，不是木木的心。
> 爬來爬去的一隻龜，蜷在最喜歡的石頭上，她的
> 最愛來了，再不用吹泡泡，軟綿綿的，是一杯春天
> 的泥土嗎？香香的，暖暖的，有風拌在裡頭所以很
> 可口。還有夢在道場裡弘法，獅子正酣眠，米蟲的
> 小米缸咳─咳─咳，咳出一座飽滿的穀倉，正如春
> 始終欣欣向榮在慈惠的心田。至於飄忽不定的時間

8　董恕明：〈異術〉，《紀念品》，頁50～51。

上哪兒去了？只怕龜殼不裂，連神也畫不出路線圖

捕捉流雲，回家墾荒[9]

廣泛運用類疊技巧，在董恕明的新詩寫作，也是很重要的特色，而這也和「散文化」傾向及喜用長句的等兩大特色，是有緊密的互動與相關。

（四）運用狀聲詞

由於強調聲情的需要，董恕明的詩作除了前述的特色之外，對於詩作中壯聲詞的運用也頗具個人特色。除了大量運用形容的狀聲詞之外，對於無法使用文字精確描述的聲音，則以注音符號書寫，這也形成其詩作的重要特色。

例如：〈敘事〉描寫紅鞋的聲音，以「ㄎ一ㄎ一ㄎㄡㄎㄡ的紅鞋朝石頭走來」。〈破功〉描述獅子的聲音，以「吼！」短促且有力的狀聲詞，貼切描繪獅子雄偉的形象。〈療救〉描寫敲在上帝的胸膛聲音為「ㄎㄥㄎㄥㄎㄨㄥㄎㄨㄥ」，表現清脆又嘹亮的聲音。〈和平〉「番刀，翻！翻！翻！山便呼─呼─呼─哮喘」的狀聲，透過狀聲詞重複的使用，增強番刀銳利的外貌，山中風聲強烈的意象。〈上道〉則以「ㄅㄨㄞㄅㄨㄞㄅㄨㄞ……咕溜溜一尾鱸鰻」的描述，呈現鱸鰻外表光滑，無法以手捕捉的滑溜形象。〈返家〉為「小米缸咳──咳──咳──，咳出一座飽滿個穀倉」，則是透過擬人的手法，使小米缸見底的清寒生活，顯得更加生動。〈只說〉以「ㄎㄚㄊㄚㄎㄚㄊㄚ滴滴答答」的聲音，形容每一顆心溫柔長大的溫柔、幸福。

以上這些狀聲詞的使用，除了能強化詩作表現的內涵與特色，也

9　董恕明：〈返家〉，《紀念品》，頁153～154。

可能傳達出原住民對於聲音的敏感，並呈顯出現有文字無法滿足詩人語言使用的困境。

（五）標點符號強化

在詩作中使用標點符號，也可以有加重語氣，強化敘說的功能，其中〈只說〉可算是最為典型的代表：

> 布和筆合不合？如果還是支歪了頭的筆，那斷了腿的
> 針，或許能了解他的心情？布不說，紙說
> 好可惜，線這麼好隨便亂跑亂跳亂爬亂……都是那
> 美美的、歡喜的、甜甜的……夢，不像墨水，墨水游來
> 游去，仍是一肚子黑主意，還忍不住斜著眼問：看啥曉？
> 唉，真是不懂，不懂手作的工啊，不是平平也是一雙
> 手，連腳都自以為是的說出智者的話——我做故
> 我在。瞧瞧掛起來的夏天，不擦防曬油，長得多好？
> 對面，童年從大大小小的袋子跑出來七嘴八舌
> 小蛙、小鳥、小貓、小馬……當然不懂彈琴說唉和
> 彈琴說愛有什麼差別？笨蛋！背影連頭也不回就
> 開罵了：「小孩子有耳無嘴……」桌子只是不想計較
> 有人，每日每夜賴著他，縫縫補補東拉西扯動刀動槍……
>
> 自己什麼都不說，只讓布說：請歲月坐坐好，不要
> 太老也不要太小，憂傷站起來跟著快樂走，走一條
> 路，路踮著腳尖像針，諦聽每一顆心溫柔長大的
> 聲音，ㄎㄚㄊㄚㄎㄚㄊㄚ滴滴答答……[10]

---

[10] 董恕明：〈只說〉，《紀念品》，頁155～157。

以上如：冒號、引號、驚嘆號、問號、刪節號的頻仍運用，也展現詩人在符號融入詩作的巧妙用心。當然，這些標點符號的大量使用，其實也和「散文化」傾向、喜用長句、偏好類疊、運用狀聲詞，彼此關係密切。

是以包括：「散文化」傾向、喜用長句、偏好類疊、運用狀聲詞，以及標點符號強化，可說是《紀念品》在語言表現的五大特色，而這和董恕明歷來的詩作，也具有相當程度的印證與啟示。

四 《紀念品》的內容呈現重點

其次，在作品內容的部分，經由對《紀念品》的逐篇檢視，也可以歸納出詩人在這本詩集的內容重點，以下分別搭配詩作說明。

（一）自然風光的書寫

董恕明長期生活工作在風光明媚的東海岸，是以其作品也經常出現大自然的景物呈現，例如〈敘事〉：

> 蓮花來的時候風先知道，水在夢中搖
> 白了頭的苦楝再不敢笑欒樹龜裂枯黃
> 的心了。一角，一株幼嫩清純的小芽優雅的
> 甩甩頭，一支胖胖的掃帚正踩著方步喃喃
> 自語，他總是很多意見，可他也最了解凋零
> 的心事，否則靦腆的寂寞不會愛上他。群聲
> 鼓譟，一個、一個、一個……謎上路了，有的早早
> 坐定，有的逡巡不已，有的不得不兜起圈子，畢竟
> 山水裡的仙人未必會跳，一如道駐足處留下屎尿

好摳。ㄅㄧㄅㄧㄅㄡㄅㄡ的紅鞋朝石頭走來，問：
一切就是一切嗎？四根梁柱正經八百對著一畦七葷
八素的花花草草，唱起歌來，而一些飽受折磨的靈魂
正想著上帝賞的那口飯是陶淵明或趙建銘吃了？
只有時間藏的真好，從溝渠到牢房，瘦瘦的冬天
軟綿綿攤在廣場上曬太陽[11]

又如：〈山海中人〉

全部的椅子都趴了下來，怔怔望著行色
匆匆的時間，每天每天是被洪水還是雷電
追著跑，總是有趕不及縫補的黎明和黑夜
有填不飽肚子的群星與夜風，有打不開心結
的青天與荒地，必須一鋤一鋤的翻，一鎚一鎚
的釘，一件一件的刷洗與一頁一頁的晾曬
這究竟是誰家的一筆帳啊！千算萬算算不清
是黑輪跑的比較快或是年輪比較帥，畢竟連
全部的桌子也都躺了下來，抬著頭看那冥頑
不靈的白雲遲遲不動，而動彈不得的大地啊
竟冷不防跳了起來[12]

以上這些對日月星辰、花草樹木的自然風光的描寫，也顯現詩人在山
川風光的留心關切，以及重視省思的相關內涵。

---

[11] 董恕明：〈敘事〉，《紀念品》，頁36～38。
[12] 董恕明：〈山海中人〉，《紀念品》，頁73～74。

（二）現實生活的映現

身為年輕一代的知識分子，頗為入世的學者詩人，也經常用另類的目光，對於現實生活的狀況，提出真實且深刻的描繪。例如〈煙火〉：

> 「人間的煙火，真不好吃啊……」在橋下的
> 流水，忍不住這麼想。每天每天她和橋擺渡
> 這個、那個……人，到大城裡謀生，有三級
> 貧戶能一躍龍門，寒窗或許最了解他，可魚
> 肉不一定懂。他們奮力游著、覓食、繁衍……
> 網羅一來，他們要不是清蒸煎炸紅燒，再不是
> 抽筋扒骨生鮮入胃，犧牲巳到最後關頭仍是
> 犧牲！果然，那是朱門之所以是朱門的理由
> 臉紅了，氣也不會喘，更何況連氣也是珠光
> 寶氣，金碧輝煌！「人間的煙火，真不似
> 人間啊！」橋也時不時低頭對流水說[13]

又如〈良心〉：

> 無聊。一張椅和一張椅和另一張椅，大眼
> 瞪小眼，翻一頁書，寫幾行字，老大不在家
> 留話：記得小豬路過或大鳥經過時，打聲
> 招呼。人真的很弱，動不動就淪為禽或獸，
> 儘管禽獸好端端的過著聖賢或隱士的生活。
> 而門很痛，地板更是，都是傷，因為燈火
> 的緣故，光明原不過是打了陰暗一巴掌，

---

[13] 董恕明：〈煙火〉，《紀念品》，頁75～76。

還拼命吼：愛！愛！愛！像鋁棒敲在小芽
的身上，心都碎了，他還說：對不起，我做得
不夠好⋯⋯。例子是一顆祖母綠暈倒了，好冤
排排罰站的鑽石、禮卷、珠寶⋯⋯誠惶誠恐
也服侍不了主子的經國大業，蛀了的靈魂[14]

再如〈生靈〉：

一直坐，坐下去會成為一盞燈還是一把
刀？孩子在孩子的世界玩起大人的遊戲
而大人果真進化成飛禽猛獸甚至加碼
加級附帶禽流感和口蹄疫。樹當然不會懂
木頭已經是燒不盡的炭火了，更何況是
石頭？石頭變成頑強的高樓時可不想，不
想日夜以血淚洗面。這究竟是怎麼回事？
太陽每天早出晚歸按時上下班，從不覺得
少給了什麼，為什麼總是有他照不到的地方
溫暖不了的淚光？連他都不免冷了起來。
其實他知道最糟的是星星，那些傢伙鎮日
東奔西走疲於奔命，只因地上的人經常仰頭
看──那顆星是我的爸爸，那顆是媽媽，那顆
是我不及長大的孩子，而那一顆⋯⋯，滿地
碎了的心，累了滿天傷了的星，好腥[15]

詩人對生活的關切，也顯現出除了對自然風光的重視之外，也絕非是

14　董恕明：〈良心〉，《紀念品》，頁101～103。
15　董恕明：〈生靈〉，《紀念品》，頁169～171。

不食人間煙火的出世清高，而是勇於面對不同族群、不同議題的現象，勇於提出自己的意見。

（三）國際事件的評述

　　除了對自然風光與現實生活的描寫之外，詩人的眼光也擴及海外的種種重要議題，例如〈自殺炸彈客〉：

> 無法可想的夏天，遲遲不走，冬風已經塞車好久
> 街角的店日復一日閒話家常這小鎮的喜怒哀樂
> 風始終聽不膩，再沒有什麼比媽媽們的閒情更能
> 溫暖這世界的霜雪，至少槍砲藥彈的火辣比不上
> 四散紛飛的手足肝腦，再繽紛壯烈，都不是上帝抿嘴
> 一笑，連真主阿拉都不會忍心的，那蹣跚走在路上
> 危顫顫的老阿嬤，怎麼就把自己製成一枚慈愛的炸
> 彈？恩怨情仇終究不是一堵牆，不是牆上的幾行
> 字，字句上頭的幾滴淚，淚滴上幾到深深淺淺
> 的疤？風已經說不下去，能說下去的歷史，怔怔
> 抬起頭來，看著星空[16]

再如〈破妄〉

> 「廟小妖風大，池淺王八多」這話，
> 怎麼說？好黑的幕啊，層層積累堆疊
> 歷史和歷史推擠的血肉模糊，西風
> 和東風從來不少埋頭吹，吹得高牆
> 都東倒西歪了，可兩岸，兩岸

---

[16] 董恕明：〈自殺炸彈客〉，《紀念品》，頁95～96。

> 仍是人間脈脈不得語的星辰，
>
> 愛在廢墟裡陰陽失調，教養
>
> 是青蛙或鱷魚的問題，不見得
>
> 干孔夫子或釋先生什麼事。道
>
> 可道，不知道在腐中
>
> 泣了多久，連地球這顆渾球
>
> 都捅了個大洞，人啊，人！[17]

第一首寫的是回教徒自殺炸彈客的心路歷程，第二首寫的則是東西方、兩岸，以及地球生態的問題，至此詩人關懷的面向，則已達到臺灣以外的全世界，形成一種「四海一家」的地球村觀念。

（四）原鄉故土的懷想

具有原住民血統的董恕明，自然也不會忽略原住民相關議題的書寫，例如〈後山司機〉：

> 這夢總在日升前起身、刷洗、整裝……出門
>
> 沿著酣眠中的迢迢山路前行。昨天，遇見的
>
> 那一朵雲，現在轉到哪兒了？開門，走進一角
>
> 小小的藍天，雖然經常睡眼惺忪仍勉力攤開一本
>
> 書，在字與字與字的縫隙間，有大片大片的春風
>
> 湧來又散去，那是天地稍給霜雪的口信，在這
>
> 曲折夾纏的荒徑上，請一定一定讓守夜的星星照亮
>
> 每一顆離家的心，像這夢和日復一日上車、下車
>
> 的小花小草小樹……小站就這麼安安靜靜撥開了

---

17 董恕明：〈破妄〉，《紀念品》，頁97～99。

幽暗的夜，沿路栽植了出生的黎明，上工[18]

又如〈和平〉：

番刀，翻！翻！翻！山便呼——呼——呼——

哮喘，一棵棵大樹、小樹……叮叮咚咚

跪下，戰士如風降臨。平與不平，不是

小路幽徑，是天上亂無章法的雲，不均

不勻壞了陣式槍法，明月始終搶救不及。

久久，上帝編織的網，撈不住星光的淚滴

滴滴答答……雨落無聲，射進獵人的胸膛

天地躬身，刀一樣的憂傷起來[19]

「後山」是泛指花蓮、臺東一帶等交通不便的臺灣東部。〈後山司機〉處理的是司機駕車聯絡交通不便地區帶來希望的期許與期待，至於〈和平〉則以番刀、山、大樹、小樹、戰士、獵人等原住民慣見的意象，表達對外力侵入、衝擊、破壞的憂傷感慨。

　　總的來看，在董恕明《紀念品》的內容呈現上，大致可以歸結出：自然風光的書寫、現實生活的映現、國際事件的評述、原鄉故土的懷想等四大部分。其取材多樣，內容豐富，頗能展現詩人的廣闊胸襟與愛鄉愛土的情懷。

五　結語

　　在臺灣二千三百萬的人口中，占總人口百分之二的各族原住民，

---

[18] 董恕明：〈後山司機〉，《紀念品》，頁121～122。

[19] 董恕明：〈和平〉，《紀念品》，頁110～111。

始終沒有得到應有的地位與尊重。在以漢族為本位的臺灣現代社會中，原住民的人口結構、語言文化、風俗習慣等傳統特色正急速流失，且面臨著自我認同（self-identity）的嚴苛考驗。

　　對此，同為原住民的浦忠成（巴蘇亞・博伊哲努）就指出：「真正能發揮原住民文學最超卓價值的作品，應該是能擺脫狹隘的族群、地域意識，植根於民族文化深層，而復能突顯其有益於整體人類的特殊文學情感與思想[20]。」而學者彭小妍也明言：「書寫上真正展現出原住民原創力的，是原住民獨特的情感表達、思維方式、生活體驗、文化傳統等。這是原住民足以自傲傲人的文學資產，作家如何靈活運用這筆資產、充分發揮創作潛力，當然因人而異。……。在『原住民文學』的大前提下，引人注意的是作家如何表現個人和所屬族群的特色[21]。」

　　接受完整高等教育的原住民女性詩人董恕明，除了這些必然的觀察與省思之外，也嘗試以書寫進行一種「文化探索」：

> 在實際的生活裡，我主要的工作，就是從一個小學生變成一個老學生。這一路念書的經驗，都在冥冥之中引導著我找到一條回家的路。我的家一是在這座島嶼上，一是在隔海的對岸，那是我媽媽（臺東卑南族）和爸爸（浙江紹興）的來處。當我最終若不能在某處好好地落地生根，也許會再想方設法，讓自己是一道橋或一朵雲。[22]

---

[20] 浦忠成：〈原住民文學選擇的發展道路〉，《原住民文化與教育通訊》第9期（2000年10月），頁5～6。

[21] 浦忠成：〈原住民文學選擇的發展道路〉，《原住民文化與教育通訊》第9期（2000年10月），頁5～6。

[22] 孫大川主編：《臺灣原住民族漢語文學選集（詩歌卷）》（臺北市：印刻出版社，2003年），頁190。

董恕明雖不如大多數的原住民作家對文字運用時，經常會出現迥異漢
文的讀寫習慣，然而藉由此種不同的表達差異，也能釐清臺灣不同族
群的文化區隔，進一步喚醒尊重不同族群原有的表述模式。

　　至於在性別的差異，相較於其他同時代的女性書寫者，董恕明或
有其不同的思維與實踐。雖然「在一般觀念中屬於女性文體範疇的作
品，臺灣女詩人的成績可謂斐然，男詩人的作品難以企及。[23]」但迥異
於其他非原住民族的女性書寫者，不論是李元貞提出的「擁抱愛情、
承擔母性、主體的掙扎[24]」，或是李癸雲提出的「主體認知[25]」，在董
恕明的詩作中並不明顯。這或許與她兼有「原住民」與「女性」這兩
項邊陲處境，但又同時擁有「高學歷」主流優勢，是以在董恕明的詩
作中，也不免呈現如此交揉的複雜血統。

　　臺灣的原住民文學的發展至今仍處於絕對弱勢，而女性原住民作
家更是弱勢中的弱勢，如何落實性別平等，發揮原住民文學的卓越價
值，擺脫狹隘族群、地域意識，植根於民族文化深層，突顯其有益於
整體人類的特殊文學情感與思想。臺灣的原住民由於獨特的奮鬥環境
與經驗而擁有重要的文學表述資產，因此如何建立臺灣原住民文學的
自我特色，應該是必須立即啟動的重要工程。

---

[23] 鍾玲：《現代中國謬思——臺灣女詩人作品析論》（臺北市：聯經出版社，1989
年），頁404。

[24] 參見李元貞：《女性詩學——臺灣現代女詩人集體研究1951～2000》（臺北市：女
書文化，2000年），頁7～30。

[25] 參見李癸雲：《朦朧、清明與流動——論臺灣現代女性詩作中的女性主體》（臺北
市：萬卷樓圖書公司，2002年），頁273～282。

互文性與符號性的並置交疊
——以《草木詩經》為例

陳仲義

廈門城市學院人文學部教授

摘　要

　　現代詩有各種實驗文本——其中互文性與符號性文本元素日益增多，標示著現代詩邊沿版圖出現新景點。漳州籍女詩人子梵梅出版的《一個人的草木詩經》是一個重要徵象。對此，「比較互文性」比較了五十年前與之相仿的《百花齊放》（郭沫若）的得失，指出《草木詩經》的超越性意義；「微觀互文性」解析了作者應對前文本、潛文本的變異能力；而其間涉及的符號性則迎合了「讀圖時代」的審美趨勢與情趣；互文性與符號性詩語共同為現代詩溢出單純語言框架，召喚更多符號性的異質語料加盟詩歌提供了有益經驗。

關鍵字：《百花齊放》、《草木詩經》、互文性、詩語、符號性、並置、交疊

Key words：Hundred Flowers　　vegetation Book of Songs　　Intertextuality
Poetic language　　Symbol　　Juxtaposition　　Overlap

一 前言

女詩人多數愛在曼妙的舞池翩翩，子梵梅大概煩了，早早躲進自己的「九湖」，整整十年——曾經是她隱秘的詩歌繈褓、精神療養院和情感天堂。而後她隻身來到廈門，開始詩歌與人生的重新出發。

我最初的印象還保留著：隱隱顴骨中，如果沒有藏著一種冷豔的孤傲，嘴角邊也似乎隱約著一絲嘲諷；這是一個難以被歸類的詩人，有刻薄的眼力，或者說富有穿透性；寫作日益從容，得益於某種自我糾正，自我發掘的能力，在獨立特行中往往劍走偏鋒。

在強盜普遍「在押」的時代，她偏說《我愛強盜》：我一直保持對強盜的愛慕。他的枕著軟腰和香鬢的鏗鏘生涯。他的動作透著致命的豪放——超越道德評判，獨闢蹊徑，可謂膽識過人。在千篇一律的睡眠中：她睃到現代人的「癔病」，從下午六點十分一直纏繞到凌晨五點。與現實夢魘反覆搏鬥，充滿惶恐與無力，被撕開的痛感於瞬間傾洩中焦頭爛額（《一個臆想症患者的夜晚》）。甚至於在一次左鄰右舍的樓梯口「經過」中，她也莫名釋放「孤獨之傷與隱忍之愛」，並「意外」地上升到照耀之美——「雨水照耀在我的身上／雨水使我的臉上找不到你要的那粒淚水」（《變形的速度》）。

更多時候，是內心掙扎、遊移、恍惚、自我詰駁。似乎應驗了她「詩歌寫作其實就是一種沒有出口而在黑暗中摸索出口的行為」的籤語，為了找到出口，她反覆試驗著各種「歪門左道」。從第一本詩集《缺席》（1994）到第四本《還魂術》（2011），二十年來我們感受到很大變數，尤其近期，她幾乎放棄駕輕就熟的老路，深思熟慮地轉身，告別刻意修辭，浸淫於非意象化，重啟敘述與白描，冷藏著閃爍的知性洞見。作為一個近乎刻薄的「完美主義者」，她在慎行中揮

霍，在分寸感中伺機，也在更為隨意的語境中隱忍孤獨，持續發佈靈魂私語。她多番涉險和多向度捕捉，也時刻與自己較勁，致使她的癖好與風貌變得詭異起來。

但這些變化，都沒有扭轉筆者對《草木詩經》的偏愛，它通過互文性將一百種草木做成形形色色的人生比附與人格「比德」，讓傳統題材，一經靈思奇想的鍛造，星花噴濺。

二〇一一年十二月十日下午，廈門外文圖書交流中心舉行新書發佈會、簽售會，這是一次圖書市場與讀者少有的對詩歌的額外嘉勉。第二天晚上，繼續在鼓浪嶼楊桃院子舉辦「子梵梅讀詩會」，並且配以大中提琴演奏助興。參加首發式時，筆者忽然想起四十九年前，自己還是一個初中一年級的學生，曾經讀過郭沫若先生同一題材的《百花齊放》——現在許多人都不知道這本詩集了。歷史的某種「重臨」，讓筆者忽然心血來潮，很想做一番粗略比較，因為兩本詩集都體現相同題材的互文性書寫性質。半個世紀的暌隔，放在互文性與符號性的視域下，它體現了何種歷史性變化，它帶來什麼啟示與經驗？這麼一個巧合的「引文」比較事件，或許還有點意思？姑且作為一個當時沒有在場發聲、現在作為一個補充性的「畫外音」吧。比較從六個方面採用表格示之。

二　比較互文性

	《百花齊放》（郭沫若）	《草木詩經》（子梵梅）
出版	人民日報社一九五八年版，分精裝平裝兩種，首印五萬冊。	南海出版公司二〇一一年版，平裝（全彩）。首印一萬冊。
寫作時間	十天，平均每天十首，非常吻合「大躍進」精神。	前後六個月；攝影則「滯後」六年，耐心等待最後「合成」。

組合方式	收一〇一首。左圖右文，圖是清一色木刻，由八位全國一流木刻家提供。詩是兩段式，每段四句，固定八句格式。屬於詩圖對照的初級互文本。 完全採用花的「自我介紹」，多從自身的色、香、形、義出發，寫得比較平實、通俗、單純、簡單、平面。	共一〇一篇。每一個文本皆由四部分組成：引文、本文、注解拾遺和攝影（三百零四幅，大部分自攝），四種異質性語料構建互文性空間。 屬於多角度多人稱的「複調」，也從花木色、香、形、義出發，但更多融入個人的現代體悟。
引例	例1・《馬踢蓮》：「處在萬馬奔騰的目前。／／我們也要響應著大躍進，／雪白的馬踢倒踏青天。／號召亞洲非洲團結一致／，快把帝國主義丟在後面。」為時代、陣營代言。 例2・《桔梗花》：「桔梗在中藥中是最常見的藥名，／傷風、咳嗽、消化不良，都用我們，／朝鮮朋友還把我們當成食品；」——基本停留在藥用食用層面。 例3・《曇花》：「我們的花時實在太短，我們只知有今宵，不知有明天，要犧牲睡眠，才能和我們見面」——拘泥於常識介紹說明。 例4・《萱草》：「除非你自己努力進行自我革命，誰也不能去掉你的憂愁一星星！」——意識形態高壓下的表態與自我敦促。自覺歸順於「大我」的統攝。 例5・也有少量情趣與想像力的，如《桂花》說：請嫦娥大姐「帶著玉兔一同回到故鄉。／吳剛老人，血壓恐怕高得一些，／能否回來，要請大夫作出主張。」	例1・《馬蹄蓮》：「煙塵剛剛壓下去／送神還是送人」「蹄聲太急／辨不明去向」——終於回到多維的「人」和私我的人身上。 例2・（《桔梗》）：「它只有一套祖傳的病理學／問題是，它的驚豔會整死病人的／沒有誰敢收留它」——有意或無意的逆向思維。 例3・「短命的天才毀於美的堅持」、「它用否定白天對世界構成傷害」——遠比曇花的現成解釋來得警醒。 例4・《萱草》：「要忘記生活的憂愁，懂得領略生活／或低級或高級的趣味」——仿佛回應半世紀前郭老的無奈，只有自我完全自由的心態才可應對一切。 例5・更多是人事經驗。《楝》：「悶頭的苦，佈道者黑漆漆／惡濁在敲著匕首／逃跑的腳跟深淺無依／塵世的苦翻轉著。」

性質	在當年「鼓足幹勁、力爭上游、多快好省地建設社會主義的總路線」語境下，顯然逃脫不了迎合時事的「應時之作」，是郭老解放後的文風標誌，是時代的悲劇，也是個人的悲劇。	是作者「九湖」詩歌期的濃縮版、精粹版；作為寫作原點的延伸與返照；互文詩語有充分應對大千世界的優質能力；迎合「讀圖時代」的審美趨勢與情趣。
評價	意識形態化占七十七首，用途介紹性占十四首，個人情調與文字遊戲十九首。因為外在、表面的東西太多，且較為單調刻板，缺少詩味，嚴格意義上屬於通俗性百卉科普讀物。 對此郭也進行過反思，一九五九年十一月八日給陳明遠的信寫道：「……我自己重讀一遍也赧然汗顏，悔不該當初硬著頭皮趕這個時髦。……我何嘗不想寫出像樣的新詩來？苦惱的是力不從心。沒有新鮮的詩意，又哪裡談得上新鮮的形式？」	大多數進入人與花草魂魄交流的深部，是詩人精神人格、修為、藝術秉性的寫照。在同類題材上，是對《百花齊放》的超越。「草木詩經」將成為作者的顯著「標籤」。 遺憾的是，文字篇幅大大超過詩文本，有喧賓奪主之嫌。或許是出版社出於市場考慮，有意讓文字「擴張」，並在排列裝幀上讓其壓過詩文本。詩的光彩被沖淡了。建議再版時在字型大小及排列上突出詩體。

　　五十年間，通過相似題材的詩寫比較，發現詩歌文本的確發生巨大變遷，從意識形態規訓到個人主體性確立，從單向性感受方式到多維複調「交談」，從明白曉暢的言說到豐富多元的語態，至少使詩歌從白話水準進入到現代軌道。其中最顯著的改變是話語方式完全建立在自主、有機和靈性的基礎上，而非服膺他者的支配，這一變化也為異質性、邊緣性語料進駐詩歌，打開缺口。

三　微觀互文性

　　深受巴赫金「對話」影響的朱麗婭‧克利斯蒂娃（Julia Kristeva, 1941～）一九六七年在〈詞語，對話與小說〉一文中首次提出互文性概念，強調文本與文本之間的互相依賴、互相依存的「文本間

性」，其重要特徵是：「任何文本都建構得像是由無數引語組成的鑲嵌畫。任何文本都是對其他文本的吸收和轉換」。[1]也就是說，任何單獨文本都不可能是自足的，需要在與其他文本交互參照、交互指涉過程中才能產生「馬賽克」。克利斯蒂娃的丈夫、「原樣派」領袖索賴爾斯（Philippe Sollers, 1936～）強化了這種提法：任何文本都處在多個文本的結合部，它既是複讀，也是強調、濃縮、移位和深化。文本與文本之間的相互滲透，不僅能夠使一連串的作品復活，能夠使它們相互交叉，而且能夠使它們在一個普及本裡走到極限意義的邊緣。[2]這是基於互文性的引文（前文本）從來就不是單純的或直接的，而總是按某種方式加以改造、扭曲、錯位、濃縮、或編輯，以適合講話主體的價值系統。[3]後來，法國結構主義批評家熱拉爾‧熱奈特（Gérard Genette, 1930～）從狹義性角度概括出互文性五種主要表現形式：引用語（前文本）、典故和原型、拼貼、嘲諷的模仿和「無法追溯來源的代碼」。另一位法國思想家、學者烏里奇‧布洛赫（U.Broich）結合後現代語境加入若干項：作者之死、讀者的解放、模仿的終結、寄生的文學、碎片與混合、套疊效應。

《草木詩經》在許多方面暗合了上述「要求」，形成某種微觀互文性，在具體文本關聯中涉及到：套用、暗引、點化、改制、翻新、反用、仿擬、拼貼、合併、鑲嵌等，不管採取何種手段，其目的都是教新文本對舊文本在消解中獲得不斷增值。

《草木詩經》的每一首詩都由四部分組成：圖像、注解、引文、

---

[1] （法）朱麗亞‧克利斯蒂娃：〈詞語、對話與小說〉，張穎譯：《符號與傳媒》（2011年2期），頁217～228。

[2] 王瑾：《互文性》（桂林市：廣西師範大學出版社，2005年9月），頁33。

[3] （美）派翠克‧奧唐奈等編：《互文性與當代美國小說》（霍普金斯大學出版社，1989年），頁260。

本文，四者相映成趣，相互印證，形成語義叢生的效果，同時又是合成的效果：飛蓬的浪漫之於親情的脆弱，木犀的馥鬱之於慈悲的廣披，麥冬的堅韌於困頓中掙扎、忍冬在隱忍中反叛起義；荻之蕭瑟與境遇之尷尬；愛恨之毒附麗於曼陀羅、宿命之風招引著蒲公英；由菩提樹逆引出「人如牢獄／要到裡面簽到」的感慨、從芍藥與牡丹的捉對廝殺噓唏風流歷史的「內傷」；寫二米多高的青蒿，身懷腋臭和壞脾氣的「自矜」，寫勝利東路勝利西路的白蘭，聲息全無的毀滅，也寫穿心蓮刻骨的痛感體驗……一○一首現代草木經，前有精美圖像開道，旁有注解簇擁，後有引文襯托，共同推出豐滿的內涵和足夠的想像空間。

試看〈苔〉。

第一部分圖像（略）。

第二部分注，後改為「拾遺」：苔，與蘚異，植物分類學有苔綱和蘚綱，唐以後「苔蘚」二字才相提並用。苔類比蘚類柔弱，更喜陰濕。古書所提的「苔」多數不是植物學定義的苔蘚植物，所含種類應更多。在植物界的演化進程中，苔蘚植物代表從水生逐漸過渡到陸生的類型。

苔是隱花植物，靠孢子繁殖，根、莖、葉不明顯，春暖時抽絲發苔，如絨柔軟，蒼翠欲滴。青苔生活在陰蔽潮濕的角落，陽光無暇顧及，似乎也不屑掃過那些個角落，青苔卻不在意，依舊或濃或淡地綠著，綠得鮮活，綠得招搖……這是最貼近土地與水源的植物。

第三部分引言：「苔深不能掃，落葉秋風早」（李白〈長干行〉）

第四部分正文：

他無聲地滑倒／葉綠素擦青了半邊臉／他爬起來，滑倒，爬起來，滑倒／如此反覆著，加大著動作的幅度／直至無法誇張／

　　／白雲高聳，臺階映碧／陰險的密謀者／由於長期的潮濕，培
養了許多出其不意的小花招／施陰的手段雖不高明，卻十分奏
效／它輕易地就把你推演成階下囚／／他就這樣陷入困境／只
好裝作若無其事／坐在地上慢慢掰著日月的碎屑／看人間紛紛
人仰馬翻／在一團漆黑的陷阱裡／讓濕氣也同期養活他身上攜
帶的生機勃勃的病菌

引言主要是作為楔子，預告與之相關的題旨。章節附注一般是提供簡
要的植物學常識，降低閱讀中的障礙，正式出版時章節附注換成並補
充為「拾遺」。「拾遺」揉進不少傳聞習俗、野史雜說中的個人主觀
感知，意在讓草木的性靈活在一個人的經驗和想像世界裡。兩者都是
打開草木經不可或缺的鑰匙。而圖像則是對物件的感性加深，填補了
某些草木譜系的視覺空白。圖像增添詩句的鮮活富麗，方便對照閱
讀，最大限度體現詩歌的豐滿。如此看來，在這種圖文並茂的超文本
鏈結（哪怕是靜態鏈結）中，我們收穫的豈止是一石二鳥？

　　〈苔〉的特異處，是將不入法眼的苔與偉大的詩仙李白聯繫起
來。這一聯繫，是通過「苔深不能掃，落葉秋風早」的引文。接下
來自然界的常態事物，馬上被詩人轉換為社會的、政治的場景，通過
他無聲的、不斷滑倒，爬起來再滑倒，「擦青了半邊臉」的險情，披
露出「潮濕處」的「施陰手法」，讓這位偉大的階下囚，只好屈尊一
隅，慢慢嘴嚼日月的碎屑和世間的人仰馬翻，這就讓後人感觸歷史
之手，還在培育那類周而復始、「生機勃勃的菌種」。蘚苔，既暗合
人物（「白雲高聳，臺階映碧」）的影響力，又托附出處境的濕滑險
峻。人、事、景合一，遐想非同一般。又因了結尾的歷史警示，委實
使這不起眼的小小青苔，充當了偉大的詩歌角色，穿戴了一回紫金梁
冠。

在這裡，幾種微觀互文性引人注目：拾遺中的大量褒揚與引文的「中性」構成異趣；苔的日常陰暗面引申為詩本的環境象徵；微不足道的蕨類與偉大的人物互為投射製造巨大反差，如此的「凸凹」，誠如子梵梅所說「我力圖避開傳統詩詞的干擾，從我的視角去重新解構草木的精神特質」，這就是互文的實質。百篇詩作，前引和後注，相互作用，多數時候是和正文互為詮釋、補充，結構成完整篇章。有些貌似純粹的介紹與「閒扯」，其實內藏著「伏筆」。或為楔子、或為詩眼、或為發動、或為「根底」，都是名正言順的有機組織。假設刪除文本的前引和後注，猶如斷了手指，幾成廢人。

再看〈木犀〉——「桂樹列兮紛敷，吐紫華兮布條」（〈九思・守志〉）。

既然文本緣起桂樹（楚辭裡列為香木），人們就有理由期盼在香氣上大做文章。女詩人把詩眼定做在香氣上是不錯的，卻來了個出乎意外的開頭：「伐木工人第二次走過來／／行刑隊有一把更加漂亮的鋸子」——漂亮的鋸子打了個漂亮的伏擊戰，然後再進入核心「有許多香在逃／我是在逃的香」，屠殺後的「逃香」，是劫難後的再生，終於昇華為「以晚年的慈祥，換取一顆原諒別人的心」，以此作結，遠遠逃出了傳統桂樹的旨意。這首詩的微觀互文至少在「引種」——「突轉」——「昇華」之間的接力中進行。這就叫別出心裁。

第三十五首〈豆蔻〉。

先亮出杜牧〈贈別〉名句：「娉娉嫋嫋十三餘，豆蔻梢頭二月初」，稍嫌直白點，殊不知原來是個陷阱。醉翁之意不在青春期，而是對婦女的身體性做出辛辣的披露與發揮：「奶牛乳袋裡有發漲的腥膩」，以及「月經」、「逼向」、「孕婦的隱痛」，再深挖一步「一個少女要演習幾個腐爛的大夜／才會變成今天無動於衷的婦人」，深入的當下針砭，終於挽救了這首詩，避免滑入前人所設下的「卿卿我我」

的俗套。顯然，在這首詩裡，微觀互文的修辭先採用豆蔻年華的套用，再進入少女與婦人之間的比較，而最後達到對糜爛風氣的反諷。

女詩人用眼花繚亂的馬賽克——多個現存文本疊合重組的馬賽克，為我們上演了一齣齣優雅的互文性劇碼。主動、強勢、充滿情志的互文，讓詩歌在變形變意的軌道上一直處於很大的跨度狀態。

《草木詩經》突顯了詩人故鄉——詩歌地理學的異彩，精確的說是「九湖」的濃縮版。「九湖」是詩人的家園、寫作原點。原點是詩人精神、人格、修為、藝術秉性的凝聚與發散，那些分蘗、那些孢子，都有著遺傳基因的深刻留痕。憑著它，或萬變不離其宗，或千姿百態地衍化。而更深廣的原點，則來自虞舜的斑竹、詩經的蒹葭、及至野徑溪澗的酢漿草……在互文性的漢語土壤上，共同培育著新品種。

四　符號性交疊

那麼多非詩語料與圖像加盟，在寬泛意義上，我們也可以把《草木詩經》作為符號性文本的修辭來看待。研究符號學多年的趙毅衡指出：凡是可以被認為攜帶意義的感知都是符號；符號文本要滿足兩個條件：1.一些符號被組織進一個符號中。2.此符號鏈可以被接受者理解為具有合一的時間和意義向度[4]。這是基於「符號本身是無限衍義過程」的原理。[5]符號性文本在符號自身及符號與他者的跨界（圖騰、圖片、影像、密碼、手語等）中逾越出語言文字的「本職」功能外，它與互文性文的主要區別是，互文性側重于文本間的互涉作用，而符號

4　趙毅衡：《符號學原理與推進》（南京市：南京大學出版社，2009年版），頁43、頁104。

5　趙毅衡：《符號學原理與推進》（南京市：南京大學出版社，2009年版），頁43、頁104。

性文本立足於表意後面隱藏的意指。互文性的間性關聯與符號性的隱喻意蘊容易構成天然聯盟，所以某種程度上可以說，符號性文本是互文性文本的擴張，或是廣義的互文性文本。

當互文性逾越出語言框架，或某些符號元素加入，互文性文本就移向符號性文本。借助個中原理，可由下面簡圖示明《草木詩經》在「示現──補充──轉移」架構中具有互文與符號的交疊性質：

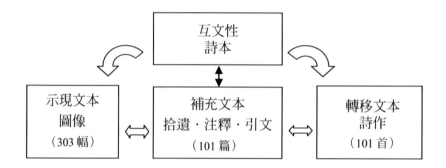

根據美國實用符號學鼻祖皮爾士（Charles Sanders Santiago Peirce, 1839～1914）提供的符號表意過程──著名的三分模式：「再現體──物件──解釋項」，不妨也將兩者的表意過程看做「啟動──對位──轉義」的過程，再加上三階段交接部猶存在著「接力」部位，那麼將互文性套疊於符號性，在符號學的大框架下審視相對縮小的互文性，或許可以得到延異性的表意「模型」。

符號性表意

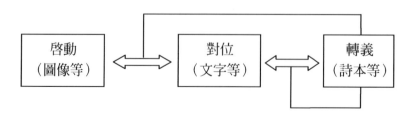

　　將《草木詩經》帶入首項示現，文本因圖像首先啟動，以仿真還原及美化方式給出了「原汁原味」——至少給人以「親眼目睹」的確定感，通過圖片的光線、色彩、形狀、細部肌理等多種形式元素傳達豐富的美感，以及在美感中潛藏的意義資訊。

　　接著圖像轉向對位元——講述與展示部分，由於本詩集的一個特點——圖像太強大了——在數量、位置、排列上佔據上風，顯示了符號文本向文字的強勢「拉攏」，或者說文字在某種程度上變為圖像的「附庸」（最多處於平分秋色的對位關係），更由於引文、拾遺、注釋只是圖像的補充性外延，並非主導的強勢部分，所以總體上繼續視為符號性文本的伸延也未嘗不可。

　　文本最終到了轉移的關鍵部位，經由主體強大的精神人格的驅使，前文本在「以我觀物」的感發中，經由隱喻、象徵、暗示、空白、斷裂、反諷、悖論等修辭手段，產生出萬千分叉的衍義——這些主觀性衍義都是能指／所指的「延異」性播散，引導人們步入解析性「空框」。

　　在上述三分法模式——「啟動、對位、轉義」的表意過程，處於其間的空隙是符號與文字、文字與文字交集的兩種接力部分，前一種接力發揮輔助、補充、說明功用，有一種延伸效應；後一種接力，發揮誘發、推導、牽引的深化效應。

　　這樣，上述圖文並茂的符號性文本，合理運用就能實現古人所說的「索象於圖，索理於書」、「兩美合併，二妙兼全」的修辭效果。圖文的時空差和對序差，完成了整體語篇的整合；圖文轉移的瞬間則捕獲了受眾的注意，並隨之把圖像所蘊蓄的注意力和情緒高能向詩體輸送，使得圖文互相賦予抽繹意義和生動性感知；圖文接力使受眾在

價值、情感和穎悟三方面完成了同體建構。[6]特別要指出的是,文本轉移的文字如若採用優質詩語配合巧妙的排列,當可在表意過程中另勝一籌。

現在,讓我們在「三分模型」中觀照幾篇詩作吧。〈荻〉——是有意無意採用兩幅沒有變化的圖像並列,配以〈琵琶行〉「潯陽江頭夜送客,楓葉荻花秋瑟瑟」的詩句,它能否在短時間內相互啟動呢?比起前頭〈豆蔻〉的近距離「接力」,〈荻〉相對拉遠了,或者說拉得十分適中,並不直接以荻的特徵屬性為嚴謹軸心來書寫,卻處處讓人感性到「荻」的精魂之所在:水邊老少年、鏡中小迷茫、日漸蕭條的人、細腿丹頂鶴、孤獨身世、隔年積雪、呆在床上、白頭翁。這些跳脫的句子「接力」著拾遺中的「注視」:荻即楚辭裡的「薍」,多生於坡腰,異生於水畔的蒹葭。哦,終於明白了,這是花序稀疏,成熟可制笤帚的蘆葦的「前身」。一種何等的人物相貌、風度和情懷,在淡遠的白描敘事中影影綽綽。「水太深了,太淺了。人蹲也不是,站也不是」。在對位元與轉移之間,詩語不時製造斷裂,成全了表意過程中某種「間離」,指向霧中看花的效果。

〈梔子〉則提供三幅分別為遠景、中景、特寫最完整的全家福。「婦姑相喚浴蠶去,閑著中庭梔子花」(王建〈雨過山村〉)。引文中最刺眼的是「閑著」。本以為王詩人以此為突破口,豈料僅僅將「白衣綠萼兼黃蕊,花具香甜味」的對位元文字作暫時「跳板」,一反常態地展開思辨式追問。因為我們碰到太多問題,政治、體制、倫理、道德、情感、價值……。所以——要問完甜膩問潔白,問完變髒問蒙蔽,問「鳥」問「棲息」問「香」問「純潔」。古怪的追問,無一

6　郭炎武:〈圖文修辭的對位・轉移・轉義——廣告作品的事實示現〉,《文藝爭鳴》2011 年第 6 期(2011 年 3 月)。

不指向當下的困惱。結果如何呢？女詩人輕巧的一跳：「這個下午統統用來捉蚜蟲」，自嘲略帶調侃，答非所問，問非所答，卻仿佛禪家語，解脫了一切難題。機巧、呼應、宕開。在這一解析性的表意過程，留下許多問的「無解」，卻又加深了轉義的迷離與深度。

五　結語

　　《草木詩經》以內在互文為主打線索、圖像符號為並置輔助，即在符號與文字、注釋與拾遺、圖像與詩本等多維接力之間，或並列或套疊或鑲嵌或混生，完善了一部賞心悅目的草木交響。符號性容易引入觀念寫作，並配以簡單手段，像許多廣告文案與廣告詩那樣，停留在對等說明水準上。女詩人的主體人格有效處理了符號的客觀性而開掘出較大的詩性空間，使得互文性超過一般「圖解」而獲得經驗「對話」，反過來又催化了符號性的豐盈感性，為詩歌遊走在多種材質中，乃不失現代性與現代氣息提供了有益經驗。

　　因材質語料的較大不同，文本始終都存在著視覺與心靈感受上的差異與融合。材質語料越懸殊，差異越大，融合越困難。女詩人表現了優質的融匯與重構能力。在巨大的差異與融匯的裂隙之間，也正是張力修辭身手不凡之時。互文性文本或符號性文本為張力提供了廣闊的舞臺。

　　近年，大陸有少量符號性詩本湧現：左後衛的《前妻》（主打空白字元號）、威格的《分娩記錄或者獨生子女登記專案》（主打欄目符號）、劉川的《新時代的一場大雨澆灌了我們最貧窮的縣區》（主打金融符號）。而某些交通標幟、資訊代碼、形象代言、字元「表情」也不時竄入詩本，刺激眼球。臺灣在這方面的規模與實驗精神上表現得更為前衛，不用再提前行代，後來者就出現林德俊的「成物

詩」、曹開的數學詩、許水福的「多邊形」符號詩，以及形形色色的數位詩、影像詩、行動詩等等，這一切，表明符號性詩語順流而動，正迎合「讀圖時代」的審美情趣；符號詩語為現代詩溢出單純語言框架，打開了更多的可能性天地。它是否預示著語言文字與符號（象似的、相關的、規約的）交集、替換、混生的時代的到來？即使目前只是初露端倪，也啟示著單純的互文性詩語完全可以放開膽量移情別戀，大膽向符號性語料明送秋波，藉助鋪天蓋地的符號資源，大展宏圖？那麼，現代詩語就比任何時期更有資本對外擴張，進駐任何領域、任何角落了？

網路世代詩人管窺
——試論凌性傑詩中的孤獨

陳政彥

嘉義大學中國文學系副教授

摘　要

　　目前還沒有太多研究者開始專注臺灣新生代詩人，除了網路書寫此一明確特徵外，我們還可以透過他們詩中所關懷的面向來指認他們。凌性傑的詩時常給人一種「孤獨」的讀後感受，透過現象學的理論架構，或可針對凌性傑詩中的孤獨給予更深刻的分析。

　　科克說：「孤獨，就是一種與他人無交涉的意識狀態。」因此我們可以將孤獨的情境，依照意識所意向的對象層層分析。孤獨意識首先意向於生存的時間與空間。在凌性傑的詩中，可以看到他著力於吟詠自己出生的故鄉，以及過去的時光。意識若不意向他人，則可意向自我，審視省思自我。在凌性傑的詩中可以看到自我透過蟲魚鳥獸的變形，展露真實的心聲。以詩刻畫下生命的姿態，穿透時間的流逝，碰觸存有的奧秘。但是在意向天地與意向自我當中，他人仍然會以底景的方式呈現在人的意識中，想要截然二分是不可能的。正如凌性傑以詩詠歎別離與死亡，透過觀看他人的缺席，方更深刻地瞭解自己。

關鍵字：凌性傑、孤獨、現象學、臺灣、現代詩

Key Words：Ling sexual Jie　Loneliness　Phenomenology　Taiwan
　　　　　　Modern poetry

一 前言

　　「世代」是了解臺灣現代詩壇的重要概念之一，李瑞騰說：「一批年齡相近的寫作人，在某一個時間階段呈現的文學景觀，包括創作行為及活動方式等，在多樣的面貌中存在著某些一致性，或可稱之為『世代性』。」[1]透過同一世代詩人的個性與群性的解析，更清楚釐清了臺灣詩壇在不同時間點的不同面貌。

　　由一九四五年出生的詩人為戰後第一代開始算起，一九七五年前後出生的青年創作者已經要算作是戰後第四代詩人。比起前行代、中生代詩人來說，透過網路發聲是他們登入詩壇的重要管道，也是指認第四代詩人的重要根據之一。白靈便道：「他們消耗青春的方式，是手指賽過腳趾、列印紙厚過稿紙、空中漫遊遠過地面散步、老實虛碰多於假假實撞、即時發表重過深入閱讀、而可計次的分眾較茫茫人海的大眾更讓他們『心裡有數』。」[2]雖然主要在網路上嶄露頭角，但是就創作內容來說，戰後第四代的青年詩人語言實驗的幅度，卻不比戰後第三代詩人們如陳克華、顏艾琳、鴻鴻等人來的更激進前衛。本身也算是戰後第四代詩人的林德俊就觀察到這種落差，林德俊說：「檢視『新新世代』詩人的作品，形式刻意顛覆的乖張之作已不多見，有回歸素樸的趨勢，他們多數在語言上力求精準，在意象、聲調和結構各方面琢磨一己風格。」[3]這給我們一個新的思考方向，除了關注網路

---

[1]　李瑞騰：〈新世代詩人詩作論述前言〉，《臺灣詩學季刊》第32期（2000年9月），頁6。

[2]　白靈：〈詩人本色〉，收錄於林德俊主編《保險箱裡的星星——新世紀青年詩人十家》（臺北市：爾雅出版社，2003年），序頁5。

[3]　林德俊：〈新新世代詩人，暗藏曙光〉，收錄於林德俊主編《保險箱裡的星星——新世紀青年詩人十家》，頁172。

寫作及語言實驗之外，對於新生代詩人的研究或許應該回歸到創作的主題與詩人風格中，找尋更深刻的論述。

凌性傑正是這種不求顛覆乖張，轉以深刻溫暖的詩作風格獲得肯定的青年詩人。他生於一九七四年十一月，雖以年代限定劃分在戰後第三代詩人中，但創作風格生活方式事實上都更接近戰後第四代詩人群，一九七四年出生於高雄的凌性傑，曾獲中央日報詩獎優勝、教育部文藝創作獎新詩優選、臺灣文學獎新詩首獎，出版詩集《解釋學的春天》、《所有事物的房間》、《海誓》、《愛抵達》、《有信仰的人》，現任職於臺北建國中學。除了寫詩之外，凌性傑兼擅散文，多次得散文獎項肯定，還有重新用散文詮釋現代詩與經典古文的賞析文集，以教師身份推廣文藝創作的衝勁十足，是日漸受到重視的青年詩人。

凌性傑的詩作溫潤易讀，有豐富的感性流逸其中，羅智成講評凌性傑得獎作品〈鴿子〉時說：「它最吸引我的地方是流暢的節奏與歌謠般的語法。這使得任何批判訊息的顯現與傳達都顯得溫柔、溫馴。」[4] 但是不複雜的文字不表示詩中思緒同樣容易理解，凌性傑詩中自有一種情緒貫串全部文字，不管是在他歌頌愛情或是描摩物色景觀的詩中，都能讓讀者感受到詩中強烈的疏離隔絕之感。與凌性傑年紀相近的詩人孫梓評便深刻地指出：「阿性的詩裡面，通常給出一個片段景深，非關情節的描述，更接近於破碎的對話。與自我對話、與他人對話。或是化身不同界門綱目的屬物，自況、意淫、延伸，或是冷眼旁觀。對話者的幻化移動，其實都是因為孤獨。孤獨者想透過孤獨本身創造意義、愛欲、話語。」[5] 孤獨可成為我們瞭解凌性傑詩作風格的一個切入角度。

4　羅智成：〈鴿子評審意見──優美、成熟與動人的感性〉，收錄於凌性傑《解釋學的春天》（高雄市：松濤文社，2004 年），頁 152。
5　孫梓評：〈詩是孤獨唯一的果實〉，收錄於凌性傑《解釋學的春天》，頁 20。

　　但我們要如何透過孤獨的分析來理解凌性傑的詩呢？首先，我們要從什麼是「孤獨」開始談起。目前對於孤獨的專著討論相當多，歸納起來，研究領域以心理學與哲學這兩個面向為主，許多心理學家都將孤獨視為一種心理狀態，是否孤獨牽涉到人的心理健康與否。例如瓊恩・魏蘭—波斯頓（Joanne Wieland-Burston）在其《孤獨世紀末》一書中，將孤獨分為「非自願性的孤獨」與「自願性的孤獨」兩種。第一種孤獨是被人排擠，或是生活空虛寂寞，渴望連結，這種孤獨給當事人帶來極大痛苦。反之，人也會主動追求孤獨的渴望，希望脫離人世，此為第二種。[6]心理學家歐文・亞隆（Irvin D. Yalom, 1931）在其《存在心理治療》一書中則將孤獨區分為人際、心理、存在等三種不同類型。由於社交能力不足導致人際孤獨，心理狀態產生異常的心理孤獨，以及由「存在」本身所引發之本質思考上的孤獨。[7]精神分析醫生安東尼・史脫爾（Anthony Starr）則認為和他人的互動與個人的獨處二者同樣重要，孤獨是一種有益心理健康的狀態。[8]但是心理學上的討論多著眼於孤獨對心理健康的影響，沒有針對孤獨本身的價值與狀態進行更深一層的分析。相對於此，菲力浦・科克（Philip Koch）透過現象學的視角，給予孤獨更深一層的詮釋。

　　科克使用「現象學的還原」方法，暫時先「擱置」（suspend）了我們對於「孤獨」未經反省的自然態度。一般人所認為的「孤獨」

6　瓊安・魏蘭—波斯頓（Joanne Wieland-Burston）著，宋偉航譯：《孤獨世紀末》（臺北市：立緒文化，1999年），頁7。

7　歐文・亞隆（Irvin D. Yalom）著，易之新譯：《存在心理治療》（臺北市：張老師文化公司，2003年）下，頁483。

8　安東尼（Anthony Starr）：「人的一生始終都受兩種對立的力量驅策：一種力量使你傾慕友誼、愛情及任何親近的關係；另一種力量則驅使你獨立、遠離人群，或自主。」見安東尼・史脫爾著，張嚶嚶譯：《孤獨・原序》（臺北市：八正文化，2009年7月），頁21。

（自然態度），是一個人獨處的時空狀態，這但不能解釋為何有時我們在人群中也會感到孤獨，亦或者雖然獨處卻不覺得孤獨。同樣的，人們常把孤獨與疏離、寂寞等負面情緒，毫無區別地混用，卻忽視了許多哲人文士在孤獨狀態中充滿創造力與靈性的頓悟。因此，我們可以發現，孤獨不只是一種心理狀態，關鍵也不在於是否一人獨處的時空，而是意識所意向的對象。

意向性是現象學的重要概念，詹姆士‧艾迪說：「現象學不會只注重經驗中的客體或經驗中的主體，而要集中探討物體與意識交接點。因此，現象學要研究的是意識的意向性活動（consciousness as intentional），意識向客體的投射，意識通過意向性活動而構成的世界。主體（subject）和客體（object）在每一經驗層次上（認知和想像）的交互關係才是研究重點。」[9]科克便是奠基在意向性的討論上，也就是從意識所意向的對象來定義孤獨。

根據學者們的歸納，人的主體意識所意向的對象，大概可以分成「世界、事件、他人、自我」等四類，世界是指主體存在的空間以及其中的非生命物，事件是主體意識在時間流動中所感受到狀態的變化，意識也會回過頭來反思自身的存在，體會自己存在的意義與感受。而其中他人的存在十分重要，他人是另一個意識，有語言想法生命，能夠被我們意向也能夠意向我們，是我們生命當中極其重要的部分，可以說我們意識的絕大部分，都與他人的存在息息相關。

所以何謂孤獨呢？科克據此推導出：「孤獨，就是一種與他人無交涉的意識狀態。」[10]也就是說，無論獨處與否，人的主體意識的意向並非指向他人，就是孤獨的狀態。此狀態雖然可能引起低落、憂傷的

9　轉引自鄭樹森〈前言〉：收錄於鄭樹森主編《現象學與文學批評》（臺北市：東大出版社，1984年7月），頁2。

10　菲力浦‧科克著，梁永安譯：《孤獨》（臺北市：立緒文化，2001年2月），頁64。

情緒，但是當意識意向他人以外的世界、事件、自我之時，主體意向自己的存在處境，意向所存在的時間空間，體會人與存有之間的關係，此時的孤獨也可能使人獲得深深的啟發。科克的這些分析，也契合於現象學大師海德格（Martin Heidegger, 1889～1976）對於存有的思考，以及法國現象學文學批評家巴什拉（Gaston Badnelard, 1884～1962）也在《夢想的詩學》中討論孤獨的意義。藉此分析凌性傑詩中的孤獨，則有了較貼切的方法架構。

　　凌性傑的詩中時常有對於空間的描述、對往日時光的追憶以及投射自身想法情感的動物化身，在不涉及他人的狀態下，給予讀者孤寂的讀後感。從科克所提出孤獨的定義來看，在不意向他人的情況下，孤獨可以拆解成兩種狀態，首先是一個人獨處的時間空間，主體意向其所存在時間空間，其次主體意向自己存在的現況，正好貼合凌性傑的詩風。

　　但是孤獨並不完全來自於意識的不涉入他人。在與自我獨處，冥思的時空中當然是一種孤獨，但是生命中更大的孤獨是來自於他人的不存在。凌性傑的詩更常寫的是親人愛人朋友。越是關心他人的人，才越強烈感受到離別的孤獨傷感。離別與死亡成為凌性傑詩中揮之不去的課題。

　　在實際狀況下，意識想要達到完全不涉入他人，幾乎不可能，科克自己也承認：「『涉入』經常摻雜著『不涉入』，『不涉入』也經常摻雜著『涉入』──從這一點，我們就可以看出『涉入』和『不涉入』兩者的對稱性。」[11]當意識意向著他人的不存在時，更加貼近我們生命真實感受中的孤獨，在涉入與不涉入他人之間，有著值得人深思的問題，因此以下透過這三個面向來討論凌性傑詩中的孤獨。首先討

11　菲力浦・科克著，梁永安譯：《孤獨》，頁119。

論純然的孤獨，也就是凌性傑詩中孤獨的時空與自我，之後進一步分析孤獨中的不孤獨，也就是所意向的他人不存在的狀況。（可參見下圖）

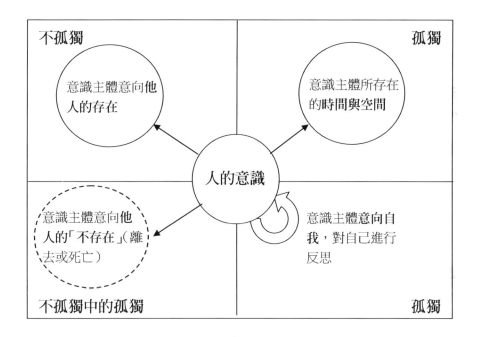

二　孤獨的時空

時間與空間是人存在的基本背景，人的意識基本上就架構在時間空間之上。胡塞爾（Edmund Husserl, 1859～1938）也說：「我所身處的並且同時是我的周圍世界的這個世界，是與我的經常變化的意識自發性的集合體相聯繫的。」[12]意識的變化，與所存在的時空息息相

---

[12]　胡塞爾：〈現象學的基本考察〉，收錄於倪梁康編：《胡塞爾選集（上）》（上海市：上海三聯書局，1997年11月），頁376。

關。當人的意識不再涉入他人，不再關注日常生活中互動的眷屬愛人
親朋好友，意識自然會意向所存在的時空環境當中。遠離了人事紛
擾，只剩下自己與所處的時空靜謐相對，在這種孤獨之中蘊含著想像
力的奔放的無限可能。巴什拉曾強調孤獨與宇宙的關連性：「對宇宙
的夢想，是一種孤獨感的現象，一種來源於夢想者的心靈狀態。這類
夢想的產生和擴張不需要一片沙漠，只需要一個藉口──而不是一個
原因，就足以使我們自身置身於孤獨的處境──對宇宙的夢想具有一
種穩定性，一種寧靜性。它有助於我們逃離時間──詩中的宇宙形象
屬於心靈，屬於孤獨的心靈，屬於任何孤獨感所引起的心靈。」[13] 可說
孤獨來自於獨處對自身存在時空的思考，而凌性傑的詩正有著大量關
於時間與空間的描寫。

（一）獨處的空間

　　透過現象學的啟發，今日我們已經知道，空間不只是空間，更是
我們意識的的居所。尤其是人出生成長的故鄉，是寄託了大半的生命
經驗，充滿令人感動的回憶，意義更是非凡。凌性傑特別關注寄託情
感的空間，曾以出生的故鄉高雄完成一系列詩作，例如〈左營孔廟偶
得〉、〈植有木棉的城市〉、〈高雄港夜霧〉、〈過港隧道〉、〈我的家在
河的那一端〉等等。數量之多十分罕見，高雄書寫儼然是凌性傑詩中
不可忽視的重要主題。他在〈陽性城市〉中說：「鋼筋水泥支撐我們
的城／也安置我們的生活與靈魂」。高雄地處臺灣南方，屬熱帶氣候
的港都，對詩人來說是充滿了陽剛草根氣質的故鄉，但是這種粗獷氣
質也正是高雄迷人之處，「沒有什麼是值得懷疑的／除了睡眠以及彩

---

[13]　加斯東‧巴什拉著，劉自強譯：《夢想的詩學》（北京市：生活‧讀書‧新知，三
　　　聯書店，1996 年 1 月 1 日），頁 19～20。

色的夢／用傷害消滅傷害／用誤會去理解誤會／於是能夠相信／希望
是不停轉動的星球／信心讓我們硬挺起來／／星球不斷轉動，傾斜的
／希望，還有偏頗的愛」[14]。。草莽粗魯的愛，是凌性傑為高雄所下的
注腳。

　　詩人在高雄的回憶當中，難以忘懷的還有在孤身獨坐旗津風車公
園的經驗，〈旗津風車公園獨坐〉中：「原來一無所有的世界／因為
運轉而有了力量／仰望著那些矗立我懷疑／它們是否需要休息？／是
否需要一點真理？／寧靜的彼岸／我要用陌生的思想／解釋疲倦的人
生／或許在神的眼中／美麗本身就是／最實用的意義」[15]。當一個人靜
靜在公園中獨坐，雖然看著身邊人來人往，但心境上已離塵脫俗，用
更超然看待公園此一空間之美，風車的運轉構成了公園動態的美感，
在美的感動中，凌性傑思索著對上帝來說，美的本身就是最實用的意
義。

　　除了故鄉高雄之外，凌性傑詩中也經常出現房間的意象。在〈在
自己的房間裡〉中說：「無以為靠的年代，我仍相信睡眠／那是一處
可以安穩的角落／蜷曲，舒展自己，像一匙茶葉／因滾燙的浸泡而
愉悅起來／遠處教堂的鐘聲淹過暴虐的天空／慢慢腐蝕著動盪，太
長的一生」[16]。獨處的房間是意識的保護膜。凌性傑自己也直接申明對
於房間的喜愛，他說房間就是：「可以寄託自己的地方。它是一種隔
絕，是一個讓自己可以安心的 ，它是一層保護。」[17] 一個屬於自己的
房間，所有動盪風雨都隔絕在門外窗外，只要在舒適棉被裡就能感受
到無比的心安。

---

[14] 凌性傑：〈陽性城市〉，《有信仰的人》（臺北市：泰電電業，2011 年 4 月），頁 33。

[15] 凌性傑：〈旗津風車公園獨坐〉，《有信仰的人》，頁 35～36。

[16] 凌性傑：〈在自己的房間裡〉，《有信仰的人》，頁 92。

[17] 小沙漏：〈凌性傑：孩子中的孩子〉，《有信仰的人》，頁 233。

於是最美好的事不外乎：「就在這裡，餐桌上擺滿理想／我甘心在這裡把一生用完／就是在這裡，在睡眠之前／還有一點遙遠的光與暗／讓世間萬物安安靜靜／各自找到各自的房間」[18]。有別於人在開闊的場地中領略宇宙廣袤，凌性傑在狹小房間裡也能領略一個世界。巴什拉在《空間詩學》一書中詳述家裡的每個房間都與人的意識有特定的連結，進一步討論想像力的《夢想的詩學》中，仍然不忘分析房間與想像力的關係，巴什拉說：「每個宇宙即在自身的環境裡自成天地，每個宇宙都集中於一個核心，一個胚胎，一個動態的平衡中心。這個中心強而有力。正因為它是一個想像的核心，進入這個核心就是一個世界。微縮而成的變形向著一個宇宙的各個向度四散而去。再一次，巨大容於微小中。」[19]斗室中的睡眠與沈思，都給了靈魂飛翔的空間。

（二）獨處的時間

當人獨處時，首先感受到的是包圍著自己的空間，但是隨著反省的深入，便會進一步體會到時間的流逝。現象學者們對時間議題頗多著墨，胡賽爾接受了柏格森對於意識流的討論，確立了意識在時間流動中架構意向對象的過程，海德格更是將時間納入其學說中，成為此有存有的重要關鍵。海德格認為，當時間飛快流逝，唯有自覺自己的存有，並且進一步提出思索扣問的人，才算發覺了自己存在的意義。但是要發覺自己的存在，抵抗與世沈淪的趨勢並非易事。因為人生在世，總是被其他人的存在所牽絆，人總是要為了他人而忙碌奔波，不能自己。海德格說：「在世總已沉淪。因而可以把此有的平均日常

---

[18] 凌性傑：〈La dolce vita〉，《愛抵達》（臺北市：泰電電業，2010 年 9 月），頁 57。

[19] 加斯東‧巴什拉著、劉自強譯：《夢想的詩學》，頁 248～249。

生活規定為沉淪著展開的、被拋地籌劃著的在世，這種在世為最本己的能在本身而寓『世』存在和共他人存在。」[20]他人之存在往往就是牽絆，使人無法發覺自己存在意義的主要原因。日常生活中，注意力多半花費在人與人的相處過程中。唯有孤獨時，人才能靜心體察時間的流動。一如凌性傑〈生命中的片刻〉所說：「我來到這裡了／千劫百毀都已經凝疤／站成一棵樹仰望秋天／沒有幻想不再說話／痛是唯一，在謊言纏繞之後／不能或忘的都將記取／——關於沒遮攔的風／以及不蔽體的黑暗／暗中，自己，閃閃如／一星之逝／／寂寞而曖昧，時間／從背後飛過輕捷長影／那溫吞的感傷」[21]，詩描寫詩人獨處時不免想起不愉快的往事，越是這個時候，讓詩人不經意地察覺時間的緩慢流動。

時間除了是主體真實感受到的狀態變化外，也可以是成為被思考被描述的對象。凌性傑詩中也不乏詠歎時間的詩作，一如這首〈時光列車〉：「遺忘的風景迎面而來／我不知道誰與誰命運交錯？／偶爾緩慢滑行，偶爾飛奔／我以為，啊，這就是人生／／世間萬物我們想像且遇見／這人生，或許我們珍愛／有些事情只是暫時想不起來／而陽光在冬日，這美好多麼令人歡快」[22]。時間的流逝有如火車，到了站有人上車有人下車，我們都只是一段旅程中的彼此過客，想停住時間既然不可能，就不妨安心享受旅程中的風光，只是為了一次冬陽的暖和就暢懷欣喜。對於高雄空間的描寫以及對於時間的詠歎，這些詩中只看見詩人的孤獨心靈如何在時空之間踱步。

---

[20] 海德格著，王慶節、陳嘉映譯：《存在與時間》（臺北市：桂冠圖書股份有限公司，1990 年 1 月），頁 250。

[21] 凌性傑：〈生命中的片刻〉，《有信仰的人》，頁 164～165。

[22] 凌性傑：〈時光列車〉，《有信仰的人》，頁 151～152。

三 孤獨與自我

我們的討論從獨處的空間刻畫，進一步討論感受獨處中所以體會的時間流動。最終，意識關注的焦點終歸會注視到自我之上，那也是孤獨最核心的狀態。正如柯克所定義的：「孤獨的意識是一種不指涉他人的意識，孤獨的心靈是一顆沿著自己道路在漫遊的心靈」[23]。海德格曾說「沈淪」是指人與人的相處對待當中，意向的焦點始終集中在他人之上，失去了自我省察，漠視自身存在的意義。另一位曾經深受現象學啟發，提倡存在主義的人文學家沙特（Jeam Paul Sarte, 1905～1980），也疾呼他人的存在竟成為自我存在最大的障礙，為了遷就他人討好他人，就不得不隱瞞自己真實的想法，自欺欺人只為尋求人際關係和諧，因此沙特提出他激進的名言：「他人存在就是地獄！」[24]他人的存在束縛了沙特最重視的人的自由。唯有孤獨，也就是意識的焦點不為他人與事物分散，專注在自我之時，人才能發覺自己的存在。科克提出孤獨為人帶來的正面效應在於自由、回歸自我、契入自然、反省等。最終，科克說：「自由讓我們可以去從事創造，而自由的想像力更是創造的媒介；回歸自我讓我們可以接受到內心的創造呼喚；契入自然讓我們可以在物質材料上預見我們創造品的輪廓；而反省則可以讓我們把構成新作品的各項分散的元素匯聚到思維裡面去。只有當我們把前四德發揮到極致，創造性才能發揮到極致。」[25]往往在獨自審視自我當中，才是文學作品與藝術品被一顆顆敏銳心靈所完成的片

---

[23] 菲力浦・科克著，梁永安譯：《孤獨》，頁72。

[24] 沙特劇本：《沒有出口》，轉引自松浪信三郎著，梁祥美譯《存在主義》（臺北市：志文出版社，1982年），頁146。

[25] 菲力浦・科克著，梁永安譯：《孤獨》，頁183。

刻。沒有了他人看法的干擾，詩人的心靈才可以任意奔放，跨越僵化的界線，在詩中幻化萬物，直抒胸臆。

（一）自我的變形

　　當人的意識回歸到自我，遠離了他人的既定看法，不用介意別人的眼光，想像力也可以放肆起來，人與物之間泯滅了既定界線，變形的夢想其實是寄託了更深層的願望。因此在古代神話中，人與物可以易形而生。在凌性傑的詩中，蟲魚鳥獸實則寄託了青年詩人自己的興觀群怨。例如這首〈螢火蟲之夢〉：「用尾端，輕輕，就能頂住全世界的黑暗／死亡或遺忘。我便這樣不由自主地發光……但彷彿有誰在我們之上端坐凝視／不說話，只安靜整理自己的思想／草叢中腐爛的聲音似有似無／我與同類爭相前往沒有光的地方／在飛翔中睡眠，睡眠中飛翔／最好是這樣，五月的雨剛剛降下／慾望，潮濕而溫暖」[26]。詩的後記說明了這是一次詩人難忘的賞螢之旅，但是現實世界的螢火蟲只顧著飛行交配，沒有思想，詩裡的螢火蟲其實是詩人的化身。面對這個社會，上帝就像賞螢人一樣，若有所思卻毫無動作的看著人間，社會陰暗角落裡，不為人知的罪行正發生著，猶如腐爛草叢。詩人不禁要問，是否經世濟民的口號比不上一次兩情相悅的邂逅來得更真實，只是與相知的心靈相遇就足以抵擋無盡黑暗，凌性傑在詩中不但發著愛情的螢火，也是對世間批判的光。

　　又如獲得中央日報新詩獎的作品〈鴿子〉，也是另一首作者的化身：「銅像肩上我們大量糞便耳語／無所能無所不能的練習寬恕，懺悔／渺小的願望。而這世界是否寧可／謊話？還是仍然集體而孤獨？／是嗎這樣很好，很好，沒有殘酷不需要天分／這世界我們這樣親近

---

[26]　凌性傑：〈螢火蟲之夢〉，《有信仰的人》，頁 71。

反覆睡與死」[27]。良善的鴿子只能祈禱和平,卻毫無能力抵擋惡徒的槍砲射殺,只能徒勞無功日復一日練習懺罪祈禱。語氣中可以體察到對於凌性傑怒視強權暴力及對世間不公不義的怨懟。透過動物的隱喻,詩人傳達的都是自己的心聲。

化身成各種動物,像是人們心中最原始的夢想,也唯有在孤獨一人創作時,才能毫不避諱地幻想著自己是螢火蟲、鴿子、鯨魚、海龜。巴什拉談到孤獨與童年夢想的關係:「我們童年時代的宇宙性留在我們心中。它一再出現在我們孤獨的夢想之中。」[28]在孤獨的夢想中,凌性傑以海龜寄託自己的願望,即使世間日趨傾斜罪惡,仍然要努力創造希望:「腹背皆瘤,以肉身餵養罪惡/罪惡細胞輕盈卻沉重/異端的肉芽演繹世代譜系/溫暖的土地上,即是帶病仍要/設穴,含淚產下一顆顆/包裹祝福的卵蛋/聽夢在孵化那樣驕傲/裂痕,探出頭來的聲音」[29],受到輻射污染癌變生瘤的海龜還是希望能夠留下充滿希望的後代,凌性傑以老師的身份,目睹種種世間的醜惡不公,仍希望能教育出心地柔軟、明辨是非的下一代學生,像海龜卵寄託了希望,海龜成為詩人最深刻的化身。

(二)自我的呈現

除了轉化成各種動物以表達情緒之外,凌性傑也在詩中直呈胸臆,展現了無蔽的自我。對凌性傑來說,詩就是他的信仰。凌性傑說:「面對事物本身,面對這個既溫暖又殘酷的世界,詩教會我理解與同情更真誠的對待自己以及他人。我相信這一切是有意義的。」[30]詩

---

[27] 凌性傑:〈鴿子〉,《有信仰的人》,頁76。

[28] 加斯東・巴什拉著,劉自強譯:《夢想的詩學》,頁136。

[29] 凌性傑:〈龜途〉,《有信仰的人》,頁85～86。

[30] 凌性傑:〈有信仰的人・後記:溫柔的可能〉,《有信仰的人》,頁147。

中的自述，是詩人最真誠的自我，有詩人的溫柔與抵抗。與詩集同名的詩作，〈有信仰的人〉中說：「從此我需要一場神秘的聖戰／讓不安的靈魂得著信靠／要有一座天空，祝福環抱／完整而無遮蔽的藍／風中有和平的信息／塔頂的大鐘也被敲響／／我還要有一種思想，乾淨的／一種信仰在砲火覆蓋的此城／成為一種力量我要有主義可以／奉行，像每一隻蛾撲向牠願意親近的光／先知躺臥在墓園，雜草任意生長／／要有希望與愛的時候，就有了／希望，愛是橄欖枝葉不斷伸展／鴿子奮力飛翔／鷹隼盤旋在大河沿岸」[31]。此詩以戰爭為主要意象，以詩句當作武器，宣示對罪惡的不能包容，以及對愛與和平的願望。詩以藝術品的形式，紀錄下凌性傑生命的姿態。

孤獨使人創作，所創造的各種藝術品，不管是詩、書、畫、樂都突顯了人存在的價值，逃脫了死亡使人的存有消失的危機，因此海德格說：

> 孤獨並不是在一純粹的的被遺棄狀態所經受的那種分散中成為零星個別的。孤獨把靈魂帶給個體，把靈魂聚集到「一」之中，並因此使靈魂之本質開始漫遊。孤獨的靈魂是漫遊的靈魂。它內心的熱情必須負著沉重的命運去漫遊——於是就把靈魂帶向精神。[32]

所以，孤獨並不單單是一種個人意識不涉及他人的狀態而已，更涉及了人與自然，人與創作之間的種種關連。在所有的宗教教義中，孤獨都是自我提升、契合另一個更廣大更神秘之世界的關鍵。在藝術家的傳記中，無論是音樂家、畫家還是詩人、小說家，孤獨給予創作者最

31 凌性傑：〈有信仰的人〉，《有信仰的人》，頁144～145。
32 海德格著，孫周興譯：《走向語言之途》（臺北市：時報文化，1993年8月），頁50。

大最深的自由，讓他們去挖掘宇宙中美的奧秘。於是，在凌性傑的詩裡，我們可以看到詩人堅定地表達自我，不需要顧及他人：「總有一些什麼值得相信，譬如／音樂或噴泉，有光的天堂／／世界仍然是傾斜的／旋轉，在名字的玫瑰裡綻放／／命運與理解，甜美而芳香／穿過時間蝴蝶蓬蓬然醒來／／槍砲以及病毒都在遠方／與此刻的擁抱親吻無關／／印象派的風裡彷彿／有一些什麼盛開，值得相信」[33]。即使外面還有槍砲、病毒，世界微微傾斜，但在自己的房間裡，在詩的文字中，仍然還有一些美好的事物，值得信仰。孤獨給予凌性傑如此宣說的力量，詩則將這種信念傳達給讀者。

四　孤獨與他人

接著，我們進一步來談凌性傑詩中「不孤獨的孤獨」。在現實生活中，當我們面對身邊的親人朋友、公司的老闆同事，我們的意識必須直接與他人接觸，我們聆聽他人的語言、觀察他人的反應動作，思考如何在這種應對中決定自己的行動。此時的意識直接意向著他人，這當然不算是孤獨。此外，心中想著他人，意向著他人，此時雖然獨身一人，但未必會有孤獨感，反而因為心頭有人寄託而感覺不孤獨。但是當所意向的他人已經離散或死亡時，這種意向他人的狀態就成為孤獨的一種特例。

雖然科克對孤獨的定義是「意識中沒有人涉入」才是孤獨的狀態。但實際上，在人的意識活動當中，很難有達成「完全」沒有涉入他人的情況。意識流動總纏繞著人事物不停流轉，想要控制意識的意向只集中在時空與自我，而不涉及他人是非常極度困難的，只有在某

---

[33] 凌性傑：〈解釋學的春天〉，《有信仰的人》，頁54。

些特定宗教修行活動中才能達成（如基督教的祈禱冥思或者佛教的禪
定狀態）。這種境界稀少也難以被常人體驗，並不符合一般人對孤獨
的體會。科克自己也說：「孤獨——不管是世俗式的，還是宗教式的
孤獨，雖然是一種不涉入狀態，但大多數時候，仍免不了若干程度的
涉入。這一類的涉入零零總總，有出之以間接的方式，有出之以擬人
化的方式的，也有出之以『底景』的方式的。」[34]書中，科克特地援引
中國太極圖的意象，闡述意識中沒有絕對地孤獨與不孤獨的狀態，
二者雖有別但互相涵攝。因此有孤獨中的不孤獨，亦即雖然意向時空
與萬物，但是他人仍以無法抹去的底景存在，所謂「好鳥枝頭皆朋
友」，在大自然中找到人的影子。此外也會有不孤獨中的孤獨，也就
是雖然意向他人，他人卻已不存在的狀況。

　　在現象學中，學者歸納出人的意識所意向的同一對象，在當下所
意識到的面向上，同時也包含著沒有被意識到的面向，透過意識的思
慮認知將之組合成同一件事。在孤獨的討論裡，當我們觀照自我生命
狀態之時，雖不欲涉及他人，他人的存在卻仍會呈現，成為襯托反思
自我時不可避免的底景。因此，意識意向著他人之不存在的孤獨，則
成為一種跨越了定義模糊地帶，卻又千真萬確的真實感受。在凌性傑
詩中，大量詠歎他人的離別與死亡的詠歎，給予讀者最直接的孤獨感
受。

（一）他人的離去

　　凌性傑的詩作甚少刻畫抽象思辨及費解意象，創作多緣於生活中
的真實情緒，凌性傑對於人的情感特別深重強烈，記述情感為主的情
詩相當多，例如這首〈La dolce vita〉：「你不是我的、我也不是你的

34　菲力浦・科克著，梁永安譯：《孤獨》，頁112。

他人／雖然有時兩個人不代表我們／但是用皮膚就可以理解所有／形而上的問題，至於形而下的疑慮／則在不斷起伏辯證的左胸底／我伸舌舔著單球冰淇淋／那是整座佛羅倫斯，文明的天氣／或者歷史的陰雨。當我們／並肩走向一個叫做未來的地方／教堂頂端又傳出信仰與鐘聲／我只是這樣一個人信你不疑」[35]。La dolce vita是義大利文，意思是甜蜜生活，詩中描寫了盼望與戀人共同生活的願望，只要兩人相守，即使是身處陋室，房間裡也像義大利、法國般充滿情調。當然這樣的詩所刻畫並不是孤獨，因為不管是否孤身一個人，只要心中思念他人、意向著他人，都不算孤獨。

但是處在這個不完滿的人世間，情感飄忽，人事飄零，相愛的人卻不見得能永遠相守，當曾經心念相繫的人變心離去，所涉及的他人已然成空。人，便成為孤獨詩作中悲傷的底景。所謂底景，科克說：「人類的意識，多多少少都免不了會被一層由某些人物所構成的『底景』（containment）所圍繞。」[36]在回憶往事或者舊地重遊時，都可能觸景傷情、睹物思人，此時的他人雖然不是意識的主要對象，卻就成為意識揮之不去的底景，例如這首〈我的青春港－記高雄，兼懷故人〉：「回不去了，你說／一定是想念太明朗／而等待不夠漫長／一定是，過去太美麗／空洞的心不夠記憶／我們胸口還有一片港灣」[37]。高雄是充滿回憶的地方，但是刻畫記憶中的高雄時，故人卻是無法抹去之底景，其身影提醒著詩人歷經分離所帶來的悲傷與成長。

除了曾經生活過的空間會喚起涉及故人的意識，回憶本身就是在意識當中，讓逝去的時間重新流動一次的過程。在往日時光中，與他人所發生過的事情歷歷在目，不去思量，卻自難忘。凌性傑在〈青春

---

[35]　凌性傑：〈La dolce vita〉，《愛抵達》，頁56。

[36]　菲力浦‧科克著，梁永安譯：《孤獨》，頁98。

[37]　凌性傑：〈我的青春港──記高雄，兼懷故人〉，《愛抵達》，頁125。

沿岸〉中說:「青春無岸而我們曾經／涉過一片星光,打開一個／理想主義者所擁有的早晨／我們的愛自南方天空傾瀉／音符與事物流向唯一的海洋／那時沒有什麼渺小或脆弱／除了在時間中持續奔湧的／孤獨,以及記憶的浪沫」[38]。這些意識的底景,是無法從人的意向性活動中完全消失,這些刻畫別離的詩句,勾起讀者心中或多或少的孤獨回憶。除了離別之外,死亡也是凌性傑喜愛刻畫的另一種主題。

(二)死的分離

　　雖然不涉及他人才是孤獨,但是純粹的不涉及他人是不可能的,反之,對他人的意識也可能是對自我意識的底景,當中有開啟更深層認識自我的契機。而不管是他人或是自我,最終極的孤獨狀態,就是死亡。科克也說:「死亡,無疑是最孤獨的一種情境」[39]。人生命中的所有狀態都能與人分享,唯有死亡一事,無法再用言語溝通分享,因為親身經歷之後就斷絕了此現世的一切聯繫,死亡就是最大的隔絕。

　　在海德格的存有現象學中,死亡有著重要的意義,當人沉淪在世間人世羈絆,隨順時間隨波逐流地活著時,死亡就成為警醒人們,跳脫這種沉淪的契機。深受海德格哲學影響的臺灣詩評家簡政珍便說:「創作之所以顯現,是因為存有(being)感受即臨的死亡。死不一定威脅肉體,它只是將存有投擲於陰影下,讓其面對無以抗拒的黑暗,感受生命的閃爍與飄忽。」[40]為了抵抗這種存有的消逝,創作成為詩人抵抗死亡、抵抗消失的手段。但是死亡的體驗不可能自身經歷,必得經由他人而使人知曉,約瑟夫・科克爾曼斯(Joseph J. Kocklmans, 1923〜)闡明海德格理論中的死亡:「當此在在死亡中達到其自身的

38　凌性傑:〈青春沿岸〉,《愛抵達》,頁96。

39　菲力浦・科克著,梁永安譯:《孤獨》,頁117。

40　簡政珍:《語言與文學空間》(臺北市:漢光出版社,1989年2月),頁172。

完整性時，它也就喪失了其死亡中『此』之在。通達向不再為此在的
過渡，它不再具有體驗任何事情，繼而體驗其自身死亡的可能性。
這一事實使他人的死亡如此扣人心弦。此在之所以能對死亡的某種
體驗，是因為其存在與生俱來地與他人共在。」[41]海德格所謂的「此
在」，即是人，人的存在從一開始就注定了死亡為最終目標，人的存
在有待死亡畫上等號才算完成。但人又不可能自己體會死亡，因此只
得由他人示範死亡。死亡是他人的存在消逝，故意識著死亡，代表所
意向的不是「他人的存有」，而是「沒有他人的存有」。因此，意識
著死亡，也成為一種孤獨。

　　凌性傑之所以被詩人以「孤獨」形容其詩風，大概也與凌性傑
筆下多首描寫死亡的詩作有關。這些詩作有些記親人，有些記朋友
師長，也有透過想像的方式，寫喪子之父以及喪父之子。關於面對
死亡的各種面向心情，都各有其切入角度，令人印象深刻。如〈明
天以後──為祖父守靈而作〉：「不過是，趁著黑夜你離開／你有你
的帆，你的風向／你想不想念我最後為你鋪的／床單，上面還沾著
我的手汗／你再也沒有什麼好擔心，再也沒有什麼可以失去／／你
告訴我靜寂，這就是活著／這就是人生。生命裡好多事情／傷害與
溫柔並存，愛與痛共生／你將繼續在我的故事中活著／在每一個明天
以後」[42]。詩人的意識中所意向的是祖父，但這個人卻從此在凌性傑的
生命中呈現缺席狀態，祖父的消逝告訴了凌性傑有關生命與死亡的奧
秘，以及明日之後，仍須持續的日常生活是多麼荒謬地如常進行著。

　　此外凌性傑還寫了一首獻給來不及到世界上的孿生兄長的詩。雙
胞胎兄弟姊妹可能是除了戀人之外，我們所能想像最親密的他人，相

---

[41]　約瑟夫・科克爾曼斯（Joseph J. Kocklmans），陳小文、李超杰、劉宗坤譯：《海德
　　　格爾的《存在與時間》》（北京市：商務印書館，2003年），頁216。

[42]　凌性傑：〈明天以後──為祖父守靈而作〉，《有信仰的人》，頁115～116。

同的樣貌、相同的個性想法，在這人世間會如何相互扶持的走過不孤獨的一生。當被告知有如此的一位兄長時，詩人也不禁想像，那片孕育兩人的海洋，凌性傑在〈寂靜之光3〉當中說：「沉默的洇泳我懷念／母親小小的宮殿充滿，我們／口鼻被生命的黏液充滿／某一個夜裡我們祕密航行不想靠岸」[43]。但是現實人生中的凌性傑終於未能等不到這位雙胞胎兄長的陪伴，凌性傑說：「我需要好多的寂靜好多好多的光／用我綿長的一生／完成對你的想像」[44]。可能是某種天機或者兄長代替自己承擔了厄運，凌性傑總不禁幻想這位沒有真正參與過詩人生活，卻又像無時無刻都存在的兄長，幻想著生的可能，也不免思考死亡的意義。

五　結語

　　臺灣新生代詩人還沒有受到太多研究者的關注，或許在網路此一明確特徵之外，我們還可以透過詩人所關懷的面向來指認他們。凌性傑詩中給人一種孤獨的讀後感受，透過現象學的理論架構，或可針對凌性傑詩中的孤獨給予更深刻的分析。

　　科克說：「孤獨，就是一種與他人無交涉的意識狀態。」因此我們可以將孤獨的情境，依照意識所意向的對象來層層分析。意識不意向他人，一來可以意向於生存的時間與空間，因此古往今來，孤獨者與大自然之間的深刻關係，在各種文獻紀錄中都可見。在凌性傑的詩中，可以看到他著力於吟詠自己出生的故鄉，以及過去的時光，孤獨遊走於詩中的故鄉光影間。意識若不意向時空，則可意向自我，審視

---

[43]　凌性傑：〈寂靜之光3〉《有信仰的人》，頁124。

[44]　凌性傑：〈寂靜之光14〉，《有信仰的人》，頁129。

省思自我。在凌性傑的詩中可以看到自我透過蟲魚鳥獸的變形，展露真實的心聲。以詩刻畫下生命的姿態，則穿透時間的流逝，碰觸存有的奧秘。在意向天地與意向自我當中，他人仍然會以底景的方式呈現在人的意識中，想要截然二分是不可能的。正如凌性傑以詩詠歎別離與死亡，透過他人的缺席更深刻地瞭解自己。

　　本文對於凌性傑詩中孤獨的分析，試圖開創日後研究者對於網路世代詩人的新視角，亦即不再注目於網路寫作的特徵，而是重新回到詩中尋訪詩人獨特的生命樣貌。凌性傑的詩看似溫潤易讀，但詩中蘊含了對自己存在時空的懷念，對自我生命的志向，以及對於別離與死亡的沈思。

六　參考文獻（依筆畫順序排列）

加斯東・巴舍拉著　劉自強譯　《夢想的詩學》　北京市　生活・讀
　　書・新知　三聯書店　1996年1月

安東尼・史脫爾（Anthony Storr）著　張嚶嚶譯　《孤獨・原序》
　　臺北市　八正文化　2009年7月

林德俊主編　《保險箱裡的星星──新世紀青年詩人十家》　臺北市
　　爾雅出社　2003年2月

約瑟夫・科克爾曼斯（Joseph J. Kocklmans）　陳小文、李超杰、劉
　　宗坤譯　《海德格爾的《存在與時間》》　北京市　商務印書
　　館　2003年

倪梁康編　《胡塞爾選集（上）》　上海市　上海三聯書局　1997年11
　　月

凌性傑　《有信仰的人》　臺北市　泰電電業　2011年4月

凌性傑　《愛抵達》　臺北市　泰電電業　2010年9月

凌性傑　《解釋學的春天》　高雄市　松濤文社　2004年12月

海德格著　王慶節、陳嘉映譯　《存在與時間》　臺北市　桂冠出版社
　　　　1990年

海德格著，孫周興譯　《走向語言之途》　臺北市　時報文化　1993
　　　　年

菲力浦‧科克著　梁永安譯　《孤獨》　臺北市　立緒文化　2001年2
　　　　月

歐文‧亞隆（Irvin D. Yalom）著　易之新譯　《存在心理治療》下
　　　　臺北市　張老師文化公司　2003年9月

鄭樹森主編　《現象學與文學批評》　臺北市　東大出版社　1984年7
　　　　月

簡政珍　《語言與文學空間》　臺北市　漢光出版社　1989年2月

瓊安‧魏蘭—波斯頓（Joanne Wieland-Burston）著　宋偉航譯　《孤
　　　　獨世紀末》　臺北市　立緒文化　1999年1月

網路世代的可能輝煌
——以蘇紹連主編的「吹鼓吹詩人叢書」為論述範疇

蕭 蕭

明道大學中國文學系教授

摘　要

「臺灣詩學季刊雜誌社」創辦於一九九二年十二月六日，同仁蘇紹連並於二〇〇二年六月十　日設立「吹鼓吹詩論壇」網站，定位為新世代新勢力的網路詩社群，提供發表平臺，讓許多新人展現詩藝，二〇〇五年九月創刊紙本《吹鼓吹詩論壇》，確立「新世代網路詩社群·詩腸鼓吹，吹響詩號，鼓動詩潮」的理想，二〇〇九年起，更進一步訂立「臺灣詩學吹鼓吹詩人叢書」方案，與「秀威資訊科技有限公司」合作，獎勵在「吹鼓吹詩論壇」創作優異的詩人，出版其個人詩集，四年間已出版十五冊詩壇網路新秀作品，足以見證臺灣詩史上新世紀、新世代詩人的成長，本文以此套叢書為範疇，檢驗新世代詩人的特殊技巧與心靈，論述網路新世紀的可能輝煌。

關鍵詞：新世代網路詩社群、臺灣詩學、蘇紹連、吹鼓吹詩論壇

Key words：Network poetry of New Generation Community

Taiwan Poetics　Su Shao Lian　Taiwan poetry

第一節　前言：臺灣的鼓吹

　　「臺灣詩學季刊雜誌社」創辦於一九九二年，當初參與創辦的八位詩人[1]具有足以聚焦的共識，一是為臺灣新詩的創作與發達，貢獻心力，二是為建立臺灣觀點的詩學體系，累積學力。因此，「挖深織廣，詩寫臺灣經驗；剖情析采，論說現代詩學」成為「臺灣詩學季刊雜誌社」目標顯著的文字「logo」。誠如長期擔任社長職位的李瑞騰（1952～）所說：「我們站在上世紀九〇年代，面對臺灣現代新詩的處境與發展，存有憂心；對於文學的歷史解釋，頗為焦慮。我們選擇組社辦刊，通過媒體編輯及學術動員，在現代新詩領域強力發聲，護衛詩與臺灣的尊嚴。[2]這是對詩藝的執著，對歷史的承當。前行代詩人瘂弦（王慶麟，1932～）更在《臺灣詩學》創刊之時即給予肯定：「《臺灣詩學季刊》的創立，說明臺灣現代詩經過四、五十年的努力，在質量上已到達了相當的藝術水準，早已形成了一個新的傳統，也造成了一個獨特的文化氣候，面對著這樣的發展，把臺灣現代詩的批評和研究提升到更嚴謹的學術層次，不但十分必要，而且也是臺灣現代詩歷史發展的必然。它代表臺灣現代詩的創作和理論，進入了成熟期。」[3]《臺灣詩學》的歷史使命如此昭然若揭，從此展開跨越世紀的

---

[1] 《臺灣詩學季刊》創刊時（1992 年）有八位朋友共同參與，他們是：尹玲、白靈、向明、李瑞騰、渡也、游喚、蘇紹連、蕭蕭。創刊二十周年（2012 年）時，同仁共有十三位：丁旭輝、尹玲、方群、白靈、向明、李癸雲、李翠瑛、唐捐、陳政彥、解昆樺、鄭慧如、蘇紹連、蕭蕭。

[2] 李瑞騰：〈與時潮相呼應──臺灣詩學季刊社十五周年慶〉，《在中央》（臺北市：唐山出版社，2007 年），頁 5。

[3] 瘂弦：〈詩的新座標〉，《臺灣詩學季刊》第二期（臺北市：臺灣詩學季刊社，1993 年），頁 147～148。

不懈奮鬥旅程。

　　一九九二至二○○一的前十年，《臺灣詩學》經歷向明（董平，1928～）、李瑞騰兩位社長，白靈（莊祖煌，1951～）、蕭蕭（蕭水順，1947～）兩位主編，以季刊方式發行四十期二十五開本詩雜誌，評論與創作同步催生，在眾多偏向詩作發表的詩刊中獨樹一幟，對於增厚新詩學術地位，推高現代詩學層次，顯現耀眼的成績。

　　二○○三年五月改變編輯路向，易名為《臺灣詩學》學刊，邁向純正學術論文刊物之路，每篇論文經過匿名審查通過始得刊登，是一份理論與實踐並重、歷史與現實兼顧的二十開本整合型詩學專刊（半年一期），也是臺灣地區最早成為THCI期刊審核通過的詩雜誌，首任學刊主編鄭慧如（1965～）負責前五年十期編務，設計專題，率先引領風騷，達陣成功。繼任主編為詩人唐捐（劉正忠，1968～），賡續理想，擴大諮商對象，將詩學學刊提升為華文世界備受矚目的詩學評論專刊。

　　這一年六月十一日「臺灣詩學」同仁蘇紹連（1949～）以個人力量闢設「臺灣詩學・吹鼓吹詩論壇」網站（http://www.taiwanpoetry.com/phpbb3/），原先在網頁上到處尋訪知音的新詩寫作者，彷彿遇到了巨大的磁石，紛紛自動集結在蘇紹連四周，「吹鼓吹詩論壇」網站儼然成為臺灣地區最大的現代詩交流平臺，以二○一二年五月而言，網站上的版面除〔臺灣詩學總壇〕、〔詩學論述發表區〕之外，可供網友發表詩創作的區塊，以類型分就有散文詩、圖象詩、隱題詩、新聞詩、小說詩、無意象詩、臺語詩、童詩、國民詩等，以主題分則有政治詩、社會詩、地方詩、旅遊詩、女性詩、男子漢詩、同志詩、性詩、預言詩、史詩、原住民詩、惡童詩、人物詩、情詩、贈答詩、詠物詩、親情詩、勵志詩等，另有跨界詩作：影像圖文、數位詩、應用詩、朗誦詩、歌詞・曲等等，不可或缺的意見交誼廳、詩壇訊息、

民意調查、詩人寫真館、訪客自由寫、個人專欄諸項，項項俱全，文章總數已達十二萬篇以上，網頁通路所應擁有的功能無不具足，新詩創作、評論與教學所應含括的範疇與內容，無不齊備，前任社長李瑞騰曾期許的「臺灣現代新詩具體而微的百科全書」，「吹鼓吹詩論壇」網站應已達成。

　　臺語「吹鼓吹」原指「吹嗩吶」而言，「鼓吹」二字以臺灣話來說，是名詞「嗩吶」，就普通話而言則為動詞：「讚揚」、「倡導」、「鼓舞」。蘇紹連將「吹鼓吹詩論壇」定位為「新世代新勢力的網路詩社群」，並以「詩腸鼓吹，吹響詩號，鼓動詩潮」十二字為論壇主旨，典出唐朝馮贄《雲仙雜記》卷二之「俗耳針砭詩腸鼓吹」：「戴顒（西元377～441年）春日攜雙柑斗酒，人問何之，曰：往聽黃鸝聲，此俗耳針砭，詩腸鼓吹，汝知之乎？」[4]蘇紹連認為黃鸝鳥的聲音悅耳動聽，可以發人清思，激發詩興，而詩興的激發最重要的就是要能砭去俗思，而以雅興取代，[5]所以將「詩腸鼓吹」放在我們所熟知的「吹響詩號，鼓動詩潮」之前，要以正確的認知引領青年學子進入學詩的環境，要以「去俗思」激發青年學子發揮不同凡響之創意。因此，作為臺灣新詩壇的「鼓吹」，蘇紹連不僅努力於「鼓動詩潮，吹響詩號」之行動「鼓吹」而已，更在於要以黃鸝之雅音「鼓吹」詩腸，鼓而吹之，砭去俗思，如此，才能再造臺灣新詩的光華。

4　（唐）馮贄：《雲仙雜記》，《四部叢刊續編・子部》，上海涵芬樓景印常熟瞿氏鐵琴銅劍樓藏明刊本。

5　蘇紹連：〈臺灣詩學吹鼓吹詩人叢書出版緣起〉，黃羊川：《血比蜜甜》（臺北市：秀威資訊科技股份有限公司，2009年12月），頁6。按：此文為「吹鼓吹詩人叢書」之總序，叢書中各冊詩集均置於書前。

第二節　蘇紹連：不輸的少年

蘇紹連以「米羅‧卡索」之名，經營以下三個個人部落格：

〔現代詩的島嶼〕（http://residence.educities.edu.tw/purism/）

〔Flash超文學〕（http://myweb.hinet.net/home2/poetry/flashpoem/index.html）

〔臺灣春風少年兄〕（http://blog.sina.com.tw/weblog.php?blog_id=3187）

這三個部落格形象突出，走在時代的前端，早已成為網路上為人所敬仰的、永不服輸的少年兄。不過，浸淫網路時間既久，蘇紹連深知網路上的文字數量龐大，傳播力強，但薰蕕同器，玉石難分，巨浪撲擊而來時，再好的作品也會被淹沒、甚至於泯滅其中。所以，二〇〇三年六月十一日設置「臺灣詩學‧吹鼓吹詩論壇」網站，以年輕人所喜歡的工具吸引年輕人親近詩文學之後，蘇紹連所努力的是如何將這些網路上閃現的智慧之光，有效且長期保留下來。

二〇〇五年九月紙本《吹鼓吹詩論壇》在蘇紹連主導下隆重出版，這是將半年來論壇上所發表的詩作，披沙揀金，選出傑異作品刊登於《吹鼓吹詩論壇》雜誌上，臺灣網路詩作不僅可以快速在網路上流傳，還可以以紙本的面貌與傳統性質的現代詩刊一較短長，網界盛事，也是詩壇新聞，「臺灣詩學」因而成為臺灣新詩史上同時發行嚴正高規格的「學刊」與充滿青春活力「吹鼓吹」的雙刊同仁集團。

二〇〇九年蘇紹連仍以個人力量訂立「臺灣詩學吹鼓吹詩人叢書」方案，獲得「秀威資訊科技有限公司」贊襄，每半年甄選一至三位臺灣優秀新世代詩人，協助出版詩集，截至二〇一二年春天，已出版網路新世代詩人作品集十五冊，衝擊當代詩集出版的模式與行銷，

直接而有力地鼓舞創作新詩的青年學子。

蘇紹連，平日訥訥寡言的國小退休老師，網路上永不退卻的創作型詩人，如今更是數位新世界赫赫有名的領袖型人物。

蘇紹連創意無限，從超現實主義散文詩高手，到翻陳出新、出奇的古典詩改造者，一躍而為網路傳輸銳意精進的不輸少年兒，本文試圖以他所主編的「吹鼓吹詩人叢書」為範疇，選取具有代表性的詩集，論述其殊異之特質，檢驗出網路新世代的共同趨勢與可能輝煌。

第三節　黃羊川：悖反的秩序

黃羊川（吳亦偉，1979～），暨南國際大學經濟系畢業，中正大學勞工研究所碩士，政治大學社會學系博士候選人，著有詩集《血比蜜甜》（臺北：秀威資訊科技公司）與《博愛，座不站》（臺北市：唐山出版社，2010年）。

在《血比蜜甜》輯一「大人不在家」的前置詞中，他引用克羅齊（Benedetto Croce，1866～1952）的話：「人是天生的詩人」，強調每個人都有自己的創意、自己的傳達方式，延續這種理念，所以他說：「我寫詩，並且偷偷許下每個詩人都是新人的願望，免得每個詩人都告訴我，我寫的不是詩。我寫詩，希望在詩世界裡，大人都不在家。」[6] 這是溫婉的叛逆，對照他的求學經歷，刻意或無意地經歷著完全不相類屬的高等教育系所，黃羊川有著屈原（西元前340～277年）求索精神的天生的詩人性格，彷彿當年白萩（何錦榮，1937～）所常言：今日之我不惜殺死昨日之我。如果以此做為「吹鼓吹詩人叢書」

6　黃羊川：《血比蜜甜》（臺北市：秀威資訊科技股份有限公司，2009年12月），頁23。

第一號的宣言，似乎也象徵性地表達了網路新世代的普遍心聲：天上天下，唯我獨尊。

因此，黃羊川的詩觀是「我需要眼淚時就弄哭別人；我需要文字時就自己走路。」[7]前一句表達的是詩中應有真情披露，後一句則是技巧語言的銳意創新。「需要眼淚時就弄哭別人」的「弄哭」，其實也傳達了新世代的戲謔本質，這樣的特質隨時會在他們的詩作中不期而遇，讓讀者目瞪口呆，慘然一笑。

做為黃羊川朋友的 Lesley 認為《血比蜜甜》整部詩集的情調在於詩人的「羞澀」，因為這樣的羞澀，導至語言上的「焦慮」：「詩人在語言的焦慮上，所採取的是覆蓋這一層羞澀，乃至於焦慮成為一種拉攏的欲迎還拒。」[8]將 Lesley 之所見與黃羊川之所思對照來看，弄哭他人不正是羞澀自己？大人不在家未嘗不是另一種語言或思慮上的焦慮！

為《血比蜜甜》寫〈跋〉的另一位朋友 Sam 則認為黃羊川的空間設計，善於構築城市場景，而在條理分明的秩序裡「側寫人際關係的侷促忸怩，膠著迷離的曖昧空間被拉長，抽離成詩的形狀，有時像肥厚的的錦蛇纏繞著難以呼吸，有時則直入內裡鋒利得讓人直滲出血來。」於是，「在嘈雜的都市場景裡，連橫亙在對話間的沉默都是如此刺耳。令人無法排遣的疏離感受，正從四面八方逸散、填補著狂歡後的短暫空白。」[9]這樣見血的論說，把黃羊川所選「血比蜜甜」四個字所代表的詩集之悚慄意涵，傳述得十分清楚。選擇〈恐怖母

---

[7]　黃羊川：〈詩觀〉，蘇紹連編著：《世紀吹鼓吹——網路世代詩人選》（臺北市：爾雅出版社，2012年），頁191。

[8]　Lesley：〈虛構與對位——來去詩界博膜包裹的節奏進退〉，《血比蜜甜》，頁8～9。

[9]　Sam：〈代跋：黃羊川的詩／人〉：《血比蜜甜》，頁169～170。

親節〉[10]為例，足以看出黃羊川詩集內的焦慮、疏離，甚至於滲血之痛、窒息之苦。

> 未滿三歲的小孩都拼命地咬住媽媽的乳頭
>
> 未滿十八的小孩都張開鼻孔貼緊女朋友的髮絲
>
> 未滿二十五的小孩都睜大眼撥弄影片裡護士的雙峰
>
> 未滿三十六的小孩都將頭埋進太太的雙腿間呼喊另一個小孩
>
> 未滿八十歲的女人一個人，而成群的小孩嘻嘻哈哈地
>
> 吸舔逗弄流淚的冰淇淋或伸張五指抓癢豢養的狗貓
>
> 卻聽不見她說：

此詩最後「卻聽不見她說」的標點符號不是句點，如以句點作結，此句成為說明性的句子，黃羊川不使用句點而使用冒號「：」，冒號之後還留下一大片空白，讓讀者也參與探索，也隨之焦慮：那空白會是甚麼、該是甚麼？一大片空白所暗示的會是多大的苦難與疏離？其實，往前探究，前面的四句，代表四個階段的孩子，又有甚麼樣的情愛與恩義？黃羊川整首詩句句都以「身體意象」加以刻、削：咬住乳頭、鼻孔貼緊髮絲、撥弄雙峰、將頭埋進雙腿間、吸舔逗弄、伸張五指抓癢，熱切使用「身體意象」而且不往優雅、秀麗、親和、仁慈的方向伸展，黃羊川所代表的網路詩人群正加緊戲弄、挑逗中。

母親節，應該是傳統倫理的美好抒情之作，黃羊川反骨操作，悚然一驚，慘然一笑，或許就如鯨向海（林志光，1976～）所說，黃羊川詩中的抒情性極低，動作（詞）頻頻，形式與口氣多變，悖反現有某些熟極而流的詩歌秩序。結論是：他是不合群的詩人，他天生反

---

[10] 黃羊川：〈恐怖母親節〉，《血比蜜甜》，頁43。

骨。[11]這種反骨詩人也幾乎是網路世代的特色，每一個新世代詩人幾乎就是一座孤立的島嶼，黃羊川更是拉長他與最鄰近島嶼的距離。

第四節　陳牧宏：島嶼的沉思

　　陳牧宏（1982～），陽明大學醫學系畢業，喜愛文字、閱讀、古典音樂，現為臺北榮民總醫院精神部住院醫師。

　　陳牧宏所出版的第一部詩集：《水手日誌》，[12]是「吹鼓吹詩人叢書」第三號，最重要的篇章與書名同名〈水手日誌〉，長達九十六頁（頁29～125），最主要的意象就是十六座不相類近的孤立島嶼，不均勻地散置在不相類近的海洋中，印卡認為作者有意無意地採取了西洋文學水手、航海的龐大象徵系統，[13]這一座座的島嶼是詩人為身體、疾病的探尋所想像的深情之島，每首詩中都有深情呼喚的人名「ES」，可以印證這點；其中間雜的十二首〈海洋〉詩篇則為抒情小詩，可作證物之二，如：

　　　　究竟我能用什麼來擁有你？／／一艘獨木舟、一座孤島、一片
　　　　汪洋／暴風雨、火山爆發、寧靜的黑夜、或僅僅／／死亡[14]

作為「代序」的〈悲傷的自由探戈〉以詩句如此結束，可以作為第三個證據：

　　　　我是用愛情作的男孩／需要溫暖的擁抱和激烈的吻／我有和太

11　鯨向海：〈暴露冥想的體質，撫摸星空的肌理〉《世紀吹鼓吹──網路世代詩人選》，頁204。

12　陳牧宏：《水手日誌》（臺北市：秀威資訊科技股份有限公司，2009年12月）。

13　印卡：〈海上不知名的疾病〉，《水手日誌》，頁9。

14　陳牧宏：〈海洋〉，《水手日誌》，頁81。

　　陽一樣發燙的身體／和海豚一樣靈巧的舌頭／還有一顆會綻放

　　紅色玫瑰的心臟

強調「詩：是末日，也是創世」的陳牧宏在書寫自己的「創作理念」
時，列出自己創作的「關鍵字」：愛情、記憶、誓言、遺忘、城市、
聲音、孤獨、寂寞、繆思……，[15]其實更清楚地標舉出陳牧宏詩作的
抒情傾向。對於書寫工具的掌握，他認為：「文字，像一把瓜奈里
琴，擁有自己的聲音、腔調、語氣、姿態，透過詩人的手：書寫和斷
句，它歌唱，它詮釋自己。」[16]瓜奈里（Giuseppe Guamen del Jesu）與
史特拉底瓦里（Stradivari）是世界小提琴兩大製造家，史特拉底瓦里
製作的小提琴音色偏向甜美明亮，委婉流利，透露出詳和的感覺，是
天鵝絨般溫暖的窈窕淑女，瓜奈里製作的則為粗獷、高亢的義大利男
高音，具有一種難以抵抗的穿透力，因此，在抒情的傾向上，陳牧宏
想傳達的不是男歡女愛的溫婉「情意」，而是可以震撼身、心、靈的
「情義」：

　　像一陣聽不到的聲音／可能是祝福、祈禱、或者詛咒／滲入你

　　的頭髮、肉體、思想、睡眠、記憶／與無時無刻／薄薄覆著你

　　緊實麥色的肌膚[17]

印卡根據帕斯（奧克塔維奧‧帕斯Octavio Paz，1914～1998）[18]的看

---

[15]　陳牧宏：〈創作理念〉，《世紀吹鼓吹——網路世代詩人選》，頁253。

[16]　陳牧宏：〈創作理念〉，《世紀吹鼓吹——網路世代詩人選》，頁253。

[17]　陳牧宏：〈島嶼〉，《水手日誌》，頁47。

[18]　奧克塔維奧‧帕斯（Octavio Paz），墨西哥詩人，1990年諾貝爾文學獎得主，臺
　　　灣翻譯的帕斯詩作集依序為，陳黎、張芬齡編譯：《帕斯詩選》（臺北市：書林
　　　書店，1991年）。朱景冬等人譯、林盛彬導讀：《太陽石》（臺北市：桂冠，1994
　　　年）；歐塔維歐‧帕茲著，蔡憫生譯：《在印度的微光中：諾貝爾桂冠詩人帕茲的
　　　心靈之旅》（臺北市：馬可孛羅文化、城邦文化，2000年）；李魁賢譯：《帕斯／博

法，認為現代詩游移在幻術色彩與革命色彩的兩極之間。幻術色彩往往包含著回歸自然的慾望，我們會像動物般純真，從歷史之中被解放出來；革命般的企圖則需要征服歷史、征服自然。這兩者都是通往世界之外因痛苦而感受到的那些被孤立意識的途徑。他將陳牧宏的詩語言歸之於幻術色彩的這一類，[19]陳牧宏回歸自然（例如海洋、島嶼）、回歸身體（包括疾病、療癒）、回歸抒情傳統（小詩、連作），在網路世代詩人群中，代表著一種溫和、溫馨的綿綿不絕的力勁。

甚至於在臺灣醫師系譜的詩人群中，從日治時期「臺灣的孫中山」蔣渭水（1891～1931）、「臺灣新文學之父」賴和（1894～1943）開始，吳新榮（1907～1967）、王昶雄（1916～2000），賴欣（賴義雄，1943～）、沙白（涂秀田，1944～）、曾貴海（1946～）、江自得（1948～）、鄭烱明（1948～）、莊裕安（1959～）、拓拔斯・塔瑪匹瑪（漢名田雅各，1960～）、王浩威（1960～）、陳克華（1961～）、謝昭華（謝春福，1971～）、鯨向海（林志光，1976～），一直到陳牧宏（1982～），他會在這一系譜中展現何種殊異於前賢的色光，會在海洋島嶼系列之後綴連出何種沉思成果，會如何看待人類生命與疾病所形成的光與凸透鏡的關係，及其所聚焦的焦點，都值得詩壇高度期待。

普羅夫斯基》（新北市新店區：桂冠出版社，2002 年）。蔣顯璟、真漫亞譯：《雙重火焰：愛情與愛欲的幾何學》（臺北市：邊城，2004 年）。陳黎、張芬齡譯：《拉丁美洲詩雙璧：帕斯《帕斯詩選》、聶魯達《疑問集》》（花蓮縣：花蓮縣文化局，2005 年）。

[19] 印卡：〈柔石之術〉，《世紀吹鼓吹——網路世代詩人選》，頁 266。

第五節　然靈：變調的唇舌

　　然靈（張葦菱，1979～ ），別號小烏鴉，臺灣臺中人，出生於雨城基隆，成長於中部濱海的清水小鎮，靜宜大學中國文學系臺灣文學組碩士，現為文字工作者和教師。著有臺灣第一本女性散文詩集《解散練習》[20]、個人詩集《鳥可以證明我很鳥》[21]，個人部落格http://www.wretch.cc/blog/bluecrow（鳥可以證明我很鳥）榮獲第一屆臺灣文學部落格獎優選（2007年）。

　　然靈自述小烏鴉的別號在讀大一還沒開始寫詩時即啟用，但現在她想讓不祥之兆的烏鴉，能比神性更人性。大三時她在詩裡找到靈魂的出口，那時的陰鬱多舛難癒，彷彿詩可以代替她死亡。現在她更希望以詩在臺灣這塊土地上辯證一切生命之源，試著將龐雜記憶或難言之隱的種種思維，都交給詩。[22]

　　在「吹鼓吹詩人叢書」出版序列上，然靈是第一位女詩人，她所出版的《解散練習》特別標榜為「臺灣第一本女性散文詩集」，在眾多男性為主的散文詩系譜上，[23]為甚麼然靈選擇散文詩作為出擊的第一招，然靈自己的講法是：剛開始寫詩，對於詩的語言節奏不能掌握，往往寫成詩不像詩、散文不像散文的樣子，但這樣的寫作方式卻是剛開始寫作時最得心應手的寫法。[24]卑之無甚高論的說詞，或許跌破大家的眼鏡，卻是網路世代一種最起碼的真誠，基本上，將散文詩

---

[20]　然靈：《解散練習》（臺北市：秀威資訊科技股份有限公司，2010年6月）。

[21]　然靈：《鳥可以證明我很鳥》（臺北市：角立有限公司，2011年3月）。

[22]　然靈：〈詩觀〉，《世紀吹鼓吹──網路世代詩人選》，頁175～176。

[23]　陳巍仁：《臺灣現代散文詩新論》（臺北市：萬卷樓圖書有限公司，2001年11月）。

[24]　然靈：〈解散後，我們才得以無限交集〉，《解散練習》，頁128。

的外在形當作是寫詩的「練習」，期待未來「解散」後，我們得以無限交集，這種真實、隨興的寫作態度，不以繼往開來作為自己的責任，不以救亡圖存作為時代的目標，卻真實表露網路世代的率性作風。

不過，就新詩觀察者而言，作者自以為隨興的書寫方式卻可能是一種傑出的表現手法，嚴忠政（1966～）即持這種觀點，認為然靈「寫下時空中的某一點，但意象奔跑著，拉長，也拉出了審美距離。」他舉「故鄉下雨了，母親撐傘，怕我在電話那頭被淋濕」[25]為例，說然靈一鏡到底，利用特殊的辨位方式，將〈傘〉一詩中，那把母親撐起的傘，從故鄉拉長到電話那頭。因為「如果詩人敘事的手法，可直接，又毫無轉圜地帶出戲劇性，那麼又何須以切斷的語法來懸宕種種驚異。」[26]點出然靈的詩思之所在，就在凡常的語言、凡常的生活中，轉折或皺褶之處，藏存著詩意。

〈傘〉之全詩如下：

> 故鄉下雨了，母親撐傘，怕我在電話那頭被淋濕
>
> 黃昏的天空剛停經，時間需要抹片檢查。我仍記得母親偷偷訴說初戀時，暈上臉的那片晚霞，不需要化妝就很好看；那時父親只是課本裡老師還沒教的生字。
>
> 電話這頭是晴朗的，而我正淋著雨，衝出去買傘。[27]

25　然靈：〈傘〉，《解散練習》，頁34。
26　嚴忠政：〈說好解散，再用霧扶正〉，《解散練習》，頁10。
27　然靈：〈傘〉，《解散練習》，頁34。

這首詩表達母女情深，以現實中的撐傘對映感情上深情之淚，首尾二段相互呼應，虛實交疊，形成張力。首段母親撐傘為實，怕我淋濕（電話那頭）是虛，卻更見親情之深；末段我正淋雨為虛，衝出去買傘亦虛，言外之意（淚雨不停）卻是思親之切。中間一段，所謂停經、所謂抹片檢查，都是母親今日私密的現實，初戀的回憶則是過去母女私密的話題，二者都以黃昏、晚霞的柔美意象為底襯。今時與昔時的時間轉換，故鄉與異鄉的空間易位，都在瞬間完成，黃昏、雨的場景卻又穩住了讀者心中的驚慌。黃智溶（1956～）說：「她有時借用文字上形、音、義的相近，有時誤用圖象中顏色或形狀相仿，產生一種遊戲與隨興之外又富於稚氣與理趣的意外效果，乍看很無厘頭，仔細一想又有些道理，就是所謂──既解構又結構的詩趣。」[28] 解構舊式的聯結，卻又「無厘頭」地締造新結構，網路世代的新詩人如然靈者，一方面保留著念舊情懷，一方面以「無厘頭」的方式在變調演出，矛盾之中又有著另類的和諧。

　　矛盾中顯現和諧，錯誤裡也看見真理，然靈的〈烏龜和烏鴉〉，因為一個「烏」字，將不可能繫連的烏龜和烏鴉繫連在一起；因為一個「烏」字，誤引讀者想到「烏名」：「──同樣的烏名，充塞在天地之間。」因為一個「烏」字，讓石頭無厘頭地想到「烏雲」。

　　　　烏龜問烏鴉說：「你是一種夜嗎，用身上的黑，為光明點睛？」
　　　　烏鴉也問烏龜：「你也是一種葉嗎，用背上的綠，規畫季節？」

---

[28] 黃智溶：〈靈巧與古怪的詩人──然靈〉，《解散練習》，頁13。

> 石頭聽見了，以為自己是一種烏雲，用堅硬抵抗世界太多的悲
> 傷和軟弱。[29]

以語言使用來看，前兩行，我們看見的是現代主義時代盛行的語彙，加上童詩的對話趣味，已令人驚艷；最後一行轉為哲理的體悟，卻又是「後現代主義」式的溫暖轉折，童趣依然存在，境界卻已高昇。以結構設計來看，最後這一行呼應首行的「烏名」，卻又間雜著洗刷烏名的反作用。前兩行，烏龜問烏鴉是起，烏鴉問烏龜是承，最後這一行卻又是轉與合的完整應用。

　　然靈的散文詩從寫作動機到形式、語言，都有著濃厚的網路詩人的戲謔本質，戲謔是途徑，詩，仍然是最後的目的。

第六節　葉子鳥：中間的狀態

　　葉子鳥（1961～），世新廣播電視畢業。曾參予「差事劇團」市民劇場「看不見的村落」及「眷鳥返巢」演出，二〇一〇年出版詩集《中間狀態》。[30]在《中間狀態》詩集摺頁上的作者簡介，提及少年時對國文老師崇敬，青年時在耕莘文教院跟朱西甯（朱青海，1927～1998）學小說，中年後的詩學教養受朵思（周翠卿，1939～）啟蒙，二〇〇四年後持續悠遊在各個網站：詩路、喜菡文學網、楓情萬種文學網站、吹鼓吹詩論壇網站等。[31]在蘇紹連所編《世紀吹鼓吹──網路世代詩人選》說自己「隨便走走晃晃，有機無機任長，偶爾剪裁。長出什麼是什麼，流動在任何容器裡，眨著眼跟自己面面相覷。」詩

---

[29]　然靈：〈烏龜和烏鴉〉，《解散練習》，頁71。
[30]　葉子鳥：《中間狀態》（臺北市：秀威資訊科技股份有限公司，2010年6月）。
[31]　葉子鳥：《中間狀態》，封面摺頁。

觀則是：「該融化的時候，就單純地融化／該凝結的時候，就單純地凝結／溫度總有它的時序，樣態的自生／我們都是時空與當下的產物／語言亦然。」[32] 自我認知與詩之認知，如此隨興隨機、自生自長、該融則融、當凝則凝，甚至於「葉子鳥」的筆名，都會讓人以為她是一位自然派詩人，純任心靈與天地相互會通，純任語言、詩思自由滋長。

實則不然。

其一，《中間狀態》詩集附有英譯書名 *Living In Limbo*，此為叢書中其他詩集所無，可見這是作者個人有意的設計，limbo 一詞，除中間狀態（位置）的中性意義以外，其實更是放置廢棄物的場所、監獄或地獄邊界。葉子鳥不以純情抒發為重，她的空間安排，顯然傾向負面情緒居多。

其二，朵思在序文中指稱，葉子鳥的思維裡充滿跳躍式的不同旋律，從書名的定調，可知其反轉傳統的前衛企圖。原來根據朵思的觀察，書名《中間狀態》四個字是取自四輯的輯名：中場、間隙、狀貌、X 態。[33] 若是，中間狀態此一成詞，就有著異乎常人的思考邏輯存在，「不斷越界、穿越虛實」，[34] 成為葉子鳥詩題材、詩表現之所以異於常人的關鍵。

其三，此書中葉子鳥的〈自序〉以圖代文，是一幅如下的圖：[35]

在這幅圖中，落盡葉子的雜多細枝上，棲息著一隻孤鳥，可以視為「葉子鳥」三字的如實具象圖繪，但飄墜的無數細字如落葉紛飛，誰會去審視、辨識、連綴或深思？「序」之寫作用意在於說明著作旨

---

32 葉子鳥：〈詩觀〉，《世紀吹鼓吹──網路世代詩人選》，頁41～42。

33 朵思：〈心靈投宿的定格或超定格記憶〉，《中間狀態》，頁5。

34 鄭美里：〈愛智的女靈──我所認識的葉子鳥〉，《中間狀態》，頁11。

35 葉子鳥：〈自序〉，《中間狀態》，頁15。

　　趣，葉子鳥的圖文卻有著反序之序的企圖。

　　選取〈各式各樣的房間〉之（3）、（4）兩節，可以見出葉子鳥以女性的敏感去敏銳感應女性保有自己空間的艱難，詩中的房間既指女性的身體，也指女性所進出或服務的空間，甚至於是一本書的想像空間，彷彿都有許多禁忌。在門與門之間迴旋又迴旋，似乎也暗喻著暈旋又暈眩。

（3）

微弱的床頭燈，緩緩地呼吸

怕吵醒夜。打開一本書，猶如

開啟一個私密的房間，你進入

像自願被愛，意象被挑逗成

一身的顫慄，高潮是個鬼

壓床的是一個房間的

重量，你無法帶走

卻揮之不去的情節，迴旋又迴旋

一扇門又一扇門，你被進入

一個房間又一個房間……

（4）

日復一日的床子被褥，有汗的酸，溼的霉

淚的漬，激情過後的氣味……

再也沒有單人床，擁擠不？

裝聾作啞裝作不在房間，吳爾芙說：自己的房間，

女人，時時刻刻意識流的暈眩，迴旋再迴旋

一個房間，人的。[36]

第七節　結語：可能的輝煌

　　文學與文化，隨著時代的腳步與工具的轉變，隨時會有新視野出現，創作者不能忽略新工具的發現與應用，觀察者不能忽略新景觀的

---

[36] 葉子鳥：〈各式各樣的房間〉，《中間狀態》，頁105～106。

出現及其出現的文化格局與氣勢。新詩語言的革命,由文言放鬆為白話,又進而放鬆為格律的泯除,三進為社區(如網路社區)、社團(如流行樂團)、甚至於個人語言的成形,此時同時進行書寫工具、傳播媒介的革命,廢棄毛筆,換用硬筆,轉而應用網路傳輸,雲端閱讀,新的網路世代,必然會造就新詩的另一種輝煌。

本文僅以蘇紹連所鼓吹/主催的「吹鼓吹詩人叢書」為範疇,先行選擇四書黃羊川的《血比蜜甜》、陳牧宏的《水手日誌》、然靈的《解散練習》、葉子鳥的《中間狀態》,作為觀察對象,至少已可獲得以下三項可能的輝煌:

一 獨尊的特質

網路新世代的普遍心聲是「天上天下,唯我獨尊」,個人主義盛行,每位詩人都有自己的不落之格,就藝術的創意推展而言,我們持正面而肯定的態度,但也不能不憐惜,每個人所承受的苦難也因為無法分擔而超重。

二 身體的審視

個人主義盛行的時代,或自憐自愛,或自怨自艾,都以審視自我的身體為第一要務,身體書寫在醫師詩人的帶動下,普遍成為網路新世代極為自然的觀察對象或情意象徵,美體不再是歌頌的唯一方向,病體、缺憾、醜陋、汙穢,很有可能成為最新的美學。

三 戲謔的苦樂

自憐自愛或自怨自艾的出口,網路世代詩人都選擇了戲謔作為發洩的孔道,或自我調侃,或遊戲人間,不僅成為生活的原則,更是藝術的大道。搞怪的手法永遠出乎意料之外,詩人、讀詩人,謔人、受

謔人，都能自得其樂，至少稍微緩和緊張或對峙。

時間之流不會間斷，網路世代詩人仍將繼續遊戲網路，顛覆人間。新詩觀察者的工作亦將持續，持續發現新的輝煌。

參考文獻

吹鼓吹詩人叢書（依出版序）

黃羊川　《血比蜜甜》　臺北市　秀威資訊科技股份有限公司　2009年12月

陳牧宏　《水手日誌》　臺北市　秀威資訊科技股份有限公司　2009年12月

然　靈　《解散練習》　臺北市　秀威資訊科技股份有限公司　2010年6月

葉子鳥　《中間狀態》　臺北市　秀威資訊科技股份有限公司　2010年6月

中文書目（依作者姓氏筆畫排列）

李瑞騰　《在中央》　臺北市　唐山出版社　2007年

馮　贄　《雲仙雜記》《四部叢刊續編・子部》　上海涵芬樓景印常熟瞿氏鐵琴銅劍樓藏明刊本

陳巍仁　《臺灣現代散文詩新論》　臺北市　萬卷樓圖書有限公司　2001年11月

然　靈　《鳥可以證明我很鳥》　臺北市　角立有限公司　2011年3月

蘇紹連編著　《世紀吹鼓吹──網路世代詩人選》　臺北市　爾雅出版社　2012年9月

文學研究叢書‧現代詩學叢刊 0807002

網路世紀‧故里情懷論文集

主　　編　黃金明、施榆生
　　　　　白　靈、羅文玲
編輯助理　游依玲、吳家嘉

發 行 人　林慶彰
總 經 理　梁錦興
總 編 輯　張晏瑞
編 輯 所　萬卷樓圖書股份有限公司
　　臺北市羅斯福路二段 41 號 6 樓之 3
　　電話 (02)23216565
　　傳真 (02)23218698

發　　行　萬卷樓圖書股份有限公司
　　臺北市羅斯福路二段 41 號 6 樓之 3
　　電話 (02)23216565
　　傳真 (02)23218698
　　電郵 SERVICE@WANJUAN.COM.TW
香港經銷　香港聯合書刊物流有限公司
　　電話 (852)21502100
　　傳真 (852)23560735

ISBN 978-957-739-780-5
2012 年 12 月初版
定價：新臺幣 380 元

如何購買本書：
1. 劃撥購書，請透過以下郵政劃撥帳號：
　　帳號：15624015
　　戶名：萬卷樓圖書股份有限公司
2. 轉帳購書，請透過以下帳戶
　　合作金庫銀行 古亭分行
　　戶名：萬卷樓圖書股份有限公司
　　帳號：0877717092596
3. 網路購書，請透過萬卷樓網站
　　網址 WWW.WANJUAN.COM.TW
大量購書，請直接聯繫我們，將有專人為您
服務。客服：(02)23216565 分機 610

如有缺頁、破損或裝訂錯誤，請寄回更換
版權所有‧翻印必究
Copyright©2012 by WanJuanLou Books CO., Ltd.
All Rights Reserved　　　　Printed in Taiwan

國家圖書館出版品預行編目資料

網路世紀.故里情懷論文集 / 黃金明等主編. --
初版. -- 臺北市：萬卷樓, 2012.12
　　面；　公分

ISBN 978-957-739-780-5(平裝)

1.CST: 新詩　2.CST: 詩評　3.CST: 文集

821.886　　　　　　　　　　　101025455